Berlin in den 1920er Jahren: Evelyn ist gelangweilt von ihrem Dasein als Hausfrau und Mutter an der Seite ihres nüchternen Ehemanns, einem Richter, der den Akten mehr Zeit widmet als seiner Frau. Als sie den jungen Amerikaner Frank kennenlernt, ist es um ihre Contenance geschehen. Verlangen, Leidenschaft und eine unstillbare Sehnsucht nach Leben - Evelyn wird von ihren Gefühlen übermannt und stürzt sich in eine schwindelerregende Affäre. Sie folgt Frank für ein Wochenende nach Paris - und setzt damit alles aufs Spiel: ihre Ehe, ihre Familie, ihre bürgerliche Existenz. Doch ist sie für Frank mehr als nur ein Zeitvertreib?

Vicki Baum (1888-1960) schrieb neben ihrem mehrfach verfilmten Welterfolg »Menschen im Hotel« 30 weitere Bestseller, die in mehr als 20 Sprachen übersetzt wurden. Sie war die erfolgreichste deutschsprachige Autorin des 20. Jahrhunderts – und die bescheidenste. Ihre Bücher bezeichnete sie als „Entspannungslektüre", bemerkte aber, »dass es viel schwieriger ist, so zu schreiben, dass es einem breiten Lesepublikum gefällt, als so, wie man's selbst mag.«

VICKI BAUM

Rendezvous in Paris

Roman

Mit einem Nachwort von Nicole Nottelmann

btb

Die Originalausgabe erschien 1935 unter dem Titel
Das große Einmaleins im Querido Verlag, Amsterdam.

MIX
Papier aus verantwortungsvollen Quellen
FSC® C083411

Verlagsgruppe Random House FSC® N001967
Das für dieses Buch verwendete FSC®-zertifizierte
Papier *Lux Cream* liefert Stora Enso, Finnland.

2. Auflage
Genehmigte Taschenbuchausgabe Dezember 2014
btb Verlag in der Verlagsgruppe Random House GmbH, München

Umschlaggestaltung: semper smile, München
Umschlagmotiv: © plainpicture / Millennium
Druck und Einband: CPI – Clausen & Bosse, Leck
MI · Herstellung: sc
Printed in Germany
ISBN 978-3-442-74732-0

www.btb-verlag.de
www.facebook.com / btbverlag
Besuchen Sie auch unseren LiteraturBlog www.transatlantik.de

DIENSTAG: ER

Mitten im Tanz warf Frank einen Blick auf seine Armbanduhr. »Noch zwanzig Minuten«, sagte er.

Er spürte, wie die leichte Frau in seinem Arm ein wenig schwerer wurde – nur für eine Sekunde – und sich dann wieder leicht machte. »Wirklich?«, sagte sie ein wenig später. Er schaute lächelnd zu ihr hinunter. Sie war viel kleiner als er. Frauen waren immer kleiner als er, so war es gewesen seit dem Tag, da er seiner Mutter über den Kopf gewachsen war. Evelyns Haar schwebte unter seinem Mund, blondes Haar, ein stumpfes Blond mit einem Schein wie Zinn, nicht leuchtend, aber echt. Die ganze Frau war kunstlos, nicht sehr gut angezogen, nicht sehr gut hergerichtet. Frank war ein bisschen gerührt, als er in dieses stumpfblonde Haar hinein atmete. Ihr Gesicht konnte er nicht finden, sie hatte den Kopf gesenkt und tanzte ernsthaft, bemüht, mit ihren Schenkeln dicht den seinen zu folgen.

Er hörte, dass sie etwas sagte, aber er konnte es nicht verstehen, weil die kleine Kapelle eben daran war, viel leidenschaftlichen Saxofonlärm zu machen. Sie wiederholte es.

»Noch zwanzig Minuten – dann fährst du fort – und ich sehe dich nie mehr wieder.«

Wie sentimental diese deutschen Frauen sind, dachte

Frank. Aber er war in Evelyn verliebt, und es gefiel ihm, dass sie sentimental war. Erwidern ließ sich nichts. Er nahm sie näher an sich. Das kleine Stückchen nackter Haut unter seiner rechten Handfläche, die auf ihrem dekolletierten Rücken lag, fühlte sich kühl an. Ihre rechte Hand in seiner linken Hand war heiß, der kleine Tanzsaal war heiß – weißgoldene oberflächliche Klubeleganz. Es war einer dieser fieberhaften, frühreifen Maiabende. Hochsommerhitze, während die Apfelbäume rund um Berlin noch blühten.

Als Frank die Frau fester an sich nahm, hob sie den Kopf und schaute zu ihm auf. Wieder war er entzückt von der aufscheinenden Hilflosigkeit in ihrem Gesicht.

»Darling«, sagte er, »Darling«

»Darling«, flüsterte sie. Er sprach kein Deutsch, aber sie konnte Englisch, ein korrektes, sehr britisches Englisch, das sie in irgendeinem Pensionat gelernt haben mochte. Plötzlich wurde Frank von einer heftigen Unzufriedenheit mit sich selbst ergriffen. Ich habe die Angelegenheit verpatzt und ruiniert, dachte er wütend. Viel zu langsam, zu vorsichtig, zu – ich weiß nicht was. Er suchte ein Wort für die sonderbare Behutsamkeit, mit der er sich Evelyn genähert hatte, und fand es nicht. Es hätte etwas werden können und war nichts geworden. Aus und vorbei. Von den zwanzig Minuten waren fünf vergangen. Ein paar Küsse im Auto, eine kleine Träne in Evelyns Augen, ja, wahrhaftig, eine Träne. Und um 10 Uhr 45 ging der Zug nach Paris. *All right* – vielleicht besser für sie.

»Du bist wie eines von diesen Paketen, auf denen oben und unten und überall herum geschrieben steht: Vorsicht, Glas, Zerbrechlich«, sagte er schließlich, als er einen Schlusspunkt hinter seine Betrachtungen gemacht hatte.

Der Tanz war aus, Evelyn ruhte noch für einen Augenblick an ihm, bevor sie sich loslöste. Er stäubte sich ein wenig Puder von dem Seidenaufschlag seines Dinnerjacketts. Es war eine melancholische und gewohnte Bewegung. Es hatten etwa zwanzig Paare getanzt, zu viele für den kleinen Raum. Die Menschen irritierten Frank. Er legte seine Hand unter Evelyns Ellbogen und schob sie zur Terrasse.

Draußen war der Geruch des kleinen Sees, an dem das Klubhaus lag, ein wenig süß, ein wenig bitter, Schilf in stehendem Wasser.

»Wie in Virginia«, sagte Frank, als sie ans Geländer traten.

»Was denn?«, fragte sie erstaunt.

»Nichts. Der Geruch. Gehst du gern auf Entenjagd?«

»Nein«, antwortete sie lächelnd. Ihr Mund blieb offen wie in höchster Verwunderung. Auch auf der Terrasse waren Menschen, Lampions, bunte Schirme. Die Frauen fächelten sich mit Papierservietten.

»Hallo, Frank!«, sagte ein magerer, junger Mensch, der amerikanische Tennischampion, der das Berliner Turnier mitgespielt hatte.

»Hallo, George«, sagte Frank.

»Geht's wirklich heute noch nach Paris?«
»Leider. Höchste Zeit.«
»Kannst du nächste Woche nach Antibes kommen? Pascals sind auch da und die Sutherlands. Wir fahren dann alle zusammen mit der Isle de France nach Hause.«
»Wann?«
»Am Siebzehnten ab Cherbourg.«
»Viel zu spät. Ich muss die Berengaria nehmen, diesen Samstag.«
»Zu schade. Wirst du im Juni in New York sein? Komm mal nach Westport heraus! Viel Glück.«
»Dir auch«, sagte Frank und schob Evelyn weiter. Sie war dabei gestanden und hatte gelächelt, als ob sie nun gleich bewusstlos werden würde. Frank warf einen raschen Blick auf seine Uhr.
»Wie lange noch?«, fragte Evelyn.
Er antwortete nicht darauf, sondern schob seinen Arm lächelnd unter ihren.
»Wollen wir noch einmal zu unserm Tennisplatz gehen?«, fragte er.
Sie nahm ihr Kleid ein wenig hoch, als sie die Stufen hinuntergingen, und folgte ihm gehorsam von den Leuten fort.
Die Plätze lagen unten, bleich im Licht der Laternen, aber niemand spielte mehr. Unser Tennisplatz – das war der Platz, auf dem Frank acht Tage zuvor Evelyn kennengelernt hatte.
George hatte ihn eine Woche vorher in den Klub mit-

geschleppt mit der Verheißung, dass die Berlinerinnen bessere Figuren hätten, als man allgemein glaubte, und dass sie alle besser Englisch sprächen als die Babies in New York. Beides stimmte bis zu einem gewissen Grad. Die deutsche Tennismeisterin war prachtvoll gewachsen, ein schönes, lebenslustiges Exemplar von Frau. Frank taxierte sie mit einem Blick, und sie taxierte ihn mit einem Blick, und dann lachten sie wie Verschworene. Dann wurde er einer anderen Frau vorgestellt, die eine tiefe Stimme und wunderschöne nackte Beine wie aus braunem Satin hatte und Marianne genannt wurde. Beide Frauen hatten einen mörderischen Schlag. Frank spielte nicht gern gegen Leute, die viel besser waren als er, es verdarb ihm die Laune. Marianne borgte ihm eines ihrer eigenen Raketts, das zu leicht in seiner Hand lag, und sie arrangierte für ihn ein Single mit ihrer Freundin Evelyn. Evelyn spielte ungleichmäßig und entschuldigte sich damit, dass sie aufgeregt sei. »Warum aufgeregt?«, fragte er und servierte einen höflich sanften Ball; aber darauf kam keine Antwort. Er versuchte, sie gewinnen zu lassen, aber als sie es merkte, nahm sie seine Bälle nicht an. Ihr Gesicht sah er erst nach dem Spiel, als sie den weißen Pikeeschirm abnahm. Es schien ihm ungeheuer lebendig, dieses Gesicht, sodass er sie einen Augenblick lang schweigend anstarrte. Es schien ihm plötzlich, als ob die Gesichter der meisten Frauen, die er kannte, aus Porzellan gemacht wären und dieses Evelyngesicht aus einer anderen, lebendigeren Substanz. Und damit

fing es an, wie viele Männerabenteuer anfangen: mit Neugierde. Mit einer Frage: Wie fühlt sich diese Frau an, wie ist sie, wenn sie geküsst wird, wie, wenn sie sich hingibt. Sie war nicht die Sorte Frau, bei der ein Mann sofort ans Bett denkt – das kam erst später, nach dem ersten Kuss. Evelyn hatte sehr geschwungene Lippen, ungeschminkt, von einer blassen Korallenfarbe.
»Wenn man es riskieren würde, Sie zu küssen, bekäme man nicht überall rote Schminke ins Gesicht und hinter die Ohren«, hatte Frank ziemlich bald geäußert. Evelyn schaute ihn daraufhin an, als ob sie nicht Englisch verstünde. Sie hatte lange, lange Wimpern von der gleichen stumpfsilbernen Farbe wie ihr Haar. Diese hellen Wimpern gaben ihrem Gesicht etwas Schlafendes. Als Frank sie zum ersten Mal küsste, erschrak er über die Heftigkeit, mit der sie antwortete. Er erschrak, weil diese Leidenschaftlichkeit zusammenging mit einer wunderlichen Unerfahrenheit, Ungeschicklichkeit. Es war, als ob dieser fest verschlossene, blasse und zitternde Mund nicht verstünde, was man von ihm wollte, er öffnete sich nicht, er gab nicht nach. Die ganze Frau gab nicht nach. Geschlossene Augen, geschlossene Lippen, geballte Fäuste, ein krampfhaftes, schweigsames Zittern – das Ganze war etwas Neues. Und Frank beschloss, sich zu verlieben.
Das war vor fünf Tagen gewesen, in einem Taxi. Dann kam eine kleine Nachmittagsgesellschaft bei Marianne, irgendwo auf dem Lande, in einem erstaunlich kleinen

und bunten Haus. Rote Türen, blaue Fensterrahmen, Aluminiummöbel, dünne, etwas zu warme Cocktails – und Evelyn in einem blauen Leinenkleid, das eine Tendenz hatte, an den Schultern zu verrutschen. Frank revanchierte sich mit einer Cocktailparty im Adlon. Bei dieser Party trat zum ersten Mal Evelyns Mann in Erscheinung. Frank fasste eine Zuneigung für ihn vom ersten Blick an. Evelyns Mann war ein Bursche von etwa fünfunddreißig, er hatte eine schmale, elastische Figur und einen freundlichen, wenn auch etwas zerstreuten Ausdruck in seinen tiefliegenden Augen. Es lag klar zutage, dass dieser Droste ein Gentleman war, obwohl er nicht Englisch sprach, was eine Verständigung ausschloss. Die Gegenwart dieses sympathischen Gatten brachte es mit sich, dass Frank sich um Evelyn nicht mehr kümmern konnte als um die anderen Damen. Am nächsten Morgen, vor neun, rief sie ihn an und fragte, ob er böse auf sie sei? »Wie meinst du das: böse?«, fragte er verwundert und lachte. Sie hatte aufgehängt, ohne zu antworten. Und nun war es der letzte Abend, und er hatte noch zwölf Minuten Zeit – denn drei waren inzwischen wieder vergangen –, und sie standen auf dem Tennisplatz, im grellen Licht der Scheinwerfer, an denen Nachtschmetterlinge surrend ihre pelzigen Köpfe stießen.

»Ich hoffe, du wirst eine gute Reise haben«, sagte Evelyn höflich.

»Bestimmt. Ich schreibe dir einen Brief aus Paris«, sagte

er. Frauen schwärmen dafür, Briefe zu bekommen, das wusste er.

»Nein. Bitte nicht.«

»Nicht? Warum nicht?«

»Weil – ich möchte Ruhe haben«, sagte Evelyn.

Es klang unhöflich, aber vielleicht war es nicht so gemeint. Sie hatte manchmal Mühe, sich in der fremden Sprache auszudrücken. Sie schaute ihn erwartungsvoll an.

»Sind alle Amerikaner so wie du?«, fragte sie.

»Wie denn?«

»So schön wie du?«

Sie sagte *beautiful* statt *handsome*, und es machte ihn lachen.

»Nein, ich bin entschieden der allerschönste Mann von Amerika«, erwiderte er ernsthaft, dann platzte er heraus. »Übrigens sieht dein eigener Mann sehr gut aus«, setzte er höflich hinzu.

»Ja«, antwortete Evelyn.

Während Frank seinen Arm wieder in den ihren schob und sie von den Tennisplätzen fortführte, fragte er sich selbst mit einiger Ungeduld, was es eigentlich war, das ihm an dieser Frau gefiel, und fand keine befriedigende Antwort. Sie gingen schweigsam aus der Helle fort, über Kies und zwischen dem mühsam gepflegten Klubrasen zum See hinunter. Am See unten quakten die Maifrösche. Es war ganz schwarz hier, nur der bekieste Weg war ein helleres Band, das zu den Weiden hinunterführte. Am anderen Seeufer waren Lichter in Häusern. Im See

unten schwammen kleine Geräusche, Ruderschlag, ein unterdrücktes Lachen, Rauschen des Wassers.
»Da schwimmen sie im Dunkeln«, sagte Evelyn. Ihm wurde plötzlich klar, dass sie zitterte, er hatte bisher nicht darauf geachtet.
»Kalt?«
»Nein.«
Sie waren jetzt unter den Weiden, dicht am Wasser. Er griff in der Dunkelheit nach ihr und nahm sie schweigend in seine Arme. Wieder erschrak er ein wenig über die Heftigkeit, mit der sie sich in den Kuss hineinwarf. Amerikanerinnen waren nicht so, auch Französinnen nicht. Es machte ihn ein wenig schwindlig, als ihr Mund sich endlich unter seinem öffnete. Er ließ sie los und schaute sich um, er liebte Küsse im Stehen nicht. Seine Augen hatten sich an die Dunkelheit gewöhnt; er sah die Umrisse der kleinen Badehütte, es roch nach frischer Farbe, Teer, Wasser. Er zog Evelyn mit sich und tastete nach der Klinke. Sie gab mit rostigem Quietschen nach. Drinnen war es heiß, kohlschwarz. Frank zog Evelyn auf die schmale Holzbank. Er küsste sie irrsinnig. Er hörte sein eigenes Herz schlagen und wunderte sich über sich selbst. Evelyns Hand kroch unter seinen Rock und legte sich auf dieses dumpf-klopfende Herz. Wie Lydia, dachte er traumhaft.
Lydia war sein erstes Abenteuer gewesen, eine Farbige im Haus seiner Großeltern in New Orleans, ein Mädchen mit heller Haut und schwarzem, knisterndem Haar. In

keinem der zahlreichen Liebesabenteuer seines Lebens hatte er das gleiche primitive Entzücken dieser ersten, tief verbotenen und verpönten Umarmung wieder gefunden. Hier, in Evelyns leidenschaftlicher Unbeholfenheit, war etwas davon.
Er machte eine unbeherrschte Bewegung und Evelyns Hand verschwand von seinem tobsüchtigen Herzen.
»Du musst jetzt gehen«, sagte Evelyn etwas entfernt von ihm in der Dunkelheit.
»Unmöglich, dass ich jetzt von dir weggehe«, antwortete er atemlos. Er wartete, aber Evelyn blieb stumm und kam auch nicht zu ihm zurück. Jetzt hörte er das gleichmäßige Aufschlagen eines Tropfens. Wahrscheinlich hängen nasse Badeanzüge an der Wand, dachte er ganz vernünftig. Evelyn suchte an der Tür nach der Klinke.
»Evelyn«, sagte er atemlos. »Komm nach Paris mit mir! Bitte, komm.«
»Das ist doch ganz unmöglich.«
»Wieso? Paris ist ein Katzensprung. Du nimmst das Flugzeug.«
Evelyn hatte die Tür aufbekommen. Ein blasser Schein von Frühlingsnacht lag im Türausschnitt. Ihr Gesicht war nur ein weißer Fleck.
»Lebe wohl«, sagte sie auf Deutsch.
Er strich sein Haar zurecht und stäubte sich mechanisch seinen Rockaufschlag von Puder frei. Der Aufruhr in seinem Blut ebbte ab, in großen, langsamen Stößen floss es von seinem Herzen fort. Er starrte das Leuchtzifferblatt

an seinem Handgelenk an. Er nahm eine Zigarette heraus und im Schein des Streichholzes sah er genau auf die Uhr.
»Donnerwetter«, murmelte er und folgte Evelyn.
»Geh du voraus«, sagte sie und schloss die Tür hinter ihm. Er strich ihr übers Haar, ein wenig mitleidig, sie tat ihm leid in ihrem kleinen, weißen Kleid und weil sie lächelte. Er wollte sie wieder am Arm nehmen, aber sie machte sich frei und schob ihn voraus auf den schmalen Kiesweg. Oben, im Klubhaus, spielte wieder die Tanzmusik.
Es tanzten nur noch wenige Paare, als sie durch den kleinen Saal gingen. Frank winkte ein paar Leuten, die er kennengelernt hatte, zum Abschied. Er versuchte, sich in einem der Wandspiegel zu sehen – er war nicht ganz sicher, ob sein Haar richtig saß. Evelyn schaute kühl und schläfrig aus, nichts in ihrer Erscheinung verriet die kleine Szene im Badehaus. Frank bemerkte zum ersten Mal, dass sie ein paar Sommersprossen hatte: Sie war blasser als gewöhnlich, ihr Mund war größer und ihre Augen dunkler.
»Mr. Davis will sich verabschieden«, sagte sie und blieb im Bridgezimmer hinter der Stuhllehne ihres Mannes stehen. Droste legte die Karten hin und stand höflich auf, wobei er nach den angebrachten englischen Worten suchte.
»Auf Wiedersehen!«, sagte Frank, es war eines von den fünf deutschen Wörtern, die er kannte, und schüttelte

ihm die Hand. Jemand von der Bridgepartie schien ungehalten über die Störung – und Frank fühlte es ihm nach –, es war ein alter Herr mit weißem Spitzbart.

»Wer bringt Davis zur Bahn?«, fragte Marianne, die mit einem Glas Orangeade in der Ecke stand.

»Ich nehme ein Taxi nach Charlottenburg.«

»Unsinn. Ich fahre Sie hin«, sagte Marianne.

»Es muss aber schnell gehen.«

»Pronto, pronto. Los. Kommst du mit, Kleines?«

»Ich weiß nicht«, flüsterte Evelyn und starrte ihren Mann an. Sie hatte ihre Hand auf seine Stuhllehne gelegt und er war in sein Blatt vertieft.

»Der Herr Landgerichtsrat hat nichts dagegen. Kommen Sie, Davis. Der Gast, so lästig er ist, muss geehrt werden, sagt Peter Panter. Los.«

Mariannes Wagen stand auf der Einfahrt des Klubs. Es war ein kleines, bösartig fauchendes Tier. Sie quetschten sich zu dritt hinein. Frank zwischen den beiden Frauen. Marianne hatte ein starkes, bitteres Parfüm. Frank atmete es mit Vorsicht ein.

»Die Kleine sieht müde aus«, sagte Marianne mit ihrer tiefen, entschiedenen Stimme. Der Wagen sauste an den Laternen des Grunewalds vorbei. »Sie haben Evelyn überanstrengt. Amerikanisches Tempo ist nicht gut für sie.«

»Unsinn, Marianne«, sagte Evelyn in ihrer Ecke.

»Evelyn hat Ihnen wahrscheinlich verheimlicht, dass man sie vorsichtig behandeln muss. Sie hat sich bei der Geburt eines Stammhalters etwas übernommen. Seitdem ist sie nicht ganz in Ordnung und der Herr Landgerichtsrat macht sich berechtigte Sorgen.«

»Sie haben ein Kind?«, fragte Frank überrascht.

Evelyn nickte nur.

»Zwei!«, antwortete Marianne. »Zwei wilde, muttermörderische, viel zu dicke, viel zu laute Kinder, die ich einfach anbete.«

Sie riss den Wagen um eine Kurve.

»Ich habe Mrs. Droste vorsichtig behandelt – nicht wahr?«, sagte Frank. Er hatte seinen Arm flach hinter Evelyns Schulter gelegt, um mehr Raum in dem schmalen Wagen zu schaffen. Seine Gedanken sprangen von Evelyns Kindern zu Evelyns Mann. »Mit was für einem wunderbaren Titel haben Sie Mr. Droste angeredet?«, fragte er.

»Landgerichtsrat, Sir. Es bedeutet in unserem Land eine bessere Sorte von Richter. Droste ist fast der Jüngste von dieser Sorte. Er ist ein großes Licht und wird eine Riesenkarriere machen.«

Frank hatte darauf nichts zu erwidern. Evelyns Hand kam jetzt und legte sich heimlich in die seine.

»Schade, dass Sie schon fortfahren«, sagte Marianne. »Was haben Sie so eilig in Paris zu tun?«

»Das Übliche. Geschäfte.«

»Erzählen Sie, was für Geschäfte? Sind Sie vielleicht einer von den berühmten Industriekönigen, von denen man Erstaunliches in den Zeitungen liest?«, fragte Marianne. Frank musste lachen.

»Bei weitem nicht. Ich verkaufe Orangen. Aber ich rede nicht gern mit Damen über Geschäfte«, sagte er und hielt heimlich Evelyns Hand.
»Geschäfte sind das einzig Interessante an Männern«, entschied Marianne. Sie selbst war Architektin und steckte bis über die Ohren in ihrem Beruf. Sie stoppte den Wagen so scharf, dass Frank beinahe vom Sitz fiel. Evelyn ließ seine Hand los. Sie hatte kein einziges Wort gesprochen. Er warf einen raschen Blick auf die Bahnhofsuhr vor dem kleinen Stationsgebäude – er hatte noch sechs Minuten Zeit. Evelyn schob sich aus dem Wagen und gab ihm Raum zum Aussteigen. Ein Schutzmann machte Zeichen, ein Taxi hinter dem Wagen ließ seine Hupe schreien. Marianne zog Evelyn zurück in den Wagen.
»Gleich gibt's einen Skandal, wenn ich nicht weiterfahre. Adieu, Davis, viel Vergnügen in Paris und gute Geschäfte!«, rief Marianne. »Wir können Sie nicht auf den Bahnsteig bringen – wir machen zu viel Aufsehen in unseren Abendkleidern. Los, Evelyn, mach die Tür zu.«
Frank streckte die Hand in den Wagen, die Tür war noch offen, der Taxichauffeur hinter ihnen begann einen Streit, ein Mann mit Dienstmiene mischte sich dazwischen. Franks letzter Eindruck von Evelyn war, dass ihre Hand eiskalt schien und seinen Druck nicht erwiderte. Der kleine Wagen fauchte und fuhr davon.
Frank holte seine Fahrkarte hervor und ging rasch in

den kleinen Bahnhof. Er hatte sein Gepäck auf dem Hauptbahnhof ins Abteil bringen lassen und stieg auf dieser Vorortstation ein, weil sie näher beim Klub lag und er eine halbe Stunde länger bei Evelyn hatte bleiben können. Nun also war auch das vorbei.
Drinnen schien das fahle Licht, das alle Bahnhöfe der Welt zu so herzbrechenden Lokalitäten macht. Frank wurde die Treppen hinaufgewiesen; die Menschen, die auf den Bahnsteigen warteten, sahen sehr bleich aus. Sie schauten Frank an, als ob noch nie ein Mann im Dinnerjackett auf einem Bahnhof zu sehen gewesen wäre. Es roch nach feuchtem Gras und Erde, es schien Frank, als ob nur ein deutscher Bahnhof so riechen könne. Die hohe Böschung war grün bewachsen und ein kleiner Park zog sich zu beiden Seiten hin. Frank ging auf und ab, mit einem ungeduldigen und unzufriedenen Gefühl. Erst jetzt spürte er, dass er müde war. Er öffnete den Mund zu einem großen, lufthungrigen Gähnen. Und da war der Zug.
Er fand sein Abteil und untersuchte es lächelnd. Sein Gepäck war drinnen, der Hotelportier hatte seine Schuldigkeit getan, das Bett war hergerichtet. Schnell schlafen, dachte er. Er gehörte zu den glücklichen Menschen, die in Zügen herrlich schlafen können. Er nahm sein Nachtzeug hervor, alles roch nach Lavendel, es schien, dass er sein Rasierwasser nicht gut verschlossen hatte, wie gewöhnlich. Das Abteil hatte ein kleines Waschkabinett, das unter Wasser stand, nachdem

Frank sich darin vergnügt hatte. Trotz all des angenehmen kalten Wassers fühlte er sich noch immer unzufrieden, er wusste nicht recht warum. Alles in allem war er froh, von Berlin wegzukommen. Hier war er fremd – in Paris war er zu Hause. Er hatte den erfreulich kühlen Geschmack seines Zahnwassers im Mund, aber das half nichts. Er versuchte es sich mit einer Zigarette heimischer zu machen. Nein – das war es nicht. Er schob mit einiger Mühe den Vorhang beiseite und schaute hinaus. Der Zug fuhr zwischen Föhren dahin. Weit hinten lag der helle Himmel über den Lichtern Berlins. Frank Davis legte sich in das schmale Bett, spielte an den elektrischen Schaltern, schob sein kleines, ledernes Reisekissen unter den Kopf. Als alles behaglich schien, zog er seine Aktentasche heran und nahm ein paar Papiere heraus. Sitzung mit Farrere um 2 Uhr. Er hatte Farrere ziemlich sicher. Franzosen verstanden zu rechnen. Sie gaben nichts auf Reklame. Sie gaben etwas auf Zahlen. Gobin von der *Chambre Syndicale des Importeurs de Fruits* war schwieriger. Frank schloss die Augen und kalkulierte scharf. Wenn man die Spanier um zwei Cent per Case unterbieten konnte, dann war das Geschäft zu machen. Er holte seinen Füllfederhalter aus der Tiefe der Tasche und warf lange vielstellige Zahlen auf den Rand des Papiers. Nicht abzusehen, wie man den hohen französischen Zoll zahlen und noch unterbieten sollte. Er rechnete murmelnd. Der Zug hielt mit einem Stoß, wartete, fuhr mit einem Stoß wieder weiter. Frank ent-

deckte, dass er zu schläfrig war, um klar zu rechnen. Er legte die Papiere weg und drehte das Licht ab.
Im Korridor draußen führten zwei Stimmen ein eintöniges Gespräch auf Deutsch. So – das also war Berlin, dachte Frank schläfrig. Vor seinen geschlossenen Augen erschienen Figuren, Kreise, Netze. Evelyn …, dachte er, und da war wieder diese bohrende Unzufriedenheit. Alle seine Nerven waren unzufrieden, so sehr, dass seine Haut sich zusammenzog. Er hielt den Atem an und versuchte sich Evelyns Gesicht vorzustellen. Er sah mit seinen geschlossenen Augen alle möglichen Gesichter, die ihm in seinem kurzen Berliner Aufenthalt begegnet waren: Marianne, den Rechtsanwalt der Vereinigten Obst- und Südfruchthändler, den Portier im Adlon, den Jungen, der die Bälle im Klub aufsammelte, den Schutzmann, der vor der Station gestanden hatte, Gesichter, Stimmen, Gestalten, Geräusche – Kaleidoskop der fremden Stadt. Evelyn war nicht darunter. Sie versagte sich seinem Gedächtnis. Wie heiß es in dem Badehaus gewesen war …
Seine Muskeln spannten sich für einen Augenblick und ließen gleich wieder nach. Hoffentlich schleppt mich Marion nicht wieder in so eine schreckliche französische Theatervorstellung, dachte er noch, und dann war er schon eingeschlafen.

DIENSTAG: SIE

Mitten im Tanz warf Frank einen Blick auf seine Armbanduhr. »Noch zwanzig Minuten«, sagte er.

Evelyn konnte für einen Augenblick gar nichts sehen, der Tanzsaal schwamm vor ihren Augen. Das ist ja wie Sterben –, dachte sie dumpf. Seit drei Tagen wartete sie auf den Moment, da Frank sie verlassen würde, wie auf eine Hinrichtung. Sie hatte noch nicht gewagt zu denken, was nachher sein sollte, wenn Frank wieder fort war und alles vorbei.

»Noch zwanzig Minuten – und dann fährst du fort – und ich sehe dich nimmer wieder?«, sagte sie. Er beugte sich zu ihr hinunter, und als sein Atem warm über ihr Haar strich, merkte sie, dass sie deutsch geredet hatte.

»Noch zwanzig Minuten – und dann fährst du fort – und ich seh' dich nie mehr wieder«, wiederholte sie auf Englisch. Die Kapelle auf dem kleinen Podium nahm die Worte auf, es wurde eine herzzerbrechende Saxofonmelodie daraus: und ich seh' dich nie mehr wieder – nie mehr – dich nie mehr wieder …

Evelyn war schwindlig; ihr war immer schwindlig, wenn sie tanzte, und der Doktor hatte viel dagegen einzuwenden. Sie hatte schon lange keinen festen Boden mehr unter den Füßen. Sie hielt sich fest an Frank, sie spürte ihn überall, in jedem Zentimeter ihrer Haut.

Sie bettete ihren Kopf für einen Augenblick an seine Schulter. Wie tief vertraut ihr der Geruch von Lavendel und Zigaretten geworden war, der allen Dingen anhaftete, die Frank gehörten. Ihr eigener Mund sogar hatte diesen Geruch angenommen. Warum weine ich denn? Ich bin ja glücklich, dachte sie. Sie schlug schnell mit den Wimpern, um die Augen klar von Tränen zu bekommen und ihn sehen zu können.

»Darling«, sagte er lächelnd. »Darling.«

Du weißt gar nicht, dass ich sterben werde, sobald das vorüber ist, dachte sie. Sie war sogar ein wenig gerührt über ihn. Für ihn war alles leicht und lustig, er wusste nichts und verstand nichts von den schweren Dingen, großes, geliebtes Mannwesen. Nie mehr mit dir tanzen. Nie mehr dich sehen. Die Kehle schmerzte von ungeweintem Weinen. Frank schob seine Hand unter ihren Ellbogen und führte sie fort. Sie ging angestrengt und aufgerichtet, damit er nicht merken solle, wie schwindlig ihr war. Nie im Leben hatte sie sich so beschützt gefühlt wie bei dieser kleinen Bewegung, mit der Frank sie leitete. Sie hatte es ihm einmal gesagt und er hatte sie ausgelacht. Das lerne jeder kleine amerikanische Lausejunge in der Schule, hatte er gesagt.

Auf der kühlen Terrasse draußen wurde Evelyn etwas klarer und sicherer. Frank sprach von Virginia und Entenjagd. Es klang ungeheuer fremd und abenteuerlich. Mit Erstaunen und Entzücken spürte sie wieder, aus welcher Weite und Ferne dieser Mensch zu ihr gekommen war, um ihr ganzes Leben umzuwerfen, es mit einem Sturm von Glück zu erfüllen und wieder zu verlassen.

Ein paar Leute gesellten sich dazu, während sie die Sekunden zählte, die davonjagten, immer näher zu der Minute, die Frank von ihr wegreißen würde. Das Gespräch schwirrte von fremden Namen, Orten, Schiffen. Die ganz große Welt war darin, und Frank ging nachlässig mit dieser Welt um. Sie stand dabei und zählte die Sekunden.

»Komm zu unserm Tennisplatz«, sagte er.

»Wann geht dein Zug?«, sagte sie. Und: »Ich hoffe, du hast eine angenehme Reise.« Man konnte nicht sagen: Ich liebe dich. Leider lebte man in einem Jahrhundert, da solche Sachen nicht ausgesprochen werden. Der Tennisplatz war hell und leer, sie standen da wie auf einer Bühne, sichtbar für alle Leute auf der Terrasse. Sie wünschte brennend, mit Frank allein zu sein, irgendwo im Stillen und Dunklen. Er schien ihren Wunsch zu spüren, denn er zog sie mit sich fort, hinunter zum Seeufer. Es war ganz finster hier, draußen im See schwammen Leute. Evelyn wusste, dass Frank sie küssen würde, sie wartete darauf und hatte zugleich Angst davor. Er hatte es zweimal vorher getan – in einer Autodroschke und draußen in Mariannes Wochenendhaus, und es hatte sie ganz aus sich herausgerissen. Man wurde auf eine schmerzhafte Art verwandelt, man war wild und wehrlos und ein anderer Mensch, fast wie während einer Geburt.

Evelyn verstand nichts von dem, was Liebe genannt wurde. Sie hatte eigentlich nie daran geglaubt, dass diese vielberedete Liebe wirklich existierte. Sie las in der Zeitung von Leidenschaftstragödien; sie hörte, dass ihr Mann Leute verurteilte, die aus Liebe gemordet hatten. Die Bücher, die Theaterstücke, die Opern waren voll von dieser Sache: Liebe. Evelyn dachte mit einem kleinen, halb hochmütigen, halb verwunderten Lächeln, dass Liebe nur Einbildung sei, nur eine Fiktion. Sie war sicher, dass sie ihren Mann liebte, und ihr Mann liebte sie. Aber da war nichts von all dem Unsinnigen, Übertriebenen und Gewaltsamen, von dem man las und hörte, sooft von Liebe die Rede war. Zuweilen, wenn Evelyn ihre Freundinnen beobachtete, die Tränen, Szenen, Scheidungen, dann kam es ihr vor, als ob alle Welt ein Spiel spiele, dessen Regeln sie nicht kannte. Ein unvernünftiges, nicht ernst zu nehmendes Spiel, bei der die Einsätze nur Spielmarkenwert besaßen.

So war es gewesen, bis Frank Davis daherkam und alles, was sinnlos erschienen war, einen Sinn bekam, eine leuchtende, brennende, blühende neue Bedeutung. Sogleich und ohne Besinnung warf Evelyn sich in dieses Gefühl, mit einer Heftigkeit, die etwas Verzweifeltes hatte.

»Wie lange bleiben Sie in Berlin?«

»Sechs Tage – vielleicht eine Woche.«

Eine Woche also. Eine neugeborene Liebe, die zugleich mit ihrem Todesurteil auf die Welt kam. Eine Woche

Liebe auf einer Südseeinsel konnte eine Ewigkeit sein, aber eine Woche Liebe in Berlin – immer zwischen Menschen, Tennis, Cocktails, Bridge, Geschwätz, Klub –, da treiben die Tage fort in einer Leere, da ist Hunger nach Alleinsein, nach Alles-Sagen, nach Alles-Spüren, da ist ein Gefühl, das wächst und wird unerträglich. Ein Kuss im Auto, ein Telefongespräch, ein Tanz: das sind die kleinen Erlösungen für Evelyn. Die große Erlösung bleibt aus. Einmal an Franks Schulter einschlafen, anstatt an der von Kurt, einmal, einmal …

Als Frank sie in die Badehütte zog, erwachte sie ein wenig aus dem schwindligen Getriebensein, in dem dieser letzte Abend hinging. Etwas in ihr wehrte sich, die Erinnerung an Dienstmädchen, die sie mit ihren Schätzen in Hausflure gedrückt ertappt hatte; der Geruch nasser Badeanzüge, feuchter Matten, durchsonnten Holzes. Die Bank, auf die er sie zog, war nass, das Wasser zog in Evelyns dünnes Kleid. Sie erschrak, als sie begriff, was Frank wollte. Es war hässlich und geschmacklos und ohne Würde. »Nein – nicht so – nicht so«, flüsterte sie flehentlich auf Deutsch. Sie zog sich ganz in sich zusammen und brachte sich aus dem Bereich seiner Hände. Nein – das war es nicht, wonach sie sich sehnte, nicht das – und nicht so. Das leuchtende Zifferblatt seiner Uhr hing in der Finsternis wie das runde Gesicht eines winzigen Gespenstes.

»Du musst jetzt gehen«, sagte sie. Sie stand auf und versuchte, sich in der dichten Dunkelheit zur Tür zu tasten.

Das Geräusch der quakenden Frösche im See drunten gab ihr die Richtung. Hinter sich hörte sie den harten, schweren Atem des Mannes im Finstern.
»Komm nach Paris mit mir«, hörte sie ihn plötzlich sagen. Es klang vollkommen irrsinnig, wie das so in die Dunkelheit hinein geflüstert wurde. Es gehörte zu den vernunftwidrigen, wunderbaren, verrückten, sinnlosen Dingen, aus denen die Liebe bestand. Evelyn musste lächeln. Sie fand die Türklinke, ein rostiges und widerspenstiges Stück Metall, und stieß die Tür auf. Ein plötzlicher Schwindel packte sie, als sie in die kühlere Luft hinaustrat, das Sausen und die hilflose Benommenheit, mit der sich die Ohnmachten einleiteten, an denen sie seit der Geburt ihres zweiten Kindes litt. Sie kämpfte brav um Klarheit, während sie an der Tür lehnte und ihr Gesicht Hilfe suchend in die Luft hielt. Der Himmel oben hatte ein sonderbar helles Geschiebe von Wolken, hinter denen der Mond stand. Jetzt ist alles vorbei, dachte Evelyn. Sie spürte diesen Augenblick mit einer ungeheuren Deutlichkeit und Schmerzhaftigkeit. Es tat so ungeheuer weh, dass sie beinahe stolz auf diesen großen Schmerz war, der sich in ihr schattiges Leben verirrt hatte. Wieder hatte sie dieses sonderbare Gefühl von Geburt: etwas, das über die Kräfte ging; mehr als man aushalten konnte.
»Leb' wohl«, sagte sie. Jetzt kam Frank ins Freie, sie ließ ihn an sich vorüber. Er strich sein Haar glatt und lächelte: ein schöner, eleganter, untadeliger Herr aus

dem Klub. Evelyn wollte nicht, dass er ihr Gesicht sähe, sie hatte keine Gewalt über ihre Augen und ihre Mundwinkel.

»Geh du voraus«, sagte sie. Er war noch immer hier, nah, seine Schultern dicht vor ihren Augen. Der Kies knirschte unter seinen Schritten. Er blieb stehen, um eine Zigarette anzuzünden. Das war noch immer Glück. Sein Gesicht im Schein des Streichholzes. Leb' wohl, geliebtes Gesicht; nie mehr, geliebtes, geliebtes Gesicht. Der Rauch seiner Zigarette. Keine Zigarette in Berlin hatte diese Sorte Duft, es war alles darin: die Fremde, das Abenteuer, der Mann, der von weither gekommen war und wieder dorthin verschwand.

Als Evelyn durch den Tanzsaal ging, sehr steif und aufrecht, schien es ihr, dass jedes der Paare sehen müsse, wie es um sie stand. Sie erreichte das Bridgezimmer in einem Zustand völliger Auflösung, immer hinter dem korrekten, gesammelten Frank her, der höflich die Tür für sie öffnete und sie vorbeiließ.

Das erste, was Evelyn sah, waren Mariannes Augen, die ihr fragend und etwas spöttisch entgegensahen. Marianne stand in einer Ecke in ihrem brandroten Kleid und trank Orangeade. Marianne hatte eine Leidenschaft für wilde Farben. Die kalten, modernen Häuser aus Zement und Aluminium, die sie für die Snobs von Berlin baute, tobten immer an irgendeiner Ecke in einer Orgie von Farbe. Während Evelyn noch auf dieses Kleid starrte, wurde es plötzlich schwarz. Ihre Ohren begannen zu sausen. Ohnmacht, dachte sie entsetzt. Sie machte ein paar Schritte auf ihren Mann zu und suchte nach einem Halt. Nein – sie griff nicht nach Frank, sie griff nach Kurts Schulter und hielt sich daran fest. Erst als sie in dieser gewohnten und vertrauten Nähe war, klärte sich die Schwärze vor ihren Augen, wurde dünner und gab wieder die Sicht auf das Bridgezimmer frei. Kurt hatte ein gutes Blatt, und er schien sich nur schwer vom Anblick der Treffdame zu trennen, die Evelyn durch einen Nebel erblickte. Aber er wendete sich um, als er Evelyns Hand auf seiner Schulter spürte, und schaute fragend zu ihr hinauf.

»Mr. Davis will sich verabschieden«, hörte Evelyn sich selbst sagen. Es klang ihr ziemlich unwahrscheinlich und ungeheuerlich. Händeschütteln, Lächeln, Verbeugungen, viele Worte, Deutsch und Englisch. Jemand nahm Abschied, ein fremder Herr, ein Amerikaner. Wie kam es, dass dieser fremde Mensch ihr so ungeheuer nah gekommen war wie nichts und niemand zuvor in ihrem Leben? War es möglich, dass mit ihm alles fortging, was Sinn und Glanz hatte, alles?

Evelyn bemerkte, dass Marianne sie etwas fragte. Sie verstand es nicht gleich. Dann sickerte es durch, mit einem frohen Erschrecken.

»Ich weiß nicht«, sagte sie hilflos und starrte ihren Mann an. Nein, es war klar, dass Droste nichts dagegen hatte, wenn sie noch mit zum Bahnhof fuhr. Sie nahm das unverhoffte Geschenk dieser kostbaren Minuten mit einem bleichen Lächeln entgegen. Schon schleppte Marianne sie durch den Vorgarten des Klubs zum Auto. Marianne redete, munter und viel. Es sah nicht so aus, als wenn ihr und Frank noch ein einziges, vertrautes Wort gegeben wäre. Es war auch nichts zu sagen. Worte sagen immer das Falsche, das, was nicht wahr ist. Man maskiert sich mit Worten – dahinter liegt das Wirkliche. Marianne redete taktloses Zeug, aber Evelyn wusste nur zu gut, dass Marianne nicht taktlos war. Wahrscheinlich tat sie es mit Absicht. Sie plakatierte Evelyns Schwäche, die Kinder, Bärchens schwere Geburt – und der Wagen fuhr schon über die Halenseer Brücke. Unten lag das Gezweig der Schienen, weiter draußen blinkte der Funkturm, mit zierlichen Lichtgirlanden geschmückt. Für ein paar Sekunden ging Evelyn von Frank fort und zu den Kindern. Bärchen, der kleine Kerl, zu laut, zu stark, zu wild, Bärchen im Kinderwagen, Bärchen tiefsinnig in den Anblick seiner kleinen, vielen rosa Zehen versenkt, Bärchen schielend vor Aufregung, wenn er seine Milchflasche erblickte.

Marianne hatte eine brutale Art, Kurven zu nehmen. Evelyn wurde noch enger an Frank gepresst, als sie um die Ecke bogen. Der letzte Aufschub ging zu Ende. »In einer Minute sind wir da«, sagte Marianne beruhigend. Frank hatte nervös auf seine Armbanduhr geschaut. Plötzlich begriff Evelyn, dass diese Armbanduhr eine ungeheure Wichtigkeit in ihrem Leben geworden war, etwas durch und durch Unvergessliches. Es war eine aparte Uhr, aus dunklem Stahl, glatt und gut geformt. Er trug das Zifferblatt an der Innenseite des Handgelenks, wie kein Mensch in Berlin es trug. Im dunklen Badehaus hatte Evelyn die kleinen Ziffern gespenstisch in der Luft schweben sehen, als Frank nach ihr griff.

Sie suchte nach Franks Hand und legte ihre eigene Hand in seiner zur Ruhe. Da war schon die Station. Gleich war es vorbei.

Sonderbar, dass der letzte und entscheidende Abschied in einem Gewirr von Banalitäten ertrank. Träger, Schutzleute, Passagiere, Chauffeure, alles im fahlen Licht der zwei Laternen vor dem kleinen Bahnhof. Das junge Laub der Bäume warf einen Schatten in Franks Gesicht – das war das Letzte, was sie von ihm sah. Als Evelyn sich umwendete und durch die Rückscheibe des Wagens blickte, stand er vor dem Bahnhof, die Hand halb erhoben wie zum Winken, unschlüssig lächelnd und mit einem Schatten über seinem Gesicht. Er stand noch da, als Marianne den Wagen herumriss und durch die Unterführung davonfuhr.

»Ein netter Kerl«, sagte Marianne etwas später.

»Ja.«

»Der typische Amerikaner.«

»Ich weiß nicht. Mir kam er – so – nicht gewöhnlich vor.«

»Ja. Unsere Männer sind viel gescheiter, aber sie haben weniger Schwung – wenn du das meinst. Drüben sind alle genau wie Davis. Massenware in hübscher Ver-

packung.« Marianne war einmal in Amerika gewesen, um einem reichen Deutsch-Amerikaner eine Kopie seines Elternhauses aus Lörrach in Baden aufzubauen.
Was weißt du?, dachte Evelyn einsam und hochmütig. Es war ihr, als ob sie ein großes, abgründiges Geheimnis mit Frank teilte, als wenn kein einziger Mensch auf der Welt ihn so kenne, wie sie ihn kannte.
»Ja? Was sagst du?«, fragte sie, denn sie hatte Mariannes nächste Frage überhört.
»Kurt kommt mir etwas nervös vor«, sagte Marianne ein wenig ungeduldig. »Dir nicht?«
»Ja – vielleicht«, antwortete Evelyn unsicher und mit schlechtem Gewissen. Sie hatte die Welt, zu der Kurt gehörte, seit Tagen nicht beachtet. Wahrscheinlich läuft der Prozess nicht so, wie er möchte«, setzte sie hinzu.
»Die Rupp hat doch alles gestanden. Die ganze Geschichte läuft glatt und langweilig und hat so einen säuerlichen Armeleutegeruch. Ich habe gestern für eine Stunde der Verhandlung zugehört«, sagte Marianne noch, als Evelyn sie verwundert anblickte.
Marianne hatte den psychologischen Fimmel. Sie liebte den Schwurgerichtssaal und sie hatte Kurt gern. Die beiden konnten stundenlang zusammen sitzen und kniffflige psychologische Probleme diskutieren. Kurt hatte Marianne in die Ehe mitgebracht, wie Evelyn zu sagen pflegte. Aber mit der Zeit hatte Marianne den Landgerichtsrat etwas links liegen lassen und ihre heftige und fürsorgliche Freundschaft Evelyn zugewendet. Evelyns

Zartheit und Sanftmut war etwas, das die maskuline Kraft in Marianne ansprach.

Sie fuhren jetzt den Kurfürstendamm entlang, die Theater waren aus und die Wagen drängten sich unter den Bäumen. Marianne hielt das Steuer mit beiden Händen. »Rauch mir eine Zigarette an, bitte, sie sind in der Seitentasche«, sagte Marianne und deutete mit dem Kinn in die Richtung.

Bei dem Wort Zigarette fing etwas in Evelyn zu schmerzen und zu brennen an, als wäre sie im Schlaf gewesen seit dem Abschied von Frank; jetzt erwachte sie und es tat entsetzlich weh. Frank ist fort, ich sehe ihn nie wieder, dachte sie. Sie griff in die Seitentasche und fand eine Papierpackung mit Zigaretten, Franks amerikanischen Zigaretten, die er dagelassen hatte. Sie saß einen Augenblick reglos, mit der unangezündeten Zigarette im Mund, als ob sie auf etwas horche. Die Halenseer Brücke. Unten waren noch die Schienenstränge, und draußen blinkte noch der Funkturm wie zuvor, und Frank war nicht mehr da. Evelyn nahm den Anzünder und atmete den Geschmack der Zigarette ein; es war wie eine tief verbotene Liebkosung.

Marianne, die mit der Ungeduld der leidenschaftlichen Raucherin darauf gewartet hatte, die angerauchte Zigarette in den Mund gesteckt zu bekommen – es war eine alte Gewohnheit zwischen ihnen, sah plötzlich aus den Augenwinkeln, wie die Zigarette zu Boden fiel; der Anzünder rutschte an seiner Gummischnur zurück an

seinen Platz und Evelyn lehnte schwer gegen Mariannes Arm. Da haben wir's, dachte Marianne.
Es war in den letzten Monaten und seit Bärchens Geburt öfters geschehen, dass Evelyn ohnmächtig wurde. Ohne sichtbaren Grund fiel sie um und war nur langsam und mit Mühe ins Bewusstsein zurückzubringen. Es war etwas Geisterhaftes und leise Unheimliches um diese Anfälle. Nach Stunden kam Evelyn zurück und wusste nicht, wie lange sie fort gewesen war, ohne Bewusstsein in unbekannten Bezirken. Der Arzt hatte unbestimmte Namen dafür: Schwäche, Überanstrengung, Nachklänge der schweren Geburt. Er verordnete Schonung, Ruhe, keine Aufregung. Aber so war ja Evelyns Leben von jeher gewesen, ruhig, geschont, ohne Aufregung. Ob Grund zur Sorge sei, Gefahr, hatte der Landgerichtsrat den Arzt gefragt. Und der Arzt hatte mit einem Nein geantwortet, dessen Ton alle Befürchtungen offen ließ.
Marianne trat auf die Bremse, der Wagen kreischte und stand. Evelyns Körper sank etwas tiefer auf dem Sitz, aber der Stoß erweckte sie nicht. Marianne hob die Zigarette auf und drehte das Licht an, während sie mit der anderen Hand Evelyn stützte und in eine bessere Lage brachte. Sie fluchte leise dabei, denn sie hasste alle diese mulmigen Seelenbezirke, in denen ein Nachgeben zu Hause war, das sie, Marianne, Hysterie nannte. Sie rüttelte Evelyn, strich über ihre Stirn, ohne Erfolg. »Schöne Schweinerei! Das kann nun Stunden dauern!«, murrte Marianne besorgt. Sie fand Kölnisch Wasser

in der Seitentasche und hielt den kleinen Glaskorken dicht an Evelyns Nasenlöcher. Nichts. Heftig rauchend setzte Marianne den Wagen wieder in Bewegung, wobei sie mit ihrem rechten Arm Evelyns Körper festhielt. Ich kann sie in diesem Zustand nicht zu Kurt zurückbringen, dachte sie beunruhigt. Sie stoppte den Wagen wieder, überlegte. Es waren nun schon zehn Minuten, dass Evelyn bewusstlos war. Es sah aus, als ob Evelyn diesen Zustand liebte. Ihre Lippen waren weiß, aber sie lächelte, auf eine Weise, in der die wache Evelyn nie lächelte. Marianne griff über Evelyn hinweg nach einer neuen Zigarette. Plötzlich und mit ungeduldigem Entschluss hielt sie das brennende Zigarettenende gegen Evelyns Arm. Evelyn kam zu sich. Sie sah schuldbewusst aus.

»Das kommt vom Tanzen«, sagte Marianne denn auch mit promptem Vorwurf. Evelyn entschuldigte sich nicht. Als die schwarze, sausende Wolke sie aufgenommen hatte, gab sie gern nach. Es war wie ein kleiner, sehr angenehmer Tod gewesen. Es war viel angenehmer, in Ohnmacht zu fallen, als wieder herausgeholt zu werden. Dass Frank fortgegangen war, verursachte ihr einen Schmerz, der über ihre Kräfte ging. Die Ohnmacht war eine Flucht, ein Ausweg.

»Höchste Zeit, dass die Turnierwoche vorüber ist und diese Amerikaner abziehen«, murrte Marianne. »Das ist ein zu rastloses Leben für dich. Du gehörst um sieben ins Bett wie Bärchen.«

Evelyn rieb die kleine Brandwunde an ihrem Arm. Sie fühlte sich sehr miserabel. Und da war schon der Klub.

»Bitte, erzähl Kurt nichts«, sagte sie schnell.

»Natürlich nicht«, antwortete Marianne.

»Bitte«, sagte Evelyn, als sie über den bekiesten Weg gingen, »setzen wir uns noch einen Augenblick unten beim Badehaus hin.« Marianne hatte ihren Wagen geparkt. »Hier, nimm mein Cape«, sagte sie und hüllte Evelyn in die durchwärmte feuerrote Seide ein. Sie gingen um das Klubhaus herum und saßen eine Weile beim Badehaus unten, ohne ein Wort zu sprechen. Die Frösche sangen, hörten auf, sangen wieder. Es war ganz finster, nur der Himmel war hell. Es war noch derselbe Himmel wie zuvor.

»So. Jetzt können wir hineingehen«, sagte Evelyn schließlich. Die Musikkapelle war nach Hause gegangen, aber ein gutmütiges Klubmitglied spielte auf dem Klavier einen uralten Foxtrott für die wenigen Paare, die sich wie im Schlaf umeinander drehten und nicht aufhören wollten zu tanzen. Es waren drei Paare: ein jungverheiratetes Ehepaar, eben zurück von der Hochzeitsreise, zwei von den hoffnungsvollen Tennisjunioren, aufgelöst in der Entdeckung, dass sie zum ersten Mal verliebt waren. Und eine schöne, alternde Schauspielerin mit dem blendenden jungen Mann, der ihr Liebhaber war. Evelyn verstand mit einem Mal, oh, sie verstand dieses Nichtaufhörenwollen, Tanzen, Atmen, Beisammensein …

Im Bridgezimmer wurde noch gespielt, aber Kurt Droste war nicht bei der Partie. Er saß vor dem kalten Kamin und war in ein Gespräch vertieft. Der Mann, mit dem er redete, war Professor Senftenberg, der große Chirurg.

Der Landgerichtsrat bemerkte nicht, dass seine Frau eintrat. Erst als sie mit ihrer gewohnten Bewegung hinter seinen Stuhl trat und die Hand auf seine Schulter lehnte, blickte er auf.

»Das ist eben die Frage, Professor, das ist die große Frage«, sagte er, noch in sein Gespräch vertieft.

»Evelyn ist müde, ihr solltet lieber heimgehen«, meldete Marianne, die wie eine Wache neben Evelyn aufgepflanzt war.

Droste drehte sich schnell um und zog Evelyns Hand über seine Schulter.

»Ist dir nicht gut, Maus?«, sagte er besorgt.

»Doch. Mir ist gut«, erwiderte Evelyn mit ihrem blassen Mund.

»Du siehst ein bisschen abgewelkt aus«, bemerkte Droste. »Du hättest nicht tanzen sollen.«

»Pack sie ein und bring sie nach Hause«, ordnete Marianne an.

»Ich bleibe gern noch hier«, sagte Evelyn. Es war ein herzabschnürender Genuss, noch in den Räumen zu sein, in denen sie mit Frank gewesen war. Seine Worte hingen noch in der Luft, seine Gestalt stand noch in der Tür, sein Gesicht war noch im Spiegel.

Droste war dabei, sich von Senftenberg und von Marianne zu verabschieden. »Ich komme Ende der Woche und hole Evelyn und Bärchen zu mir aufs Land«, sagte sie. Evelyn stand dabei und rieb die kleine Brandwunde auf ihrem Arm. Es war nicht ganz sicher, dass sie nicht noch einmal in Ohnmacht fiel, hier, mitten im Bridgezimmer. Sie hatte so ein sonderbares, ausgeblutetes Gefühl in der Brust.

Evelyn war gewohnt, dass man über sie verfügte. Sie fand sich einige Minuten später in eine Autodroschke gepackt, auf dem Weg nach Wilmersdorf, wo sie wohnten. Droste legte seine Hand auf ihren Nacken, wie sie es gewohnt war, und sie lehnte dankbar ihren Kopf gegen seine Schulter. Es war ein hübscher Platz, um auszuruhen, Kurts Schulter.

»Na, kleine Maus«, sagte er vage. Gleich darauf fing er an, den Pilgerchor aus *Tannhäuser* zu pfeifen, ein Zeichen, dass er in juristische Gedanken vertieft war.

Ein heißes Bad, dachte Evelyn flehentlich, während sie den Kurfürstendamm entlang gerüttelt wurden. Sie liebte ihr Bad über alles. Wärme, Entspannen, Ausruhen, Vergessen. Leider waren da immer Schwierigkeiten mit dem heißen Wasser, die täglichen Kalamitäten einer nicht eben teuren Mittelstandswohnung. Das heiße Wasser lief nur stundenweise, zuweilen war es lau, zuweilen blieb es ganz aus. Evelyn ging zuerst einmal ins Badezimmer, als sie zu Hause angekommen waren und drehte den Hahn an: das heiße Wasser kam. Evelyn seufzte erleichtert auf. Sie hatte dunkel das Gefühl, dass damit alles besser würde. Kurt rumorte in der Speisekammer, wahrscheinlich suchte er nach Obst. Evelyn stand in ihrem Abendkleid über die Badewanne gebeugt und ließ das heiße Wasser über ihre Handgelenke rinnen.

Als die Wanne gefüllt war und das Badezimmer sich mit lauem Dunst umzog, ging Evelyn ins Schlafzimmer und kleidete sich aus. Kurt war noch in der Küche beschäftigt.

»Haben wir kein Obst zu Hause?« rief er. »In der Speisekammer ist nichts.«

Evelyn ging ins Speisezimmer und suchte auf dem Büffett nach Obst.

»Hier, Kurt«, sagte sie und trug die Glasschale ins Schlafzimmer. Kurt war eben dabei, mit nachdenklicher Miene seinen Smoking abzulegen.

»Bananen«, sagte er enttäuscht.

»Ich kann dir eine Limonade machen«, schlug Evelyn vor. Er sah aus, als hätte er schon wieder vergessen, was er wollte.

»Wie?«, fragte er. »Ja. Danke nein – nicht nötig.«

Evelyn wollte allein sein. Sie wollte an Frank denken. Es war wichtig und dringend. Sie ließ Kurt nachdenklich vor den Bananen stehen und ging ins Badezimmer. Das warme Wasser war gut zu ihr und umschloss sie. Kleine Silberperlen hingen da und dort an ihrer Haut, stiegen an die Oberfläche und verschwanden. Evelyn schaute mit einer leisen Verwunderung auf ihren Körper. Er war

so neu; da war eine Schwere in den Knien, ein Vibrieren in den Armen, ein Ziehen, das fast ein Schmerz war, in den Spitzen der Brüste. Evelyn wusste nicht, wie sie mit diesem neuen und unzufriedenen Körper zurechtkommen sollte. Sie verkroch sich in ihr Alleinsein wie in eine gute, geschützte Höhle und dachte an Frank. »Ich werde dir einen Brief schicken«, hatte er gesagt. Wahrscheinlich wusste er nicht einmal ihre Adresse. Sie zog die Stirn zusammen, als Kurt eintrat. Er hatte seinen blauen Pyjama an und gebärdete sich so, als wäre niemand in der Badewanne – das war zumindest der Eindruck, den Evelyn hatte. Er nahm seine Zahnbürste vom Ständer und begann mit ungeheuer ernster Miene seine Zähne zu putzen. Es war Evelyn nie zuvor aufgefallen, dass sie keinen Platz in ihrer Wohnung hatte, wo sie allein sein konnte; und sie hatte es so brennend nötig, allein mit sich und ihren Gedanken zu sein. Mechanisch griff sie nach dem Waschlappen und deckte damit ihre Brust zu. Aber Kurt hatte gar nicht hingesehen. Er arbeitete mit der Zahnbürste, als ob viel davon abhinge. Sie selbst hatte seinen Pyjama ausgesucht und ihn zu Weihnachten damit beschenkt, aber jetzt erinnerte er sie an Sträflingskleidung: der Schnitt und die Streifen und die Art, wie er über Kurts vorgebeugte Schultern fiel.
»Na, Maus?«, fragte Kurt, als die Zeremonie des Zähneputzens zu Ende war. Er trat an den Rand der Wanne und schaute lächelnd auf sie hinunter. »Diese Abende im Klub sind eigentlich todlangweilig«, äußerte er und

streichelte mit der Fingerspitze Evelyns nassen Arm, der auf dem Rand der Wanne lag. »Senftenberg ist ein trauriger Bridgespieler.«

»Willst du noch baden?«, fragte Evelyn. Sie mochte seinen Finger nicht auf ihrem Arm. Es war das erste Mal, dass sie etwas gegen Kurts Berührung hatte, aber sie ließ ihren Arm aus Höflichkeit liegen, wo er lag, wie einen Gegenstand.

»Nein, aber eine kalte Dusche«, antwortete er. Evelyn verabscheute kaltes Wasser. Kurts Vorliebe dafür war etwas, das ihr von jeher Bewunderung entlockt hatte. Seufzend fasste sie den Entschluss, die Badewanne zu verlassen. Kurt reichte ihr das riesige Handtuch. Er schaute zu, als sie sich abtrocknete, aber er schien sie nicht zu sehen.

»Du hast doch die Rupp gekannt?«, fragte er plötzlich. Evelyn war gerade dabei, ihr Nachthemd über den Kopf zu ziehen.

»Ja?«, fragte sie überrascht.

»Was für einen Eindruck hat sie auf dich gemacht?«, fragte Kurt nicht ohne Strenge. Wahrscheinlich fragte er unzuverlässige Zeugen auf diese Art aus und zwang sie, sich auf die Wahrheit zu konzentrieren. Evelyn runzelte angestrengt die Stirn und versuchte, sich an die Rupp zu erinnern. Die Rupp pflegte für ein paar Tage ins Haus zu kommen, wenn Waschtag oder großes Reinemachen war. Evelyn erinnerte sich an ein sommersprossiges und blasses Gesicht. Rote Haare, dachte sie unsicher.

»Sie hat Wasser im Knie gehabt«, meldete sie dann, froh, dass irgendeine Tatsache sich in ihrem Gedächtnis erhalten hatte. »Vom vielen Bodenscheuern«, setzte sie hinzu. Kurt ließ das Wasser aus der Wanne ablaufen.

»Hat sie gestohlen?«, fragte er.

»Mein Gott – du weißt doch, wie Bedienerinnen sind«, antwortete Evelyn unsicher. Tatsächlich waren in Frau Rupps schwarzer Wachstuchtasche allerhand Dinge davongetragen worden, die nicht hineingehörten. Evelyn erinnerte sich mit Schauern an den Krach, den es gegeben hatte, als die Köchin die Sachen in Frau Rupps Tasche fand – Seife, Zucker, eine alte Weckuhr, zwei Paar Strümpfe –, und Frau Rupp eine Diebin und Betrügerin nannte. Danach war Frau Rupp nicht mehr gekommen. Und nun war sie des Mordes an ihrer Schwiegermutter angeklagt und geständig. Sonderbar, dass jeder Mensch sein Geheimnis hat, sogar eine Rupp, dachte Evelyn mit angestrengter Stirn. Sie verstand viel mehr von Menschen seit dieser Woche, so kam es ihr vor.

Mit einem Mal verstand sie, warum Frau Rupp gestohlen und vielleicht sogar gemordet hatte. Diese Erleuchtung war so stark, dass sie auf dem Korridor noch einmal umkehrte und zurückging, um es ihrem Manne zu melden. Kurt war jetzt nackt und stand unter der Brause. Evelyn schaute geduldig seinen nassen, hübschen, schmalen Körper an und wartete, bis der Lärm und das Brausen und Prusten vorüber war.

»Sie hat einen sehr pompösen Mann gehabt und war unendlich verliebt in ihn«, erklärte sie.
»Wer?«, fragte Kurt.
»Die Rupp«, sagte Evelyn.
»Den hat sie noch immer«, antwortete der Landgerichtsrat und begann sich abzutrocknen. Evelyn verließ das Badezimmer und ging hinüber zu den Kindern. Sie tat das jeden Abend, bevor sie zu Bett ging.
Sie drehte das Licht nicht an, um die Kinder nicht zu wecken, aber durch die Milchglasfenster der Tür kam ein heller Schein vom Vorzimmer her. Das Zimmer roch heimatlich nach Babyseife und Kamillen, zart und ein wenig herb. Clärchen, die Dreijährige, lag wie immer mit dem Kopf am Fußende ihres kleinen Bettes, die Decke zerwühlt. Ein jammervolles Püppchen, dem die Arme fehlten, schlief mit aufgerissenen Glasaugen auf dem verlassenen Kopfkissen. Clärchen war eine gewalttätige, kleine Person, sie sah heiß aus und so, als ob Schlafen eine Anstrengung wäre. Evelyn hob den kleinen Körper hoch und legte Clärchen ans Kopfende, wo sie hingehörte. Sie wunderte sich jeden Abend, wie schwer das Kind war.
Bärchen – der Reim zwischen Clärchen und Bärchen wurde zu Clärchens stetem Entzücken in vielen Liedern und Gedichten verwendet –, Bärchen machte einen erstaunlichen Lärm, wenn er schlief. Er atmete und blies wie eine kleine Lokomotive, die Fäustchen symmetrisch zu beiden Seiten des Gesichtchens gepresst, denn er be-

fand sich noch in jenem frühen Babystadium, da beide Hände immer das Gleiche tun müssen. Seine Wangen waren so rot, dass Evelyn sie in dem dünnen Schein, der durch die Türe hineinsickerte, leuchten sehen konnte. Dieser kleine Sohn war noch so neu und bezaubernd, dass sie ihm nicht in die Nähe kommen konnte, ohne von einem leidenschaftlichen, sehr körperlichen Glück durchdrungen zu werden. Sie beugte sich hinunter und legte ihren Mund auf die warmen, feuchten kleinen Wangen, die nach Milch und Aprikosen dufteten. Einen Augenblick lang war es so, als wäre sie nicht so vollkommen unglücklich und das Kommende nicht so völlig leer und hoffnungslos, wie es seit Franks Abschied geschienen hatte. Sie fasste nach dem kleinen Köpfchen und legte seine Rundung in ihre hohle Hand, sie fühlte den Puls durch die Fontanelle klopfen. Bärchen machte ein Gesicht wie ein schlecht gelaunter, uralter Mann und bewegte sich. Evelyn schlich erschreckt aus dem Zimmer, bevor er erwachen und brüllen konnte.

Mitternacht war vorüber und draußen hatte es zu wetterleuchten begonnen. Die Fenster im Schlafzimmer standen offen und die Tüllvorhänge bauschten sich ein wenig. Kurt war nicht zu Bett gegangen. Evelyn rief nach ihm, er antwortete aus dem Wohnzimmer. »Ich komme gleich«, rief er. Evelyn wusste, dass dies eine sehr unbestimmte Länge von Zeit bedeutete und ging noch einmal hinüber. Der Landgerichtsrat stand vor einem der Bücherbretter, eine angebissene Banane in einer Hand, ein dickes Buch in der anderen. »Ich gehe jetzt schlafen«, meldete Evelyn. Er blickte auf und schaute sie an, als ob er sich nicht genau erinnern könne, wer sie wäre. »Gut, ich komme sofort«, sagte er und las weiter.

Als Evelyn im Bett lag, war sie dankbar, allein zu sein. Sie war jetzt so todmüde wie nach einer schweren Operation, wie nach Bärchens unglückselig komplizierter Geburt. Selbst der Schmerz in ihr war müde geworden. Schlafen, dachte sie sehnsüchtig. Nur schlafen. Sie ließ das Licht für Kurt brennen und schloss die Augen.

Sofort und ungerufen statt des ersehnten Schlafes war Franks Gesicht da. Schönes Gesicht, geliebtes Gesicht, einziges Gesicht. Dunkles Haar, glatt und glänzend um den Kopf geschmiegt. Die schöne Form der Stirn, manchmal springt eine Ader hervor, Zeichen der Erregung, Ungeduld, Selbstbeherrschung. Helle Augen unter dem dunklen Haar, ein großer, fester Mund. Die Haut hat einen Goldton, den Evelyn an niemandem zuvor gesehen hat.

»Das kriegt man in Kalifornien. Ich habe Orangenpflanzungen an der Küste.«

»Die Narbe? Da bin ich einmal mit meiner Maschine heruntergefallen – ich war Flieger im Krieg.«

»Ja, ich bin eine komische Mischung: französische Großeltern, meine Mutter kommt aus New Orleans, mein Vater war irisch, aber seine Mutter war aus einer der alten spanischen Familien in Kalifornien.«

»Ja, ich habe schlechte Manieren. Das kommt, weil ich ein Jahr in Kuba gelebt habe. Alle Höflichkeit, die ich in China gelernt habe, vergaß ich in Kuba.«

Noch während Evelyn mit geschlossenen Augen im Bett liegt und sich an Fetzen aus Gesprächen erinnert, vergeht ihr der Atem. Landgerichtsrat Droste, Düsseldorfer Straße 47, Vierzimmerwohnung, gute Familie, der deutsche Mittelstand – wieso ist das Ungeheure passiert, dass ein Frank Davis daherkam, Abenteuer, Weite, die ganze unbekannte Welt, kam von irgendwoher, ging fort, irgendwohin?

»Hast du die Gasrechnung bezahlt?«, fragte der Landgerichtsrat, als er eintrat. Evelyn erschrak, als ob er ihre Gedanken hätte sehen können.

»Nein«, flüsterte sie schuldbewusst. Und »Ich kann das nicht«, setzte sie hinzu. Kurt spannte die Hose ein und hing sie an das Fensterkreuz. Er stellte seine Pantoffel in Reih und Glied vor das Bett. Er war kein Pedant, er war nur ordentlich. Die Sprungfedern ächzten zart, als er sich niederlegte. »Kann ich das Licht abdrehen?«, fragte er. »Bitte«, sagte sie erleichtert. Die Dunkelheit legte sich kühl und sanft auf ihre geschlossenen Lider.

»Nun pass auf, Maus«, erklärte Kurt im anderen Bett. »Wenn ich den Postscheck ausfülle und in der Früh auf dem Schreibtisch lasse – wirst du ihn an die Gasgesellschaft abschicken?« Evelyn überlegte sich das und es erschreckte sie. Es schien ihr ein kompliziertes und verantwortungsvolles Geschäft.

»Ich glaube nicht«, sagte sie schließlich.
»Wenn die Rechnung nochmals verbummelt wird, sperrt die Gesellschaft uns das Gas ab«, ermahnte das andere Bett. Evelyn schwieg verstockt. Gas oder kein Gas – es war ihr vollkommen gleichgültig.
»Na, ist gut, kleine Maus«, sagte Kurt schließlich, und es klang gerührt, was eine Lächerlichkeit war. Sein Arm kam aus dem anderen Bett, schob sich unter ihren Rücken und umschloss sie freundlich.
»Müde?«, wurde gefragt.
»Sehr«, erwiderte sie.
»Na – gute Nacht«, sagte Kurt. Evelyn legte sich in seinem Arm zurecht, es war eine alte Gewohnheit.
»Gute Nacht«, sagte sie.
Sie lag noch lange, ohne zu schlafen. Sie hatte so viel zu erinnern und zu überdenken, wie nie zuvor in ihrem Leben. Die Kinder, dachte sie, Clärchen und Bärchen, das ist etwas ganz anderes. Es ist süß und bezaubernd, aber es kann mir nicht helfen. Es ist nicht wahr, dass Kinder etwas bedeuten, wenn man liebt. Kurt, die Kinder, das ist etwas ganz anderes. Das hat nichts, gar nichts damit zu tun. Komisch, dachte sie. Ich habe gar kein schlechtes Gewissen. Ich habe Kurt lieb, ich habe die Kinder lieb. Ich habe kein schlechtes Gewissen für das, was geschehen ist. Sie öffnete die Augen und überdachte es. Draußen wetterleuchtete es. Für Sekundenteile war das Zimmer zu sehen. Irgendwo in einer Nebenstraße war die Glocke eines Feuerwehrwagens zu hören.

Geschehen, dachte Evelyn. Aber es ist ja nichts geschehen, es ist ja gar nichts geschehen.

Und dann kamen endlich die Tränen, stürzten hervor und rannen in plötzlichen Strömen von ihren Wangen auf das Kissen.

»Schläfst du nicht, Maus?«, fragte es aus dem anderen Bett. Evelyn hielt den Atem an und antwortete nicht. Nicht einmal weinen darf ich allein, dachte sie verzweifelt. Sie hörte ihren Mann seufzen, und dann war es still im Schlafzimmer.

DIENSTAG: DER MANN

Der Amerikaner, der mit Evelyn tanzte, schaute auf seine Armbanduhr. Landgerichtsrat Droste war unter die Tür des Tanzsaales getreten, um nach Evelyn auszuschauen und hatte sie nach einigen Schwierigkeiten zwischen den Tanzenden entdeckt. Er hatte gewohnheitsmäßig nach einem schwarzen Kleid Ausschau gehalten; aber augenscheinlich trug sie ein weißes Kleid, eine dünnes Fähnchen, das in Falten an ihrem dünnen Körper herunterhing. Droste hatte dieses Kleid nicht bemerkt, als sie in den Klub gefahren waren.

Evelyn sah müde und schläfrig aus, als sie mit dem Amerikaner an Droste vorüberkam. Er hatte ein wenig Mitleid mit ihr, denn er wusste, dass sie ungern in Gesellschaften ging.

»Ich habe mich gerade über dich geärgert«, sagte er, als er im Bridgezimmer auf Marianne stieß, Marianne in Feuerrot und mit dunkelbraunen Tennisarmen.

»Was habe ich wieder angestellt, Liebling?«

»Es ist Unsinn, dass du uns immerfort in diesen Klub schleppst. Das ist viel zu anstrengend für Evelyn.«

»Nun habe ich doch mal die schöne teure Gastkarte für euch erschwungen, jetzt muss sie auch ausgenutzt werden«, erwiderte Marianne, aber sie meinte es nicht so. Tatsächlich war der Klubbeitrag für Drostes Beamteneinkommen zu hoch. Marianne hingegen hatte einen ersten Preis und den Auftrag für eine Siedlungskolonie bekommen; sie lebte vorübergehend in sehr gehobenen Verhältnissen und zwang gutmütig ihre Freunde, an ihrem Aufschwung teilzunehmen.

»Ein bisschen Tennis und Schwimmen und Tanzen kann Evelyn nicht schaden. Wenn sie immer nur zu Hause sitzt und zuhört, wie Bärchen brüllt, das ist auch nicht so großartig für ihre Nerven«, sagte sie, während sie Droste am Ärmel nahm und ihn weiterzog. »Soll ich eine Bridgepartie für dich zusammentrommeln?«

»Gut. Aber ohne Ausländer. Ich kann nicht so hoch spielen«, erwiderte Droste schlecht gelaunt. Er hatte in Wirklichkeit diese Abende im Klub recht gern. Es war ein nettes Ausspannen nach anstrengenden Verhandlungstagen. Aber während dieser Turnierwoche hatte der Klub ein ganz verändertes Gesicht angenommen. Die englische und amerikanische Kolonie von Berlin fand sich ein, der spanische Gesandte, der türkische Konsul. Es wurde mehr englisch gesprochen als deutsch und Ladies in außerordentlichen britischen Hüten erschienen auf der Tribüne. Droste fühlte sich durch all diese Ausländer gestört. Sie waren laut und ein wenig rücksichtslos und so strahlender Laune, dass man aus Opposition zum Pessimismus gedrängt wurde. An Schachspielen war nicht zu denken, solange nebenan die Jazzkapelle wimmerte und bumste. Vernünftige Menschen, mit denen man sonst gute, lange Gespräche führen konnte, machten sich als Foxtrott-Tänzer im Ballsaal lächerlich. Und Evelyn, die zu sanft und höflich war, um Nein zu sagen, tanzte aus purer Gastfreundschaft mit diesen lauten, halbzivilisierten Bengeln aus Amerika, obwohl sie es nicht leiden konnte und es außerdem schlecht für ihre Gesundheit war.

Droste war ärgerlich und überreizt, er schluckte heftig den Rauch seiner Zigarette in sich hinein.

»Na, Liebling, was liegt dir auf dem Gemüt?«, fragte Marianne, die ihn besser kannte als er sich selbst.

»Warst du heute in der Verhandlung?«, fragte er denn auch prompt.

»Nein, ich hatte keine Zeit. Warum?«

»Nichts. Ich hätte gern mit dir darüber gesprochen«, antwortete der Landgerichtsrat.

Marianne war ein alter Gerichtssaalkiebitz. Sie hatte zwei Jahre vor Drostes Ehe eine enge, aber kurze Beziehung mit ihm gehabt, die sich bald in eine feste Freundschaft gewandelt hatte. Von damals her hatte sie die Gewohnheit beibehalten, Drostes Verhandlungen zu besuchen, und er blieb dabei, sich mit ihr über seine Probleme auszusprechen.

»Schieß los«, sagte sie, und sie setzten sich vor den Kamin, Marianne in ihrer gewohnten Stellung, ein Bein unter sich gezogen, wie die Frauen auf persischen Miniaturen sitzen. Sie schaute ihn erwartungsvoll an.

»Da ist diese Rupp – sie hat gestanden, dass sie ihre Schwiegermutter vergiftet hat«, sagte Droste und behandelte seine Zigarette wie einen Feind. »Alles klipp und klar, wenn man ihr zuhört – aber es stimmt etwas nicht. Was die Rupp erzählt, ist alles gelogen, das weiß ich so sicher wie …«

Droste verfiel in tiefes Nachdenken. Marianne schaute ihm interessiert zu. Sie hatte das feine Runzelgeflecht auf seiner Stirn gern, es war ihr bekannt wie eine oft gelesene Landkarte. Es war, als ob man durch die dünne Knochenwand seines Schädels sein arbeitendes Gehirn sehen könnte. Alles an Droste war fein und dünn. Gestalt, Hände, Haupt, Haut und Haar. Gute norddeutsche Rasse, durch viele Generationen gesiebt bis zur Überfeinerung.

»Na, was ist los, Puschel?«, fragte Marianne und holte den alten Kosenamen hervor.

»Wenn die Rupp unschuldig ist, dann ist auch die kleinste Strafe zu hoch«, sagte Droste schließlich, mitten aus seinen Gedanken heraus.

»Du sagst doch, sie hat gestanden?«, bemerkte Marianne verwundert.

»Eben«, erwiderte Droste, stand auf und ging davon.

Marianne schaute ihm erstaunt nach, pfiff ein wenig, dann erhob sie sich und versuchte, die Bridgepartie zusammenzubekommen.

Droste ging wieder zu dem Raum hinüber, in dem getanzt wurde. Die Gereiztheit über den fruchtlosen Verhandlungstag mischte sich mit dem Ärger darüber, dass er den Abend hier im Klub vertrödelte. Er dachte an ein Buch über Giftmorde, in dem er nachlesen wollte. Als er den Tanzraum betrat, war es eigentlich seine Absicht, Evelyn zu rufen und mit ihr nach Hause zu fahren, zu seinen Akten und Nachschlagewerken. Aber er konnte Evelyn nicht finden. Irgendwie stimmte es ihn zufriedener, dass sie sich nicht mehr damit abplagte, einen echauffierten, fremden Burschen zwischen den Tanzenden durchzulotsen. Und während er noch unter der Tür stand, vergaß er gänzlich, auf Evelyn zu achten. Während er nämlich da stand und auf die gut gekleideten tanzenden Paare schaute, schob sich die Rupp dazwischen. Die Rupp, eine breite Frau, Ende der Vierzig, mit vertrocknetem rötlichem Haar, Sommersprossen auf der breiten, flachen Nase, die verarbeiteten Hände unruhig vor dem schweren, schwangeren Leib gefaltet. Sie war höflich und willig, immer bereit, Auskunft zu geben und dem Gericht in dem schleppenden Verhandlungsgang vorwärts zu helfen. Ihre Aussagen, mit einer leisen Stimme vorgebracht, waren klar, deutlich und in Ordnung. Die Rupp hatte vier Kinder und erwartete ein fünftes. Der Mann war seit eineinhalb Jahren arbeitslos. »Und das Stempeln macht einen Mann auch nicht besser«, hatte sie geäußert. Die ganze Familie wohnte in einem Zimmer und Küche und hatte bis zur Ermordung noch die uralte, kranke und unverträgliche Mutter des Mannes bei sich gehabt. Die Rupp war eine unsympathische Person, aber sie hatte einen guten Leumund. Sie schrubbte und putzte und nähte und ging als Waschfrau in die Häuser, um ein paar Pfennige zu verdienen. Ein tüchtiges Stück Menschenjammer, diese Rupp, die so überaus geständig war, ihre Schwiegermutter ermordet zu haben … Droste war unzufrieden mit sich selbst. Er war sich darüber im Klaren, dass er die Verhandlung in ungehöriger Weise in die Länge zog, einfach, weil er Angst hatte, ja, ganz gewöhnliche Angst davor, es zu einem Urteil kommen zu lassen, solange er selber so unklar fühlte. Die Rupp verfolgte ihn, ihr schweres, unbewegtes Gesicht mit den verschwommenen Zügen der Schwangeren, ihre leise, etwas belegte Stimme, ihre unbeholfenen Worte, mit denen sie sich selber bezichtigte.

»… Und wie ich's gesagt habe, da muss ich das ganze Rattengift auf einmal in ihre Suppe getan haben, damit endlich Ruhe ist, denn es war die reine Hölle mit der Alten.«

Droste hatte seit drei Nächten Veronal nehmen müssen, um sich Ruhe vor der Rupp zu verschaffen. Dieser Prozess wurde zu einer Qual für ihn. Er ahnte, dass er wieder nicht würde schlafen können.

»Der Herr wird zum Bridge gebeten –«, sagte Marianne hinter ihm. »Oder willst du mir die Ehre eines Tanzes erweisen?«

»Du kennst ja meine Foxtrottkünste«, sagte er, aber als sie dicht vor ihm stand, sodass die rote Seide ihres Kleides seine Knie streifte, nahm er sie schließlich um die Taille und begann zerstreut zu tanzen.

»Gar nicht schlecht für einen Landgerichtsrat«, sagte Marianne spöttisch.

Inzwischen – vielleicht getragen durch den Rhythmus – hatte er eine Formulierung gefunden. »Es gibt zwei Todsünden für den Juristen«, sagte er. »Einen Schuldigen laufen lassen und einen Unschuldigen verurteilen. Ich weiß nicht, was von beiden schlimmer ist für einen Menschen, dessen Beruf die Gerechtigkeit sein soll ...«

Er tanzte einmal schweigsam um den Saal, seine Seele arbeitete. »Und ich habe das Gefühl, in diesem verdammten Prozess wird beides passieren«, sagte er plötzlich. Marianne hörte auf zu tanzen.

»Wer in Gottes Namen soll's denn gewesen sein, wenn nicht die Rupp?«, fragte sie, etwas außer Atem.

»Der Mann natürlich«, antwortete der Landgerichtsrat halblaut.

»Was denn, der Mann? Hast du denn etwas gegen ihn gefunden?«

»Nein. Nichts. Das macht mich ja gerade verrückt. Wo ist Evelyn? Ich will nach Hause.«

»Na, lass doch Evelyn. Du bist wie eine Kinderfrau. Du machst sie unselbständig. Erzähl mir lieber alles über die Rupp.«

Droste hörte auf zu tanzen, und schon während er sie mit sich auf die Terrasse zog, begann er zu sprechen.

»Stell dir vor, Marianne, da leben sieben Menschen in einem Zimmer, Kellerwohnung, Mann, Frau, vier Kinder und die Schwiegermutter. Der Mann hat die Frau erst geheiratet, als sie schon zwei Kinder mit ihm hatte. Er ist der schöne Mann in der Straße. Schlachtergeselle, so einer, wegen dem alle Dienstmädchen in den Laden kommen, wenn sie um Wurst geschickt werden. Er sieht aus wie ein Trompeter in einer Kurkapelle. Die Rupp war eins von diesen Dienstmädchen. Sie scheint den Mann anzubeten. Sie scheint zu fühlen, dass sie ihm ewige Dankbarkeit schuldig ist dafür, dass er sie nicht nur geschwängert, sondern auch geheiratet hat. Von Anfang an ist da Küchengeruch, Kindergeschrei und Malheur. Die Milch brennt an, die Windeln hängen überm Herd zum Trocknen, die Kinder haben Keuchhusten, die Frau kommt in die Hoffnung, sooft der Mann sich ihr nähert. Die Wohnung ist feucht, an den Fenstern sieht man nichts als die Stiefel der Leute, die draußen in der Sonne vorbeigehen. Das Geld reicht nicht, von Anfang an. Dann verliert der Mann seine Stellung. Man kann nicht einmal sagen, dass er dran schuld ist. Er hat nichts gestohlen, er betrinkt sich nur an hohen Feiertagen, er ist kein Raufbold, er schlägt nicht einmal seine Frau. Die Rupp gibt ihm den besten Leumund – was nicht ändert, dass Herr Rupp für uns eine höchst unsympathische Persönlichkeit bleibt. Ein arbeitsloser Mann im Haus, das ist etwas Schreckliches. Er kommt so schnell herunter, er verliert seine Menschenwürde, seine Selbstachtung. Er ist unglücklich, und seine simple Schlachternatur kann das nicht anders ausdrücken, als dass er die Familie quält und peinigt. Aber die wahre Hölle geht doch erst los, als die Schwiegermutter dazu zieht. Die alte Rupp, das ist der reine Teufel. Sie ist hochmütig, denn sie war früher etwas Besseres, sie hat einen eigenen Laden gehabt. Da der Sohn sie nicht mehr unterstützen kann, zieht sie mit Sack und Pack ein, und der Teufel geht gleich los. Sie verachtet das Dienstmädchen, das ihren prachtvollen Sohn geheiratet hat. Sie okkupiert den Platz der Rupp in der Stube, am Herd, bei den Kindern, beim Mann. Die Rupp tut, was sie kann. Sie wäscht, sie schrubbt, sie arbeitet, sie verdient ein paar Groschen, sie hat Fehlgeburten, sie blutet aus und trabt wieder los und wird alt und stumpf und sehr hässlich. Sie ist eifersüchtig auf die Alte. Sie kämpft um den Mann. Aber die Alte hat einen großen Trumpf in der Hand: ihr Testament. Die alte Rupp hat eine Lebensversicherungspolice auf tausend Mark, die nach ihrem Tod fällig wird. Ein Vermögen für die Rupps in ihrer Kellerwohnung. Die Rupp lässt sich viel von ihrer Schwiegermutter gefallen. Sie gibt ihr das eigene Bett, sie selbst schläft auf einer Bank in der Küche, und wenn die Kinder sie nicht schlafen lassen, dann füllt sie die Stunden damit aus, sich auf den Tod der Alten zu freuen. Die Alte ist krank, sie hat es in den Gedärmen – aber sie stirbt nicht. Wie aus Eigensinn und zum Hohn bleibt sie leben. Sie schikaniert die Rupp mit ihren Schmerzen, ihren unappetitlichen Beschwerden, ihren Ansprüchen – aber sie stirbt nicht. Die Rupp ist wieder in der Hoffnung; es ist kein Platz für das neue Kind, solange die Alte lebt, kein Geld für die Geburt, nicht einmal Geld für einen Abort. Die Rupp ist nicht wahnsinnig. Sie ist nur am Ende mit ihren Nerven. Sie kauft ein Paket Rattengift und gibt es der Alten in die Suppe. Die Alte stirbt. Und alles wäre gut, wenn nicht die Versicherungsgesellschaft anfangen würde zu fragen, zu untersuchen, den Totenschein zu beanstanden, die Abwesenheit eines Doktors beim Tod ist verdächtig. Eine Autopsie wird gemacht, man findet Arsen. Die Rupp gesteht. Sie hat vier Monate in Untersuchungshaft gesessen, sie ist jetzt im achten Monat.«

Er schwieg und schaute auf seine Hände. Er war wie auf einer Insel mit Marianne. Alle anderen tanzten, lachten, flirteten. »Ich weiß nicht, ob du dich so hineindenken kannst«, fügte er etwas befangen hinzu. Marianne schaute ihn nachdenklich und mit einem Ausdruck von Hochachtung an.

»Ich habe nicht umsonst fünf Jahre lang die Arbeiterhäuser studiert«, sagte sie nebenher und hörte nicht auf, Droste anzublicken. »Wenn sie alles gestanden hat: wo ist dein Problem?«, fragte sie. »Mitleid?«

»Mitleid! Ein Richter darf kein Mitleid haben. Nein. Das Problem ist, dass der Mann mitangeklagt ist. Er und die Rupp bestehen darauf, dass er von der ganzen Sache nichts gewusst hat. Ich bezweifle das. Ein Mann weiß genau, was seine Frau tut. Ich kann ihn nicht laufen lassen, wenn …«

»Es kann nicht angenehm sein, in diesem Prozess die Interessen der Versicherungsgesellschaft zu vertreten«,

sagte Marianne unerwartet. Droste blinzelte unter dem plötzlichen Angriff. Es war ihm etwas besser zumute geworden, während er ihr das Bild dieses Ruppschen Lebens hinzeichnete.
»Warum habe ich dich eigentlich nicht geheiratet, Marianne?«, hörte er sich zu seinem eigenen Erstaunen sagen. Marianne schaute noch auf seine Hände hinunter.
»Sei froh«, sagte sie. »Die Ehe mit Frauen meiner Art ist sehr enervierend.«
»Die Ehe mit jeder Frau ist enervierend«, erwiderte Droste schnell. Gleich darauf tat es ihm leid. Wie unrecht gegen Evelyn, dachte er. Er hatte Evelyn entsetzlich gern in ihrer Hilflosigkeit und Zartheit. Er fühlte Mariannes Blick auf sich ruhen, einen sonderbar forschenden und spähenden Blick. Eine Sekunde lang sprach sie nichts; dann nahm sie ihn am Ellbogen und schob ihn zwischen den Menschen durch zum Bridgezimmer.
»Du spielst jetzt Bridge, bis du schläfrig wirst und die Rupp vergisst«, sagte sie streng.
»Ja – vielleicht«, erwiderte er etwas erleichtert. Marianne war gut. Sie sah es seinen Augen an, wenn er begann Veronal zu nehmen, und sie verstand ihn davon abzuhalten.
Die Partie bestand aus Marianne und ihm, dem Chirurgen Senftenberg und der alten Lungström. Die alte Lungström war in ihrer Jugend eine große Wagnersängerin gewesen. Seit sie alt war, hatte sie nur zwei Interessen: Bridge und Pferderennen. Sie sah wie ein Mann aus, wie ein alter Cellist, mit einer grauen Mähne über

der viereckigen Stirn, einem großen Brustkasten, in Tweed gekleidet und mit einer merkwürdigen kurzen Zigarre im Mundwinkel.

Droste fühlte ein leichtes Ausspannen seiner Nerven, als er austeilte und die Karten so glatt aus seinen Fingern glitten. Aber sie hatten noch keine zehn Minuten gespielt, als seine Gedanken wieder davonzuwandern begannen. Fragen und Antworten aus dem Verhör kreuzten durch sein Gehirn und mischten sich mit den kurzen Ausrufen der Spieler. Die Lungström klopfte zweimal mit ihrem Knöchel auf den Tisch und ermahnte ihn, sich zu konzentrieren. »Arbeiten, meine Herren!«, sagte sie. »Wir sind nicht zum Vergnügen da.« Es war einer der stehenden Späße der Bridgepartie.

Er vergaß auszuspielen, und Marianne trat ihn sacht gegen das Schienbein. Die Treffdame machte ein höhnisches und missgelauntes Gesicht, und er war wieder mitten in seinem Prozess. Er hatte ein gutes Blatt, mechanisch spielte er aus und er gewann sogar.

Die Partie wurde etwas gestört, als einer dieser stürmischen amerikanischen Tennisspieler Marianne fortholte zur Bar und statt dessen der alte Geheimrat Regen eingeschoben wurde, der schon seit einer halben Stunde wie ein brüllender Löwe umherging und nach Bridgepartnern suchte. Später erschien Evelyn für einen Augenblick und legte ihre Hand auf Drostes Schulter, gerade als er eine knifflige Ansage von vier *no trumps* zu entscheiden hatte. Wie es schien, wollte man die

Amerikaner zur Bahn begleiten. Er fand, dass der Klub die Gastfreundschaft gegenüber diesen fröhlichen Ausländern etwas übertrieb, aber es war nicht seine Sache, dagegen Einspruch zu erheben.

Als der Trupp gegangen war, kam eine leichte Missstimmung in ihm auf, er bekam schlechte Karten und hatte keine Spannung mehr. Er hörte auf zu spielen und setzte sich mit Senftenberg in die Ecke. Auch Senftenberg hatte einen Kummer. Ihm war am Tag zuvor ein einfacher Blinddarm mit Tod abgegangen, und das wurmte ihn. Sie hatten ein Männergespräch, das beide zufriedenstellte, obwohl sie eigentlich aneinander vorbeiredeten. Droste über die Rupp und der Chirurg über den Blinddarm. Dann kam Evelyn zurück und es tat dem Landgerichtsrat leid, dass er sie hatte zum Bahnhof mitgehen lassen. Sie sah abgespannt aus, während Marianne neben ihr blühte und Energie ausstrahlte wie ein guter, rot glühender Ofen.

Der Landgerichtsrat packte seine Frau ein und sie machten sich auf den Heimweg. Er hatte eigentlich die Idee gehabt, mit der Stadtbahn heimzufahren, aber als er genauer in Evelyns Gesicht blickte, das einen Ausdruck hilfloser Ermüdung zeigte, pfiff er nach einem Taxi.

»Es kann keine Kleinigkeit sein, den ganzen Abend englisch zu reden, mit Leuten, die man nicht kennt und die ohnedies nichts zu sagen haben?«, sagte er und richtete sich in dem schlecht gefederten Taxi ein. Evelyn lächelte vage. Kaum fuhr der Wagen los, als die Rupp sich wieder in sein Gehirn drängte. Es war lächerlich, dass ihn diese Geschichte so quälte. Er hatte, um es mit einem einfachen Wort zu benennen, Mitleid mit der Rupp, aber Mitleid war ein unziemliches Gefühl für einen Richter. Kein Zweifel, dass man der Rupp mildernde Umstände zubilligen würde. Aber auch dann blieb noch immer das Zuchthaus sicher. Die Rupp wird ihr fünftes Kind im Gefängnisspital gebären, sie wird eine sogenannte Mutterzelle zugewiesen bekommen und den Säugling bei sich behalten dürfen, solange sie ihn stillt. Die vier Kinder zu Hause werden in Fürsorge kommen. Der Mann wird verkommen und vor die Hunde gehen. Die Versicherungsgesellschaft wird tausend Mark gespart haben. Nein, das Ganze war unbefriedigend. Und das Beunruhigende war, dass die Rupp sich so beflissen der Verurteilung darbot, so ganz kampflos dasaß, dumpf und nicht ganz zu durchschauen.

Der Mann Rupp war ganz anders. Vollblütig, aktiv, immer gelaunt, bei einem der dünnen Gerichtssaalscherze laut zu lachen. Er war der Mitwisserschaft und sogar der Mithilfe verdächtig und deshalb mitangeklagt. Droste war fest überzeugt, dass dieser heitere Kraftmeier mitschuldig sei. Aber nicht das Geringste konnte ihm bewiesen werden. Es war, als ob die Rupp sich mit ihrem schweren, breiten Leib vor den Mann stellen und ihn decken und schützen würde. Aber es war grundfalsch, dass es so stand, grundfalsch, durch und durch falsch.

Das Auto hielt, Droste stieg aus, half seiner Frau heraus,

zahlte mechanisch, schloss mechanisch die Haustür auf, drückte auf den Knopf für die Stiegenbeleuchtung. Das Treppenhaus hatte den abgestandenen Geruch eines Hauses, in dem auf jedem Flur zwei Parteien wohnen, die jeden Freitag Fisch und zweimal die Woche Kohl kochen. Evelyn kroch müde hinauf. Sie war wie ein Kind, das so lange aufbleiben will wie die Erwachsenen und dann schlapp macht. Klub, Tanzen, Amerikaner: das war nichts für Evelyn. Droste sperrte die Wohnungstür auf und schob Evelyn ins Vorzimmer.

Das Vorzimmer war ein langer Korridor, in dem Bärchens Kinderwagen, das Fahrrad des Dienstmädchens Veronika und Clärchens Spielreifen in Reih und Glied aufgestellt waren. Die Wohnung bei Drostes war niemals ganz in Ordnung, was den ordentlichen Landgerichtsrat ständig ein wenig irritierte. Evelyn war zu passiv, um ein Haus zu regieren. Sie ging wie blind durch den Korridor zum Schlafzimmer. Auf halbem Weg ließ sie einen Handschuh fallen, hob ihn aber nicht auf. Droste hatte einen trockenen, bitteren Geschmack im Mund. Das kam vom Veronal. »Haben wir Obst?«, fragte er, aber Evelyn hörte es nicht. Er ging durch die Küche und an den Eisschrank in der kleinen Vorratskammer. Grundfalsch war es, grundfalsch, wenn etwa diese Rupp die ganze Schuld auf sich nehmen würde, um ihren Mann vor dem Gefängnis zu retten – es waren Momente in ihrem Verhör gewesen, da der Landgerichtsrat davon überzeugt war, ohne es beweisen zu können. Wenn die Rupp ins Zuchthaus ging, dann war die Familie zugrunde gerichtet. Grundfalsch. Das Umgekehrte müsste geschehen, der Mann müsste die ganze Schuld auf sich nehmen und im Gefängnis verschwinden. Die Rupp, stumpf und schwer und arbeitsam, würde sich und die Kinder durchbringen. Es war Kraft in ihr wie in einem sandigen Kartoffelacker. Droste schaute auf die Kartoffeln, zwischen denen er gedankenverloren gewühlt hatte. Kein Obst in der Speisekammer. Wie gewöhnlich.

Im Speisezimmer fanden sich schließlich ein paar Bananen und Evelyn schien noch stolz darauf zu sein. Droste machte sich missgelaunt an das Schälen einer Banane. Sie rochen gut, aber sie waren immer die gleich pappige, geschmacklose Enttäuschung, wenn man hineinbiss.

Droste wanderte in das sogenannte Wohnzimmer, das eigentlich sein Arbeitszimmer war. Nicht, dass er Evelyn daraus verdrängt hätte; aber Evelyn war eine von den Frauen, die ihr ganzes Privatleben auf ihrem Bett aufbauen. Bücher, Zeitschriften, Briefe, Bonbons, Dinge, die gemacht werden mussten, das Haushaltbuch, das Droste eingerichtet hatte und das nie stimmte, sondern die fehlenden Beträge immer unter der ungewissen Bezeichnung Diverses verrechnete – dies und hundert andere Kleinigkeiten trieben sich immer auf Evelyns Bett herum und machten es zu einer Art privaten Empfangssalon.

Als Droste das Buch nicht finden konnte, nach dem er suchte, wanderte er ziellos weiter, geriet ins Schlafzimmer und entdeckte zuletzt, was er wirklich wollte: eine gute, kalte Dusche. Er hatte schon vorher seinen Rock abgelegt, jetzt zog er sich vollends aus und schlüpfte in seinen Nachtpyjama, während er mit gerunzelter Stirn nachdachte, in welchem Buch er das interessante Kapitel über Giftmorde gelesen hatte, nach dem er vergeblich suchte. Pinot – Pindol – Bintop – er suchte noch nach dem Namen des französischen Autors, als er ins Badezimmer kam.

Hier schlug ihm der laue parfümierte Dunst einer badenden Frau entgegen. Es war eines von den Dingen, die er nicht liebte, aber an die er sich gewöhnt hatte. Evelyn wohnte in der Badewanne, am liebsten wäre sie tagelang darin geblieben, wie die Irrsinnigen im Dauerbad. Droste überwand seine Ungeduld und wechselte ein paar nichtssagende Worte mit ihr. Er putzte sich ostentativ die Zähne und gurgelte geräuschvoll. Es war erfahrungsgemäß kein schlechtes Mittel, um Evelyn zu vertreiben und das Badezimmer zu erobern. Wirklich seufzte sie herzbrechend und stieg aus der Badewanne. Im gleichen Augenblick wurde Droste von jener heftigen Zärtlichkeit für die hilflose, kleine Person erfasst, die den stärksten Teil seiner Bindung zu ihr ausmachte. Sie setzte so einen ängstlich tastenden Kleinkinderfuß auf die Badematte und schauderte im Augenblick, da sie das warme Wasser verließ. Er nahm schnell ein Badetuch und hüllte sie ein. Sie lächelte dankbar. Droste dachte, dass sie sehr mager geworden war seit Bärchens Geburt. Sie hatte einen Körper wie die Frauen von Lucas Cranach, schmal, mit vorgeschobenem Becken, und wie diese schaute sie ihn mit einem kindlich schlauen Seitenblick an, während sie sich abtrocknete. Plötzlich und uneingeladen war wieder die Rupp da. Wie sie starr in der Anklagebank saß und kein einziges Mal zur Seite sah auf ihren Mann. Nur dass dicke Schweißperlen auf ihre gelbe Stirn traten, während er vernommen wurde. Der Verteidiger hatte um ein Glas Wasser für die Angeklagte gebeten …

»Du kennst doch die Rupp?«, fragte er, gerade als Evelyn mit der sorgfältigen Trocknung ihrer zierlichen Schultern fertig war und in ihr Nachthemd schlüpfte. Es war ihm plötzlich so, als könne Evelyn in ihrer Unwissenheit ihm wichtigere Dinge über die Rupp erzählen als etwa Marianne mit allem sozialen und psychologischen Verständnis. Aber Evelyn wusste nicht mehr als die alte Tatsache, dass die Rupp im Hause gewaschen hatte und eine arme Frau war. Als er sie endlich aus dem Badezimmer vertrieben hatte, kam sie nochmals zurück, um ihm eine sentimentale Mitteilung zuzuschreien: Die Rupp hatte einen pompösen Mann und war unendlich verliebt in ihn. Droste nahm dies ungeduldig lächelnd und kopfschüttelnd zur Kenntnis und drehte die Brause wieder an. Er dachte mit Antipathie an dieses lebenskräftige Stück Mannsfleisch in der Anklagebank. Er hörte das Geräusch, mit dem die Kinderzimmertür in den Angeln knarrte, wusste, dass Evelyn nun ihre

Abendandacht an Bärchens Bett verrichtete und ging hinüber zu seinen Büchern. Er hatte es. Robert Pinchot, *Histoire des Empoisonnements.* Es war gar kein Buch, sondern eine Artikelserie in der *Revue Generale du Droit, de la Legislation et de la Jurisprudence.*

Er stöberte in den alten Heften, die nach Pfeifenrauch rochen. Im Büro rauchte er immer Pfeife, nur zu Hause bequemte er sich zu den zivilisierten Zigaretten. Nach einigem Herumsuchen fand er auch, was er gesucht und nur halb in der Erinnerung behalten hatte, eine allgemeine Psychologie des Giftmordes. »... Der Giftmord ist das typische Verbrechen der Frau ...«, las er; und »... in der Geschichte der berühmten Giftmorde, die einen ihrer Höhepunkte in der Renaissance, den anderen im Frankreich Louis XV. hatte, sind 85 Prozent aller Giftmorde von Frauen begangen worden. Das gewöhnliche Motiv: Eifersucht, Rache einer Verschmähten, Habsucht ...«.

Droste seufzte. Was hatten die Giftmorde der Renaissance mit der Rupp zu tun, dieser zu Tode gehetzten Scheuerfrau in ihrer Kellerwohnung? Er winkte ungeduldig ab, als Evelyn ihn störte, und las weiter. Er hatte vor dem Bücherregal stehend zu blättern angefangen. Etwas später setzte er sich in einen tiefen Stuhl, zog die Leselampe näher und nahm sein Augenglas vom Schreibtisch. Pinchot hatte ein ganzes Kapitel den Giftmorden der Armen gewidmet, diesen unbeholfenen und grausamen Morden mit Rattengift, mit dem

Gebräu, das Zigeunerinnen und Abtreiberinnen verkauften. Eine wilde und primitive Höllenwelt, in der Bäuerinnen ihre Liebhaber umbrachten, Töchter ihre Väter ermordeten, um frei zu werden, unerwünschte Kinder armer Arbeiterinnen mit Gift aus der Welt geschafft wurden. Droste wusste nicht, wie lange er las, die Materie nahm ihn gefangen. Als er von dem Buch aufblickte, war es kühl im Zimmer geworden, und vor dem Fenster stand ein Wetterleuchten, das von Zeit zu Zeit die Bäume in der Straße hell und erstaunlich klar aus dem Dunkel holte. Droste nieste zweimal. Er konnte sich eine Erkältung während einer Hauptverhandlung nicht leisten. Er gähnte und legte den Pinchot fort. Er stand noch eine Weile vor dem Schreibtisch und las die Notizen für den nächsten Tag, die er auf seinen Block geschrieben hatte, und dabei erinnerte er sich, dass die Gasrechnung bezahlt werden musste. Dann löschte er das Licht aus und wanderte zum Schlafzimmer.

Die Lampe brannte auf seinem Nachttisch, aber Evelyn schien eingeschlafen zu sein. Er bemerkte es erst, als er schon nach der Gasrechnung gefragt hatte, und es tat ihm herzlich leid, sie geweckt zu haben. Ihr Gesicht sah klein und müde aus auf dem Kissen. Er wunderte sich noch jeden Abend über ihr Haar. Sie hatte es lang getragen bis zu Bärchens Geburt, zwei schwere Zöpfe, silbern vom vielen Bürsten, über den Bettrand hängend. Sie hatten es ihr in der Klinik abgeschnitten, weil es sie zu müde machte, dieses schwere Haar in Ordnung zu halten. Jetzt war da nur ein silbernes Gespinst, wie zartes Moos um ihr Gesicht gebreitet. Droste nahm dies mit Zärtlichkeit in sich auf, während er den erwachsenen Mann spielte und milde Ermahnungen wegen der versäumten Gasrechnung hielt. Als er das Licht löschte, hatte er den starken Wunsch, Evelyn in die Arme zu nehmen, sich ganz in ihr zu vergraben. Die Rupp vergessen, alles vergessen, müde werden an ihr, einschlafen. Wirklich kam ihr warmer, leichter Körper dicht zu ihm und legte sich in seinen Arm, er spürte die zarte Senkung über Evelyns Hüfte in seiner Ellbogenbeuge, als er sie behutsam umschloss. Er horchte in diesen vertrauten Körper hinein, aber kein Vibrieren antwortete. »Müde?«, fragte er tastend. »Sehr«, wurde geantwortet. Droste seufzte nicht. Er gab acht auf seinen Atem, auf seinen Herzschlag, der enttäuscht abebbte. Er hatte Sehnsucht.

Er hatte Sehnsucht nach Marianne, entdeckte er plötzlich. Marianne war stark, Marianne war gut. Bei Marianne würde man müde werden und einschlafen können. Seine Hand, die auf Evelyns vorsichtig atmender Brust lag, wurde schlaff. Sie rückte ein wenig fort von ihm in ihr eigenes Bett.

Wetterleuchten vor dem Fenster. Die Rupp. Die Verhandlung. Marianne. Evelyn. Liebe Evelyn, liebe. Die Rupp. Das Kissen wird heiß. Gewitter in der Luft. Nicht schlafen können, nicht einschlafen können. Belastungszeugen … »Wo waren Sie an dem Tag, da

Ihre Mutter starb, Angeklagter …« Dämmerzustand – Droste streckte mit äußerster Vorsicht seine Hand aus. Er nahm die Zunge zwischen die Zähne und öffnete seine Nachttischlade ohne Geräusch. Er tastete nach dem Veronal. Er lauschte auf Evelyns Atem. Er hörte ihn nicht. Er hatte jetzt die Veronaltablette in der Hand, er tastete nach Wasser, schluckte, trank – schnell, wie etwas Schimpfliches und Verbotenes. Er lauschte wieder. Evelyn atmete unruhig, nicht, als ob sie schliefe.
»Evelyn, schläfst du?«, flüsterte er. Keine Antwort. Auch das Atmen im andern Bett hörte auf.
Droste seufzte, drehte sich um und versuchte einzuschlafen.

MITTWOCH: ER

Es regnete, als Frank Davis gegen Mittag in Paris ankam; ein dünner, koketter, silberner Regen, der der Stadt gut zu Gesicht stand. Frank richtete seine Uhr nach der Pariser Zeit: es blieben ihm knapp zwei Stunden bis zu der Konferenz. Das Hotel, in dem er stets wohnte, lag hinter der Chambre des Députés, auf der kleinen verschlafenen Place de la Bourgogne. Frank hatte eine Abneigung gegen die großen Hotels an der Etoile, die voll mit Amerikanern waren. Es war ein wenig Snobismus in seiner Vorliebe für das linke Ufer, vielleicht auch das Erbteil seiner französischen Großmutter; er wollte in Paris nicht unter der Marke ›Amerikaner‹ herumgehen. Übrigens hatte er früher über ein Jahr in Paris gelebt und war seitdem regelmäßig herübergekommen. Er sprach ein anständiges Französisch, das ein wenig nach New Orleans klang, und war recht gut zu Hause in der Stadt.

Madame, die Besitzerin des Hotels, begrüßte ihn entzückt, als er die winzige Halle betrat. Er hatte einen Teil seines Gepäcks in Paris gelassen, als er den kurzen Abstecher nach Berlin unternahm, und es war wie eine kleine freundliche Heimkehr. Der Concierge steckte ihm Briefe und ein Telegramm in die Hand. Der Lift wurde gerade repariert, ein häufiges Vorkommnis im

Hotel de Bourgogne, und Frank lief die Treppen hinauf zu seinem Zimmer.

Das Telegramm kam aus Santa Barbara, Pearson, sein Manager, drahtete die niedrigsten Preise, die man anbieten konnte, um die kalifornischen Orangen in Frankreich einzuführen. Frank betrachtete das Telegramm mit gerunzelter Stirn und rechnete. Die Äpfel aus Columbia hatten alle anderen Äpfel vom Kontinent verdrängt; es war nicht einzusehen, warum den kalifornischen Orangen nicht das Gleiche möglich sein sollte. Zwar hatte Frank keine besonders hohe Meinung von den Orangen, die er verkaufen wollte, er hielt sie als Obst für nicht sehr genießbar und nur zur Saftbereitung zu verwenden, aber sie waren süß und sie waren billig. Und ein gut geleiteter Reklamefeldzug würde schließlich sogar dieser Nation von Café-au-lait-Trinkern und Brioche-Essern die Nützlichkeit eines Glases Orangensaft vor dem Frühstück beibringen. Frank träumte schon den Text eines ganzseitigen Inserates ins Blaue, während er sein Rasierzeug auspackte.

Ein Brief aus London von Pearl; dort schien alles in Ordnung zu sein. Eine gekritzelte Karte von Marion; sie erwartete seinen Anruf. Ein Telegramm von Pearl, die auch einen Anruf haben wollte. Erwarte Anruf sieben Uhr abends im Claridge. Ganz Pearl, klar und vernünftig disponiert. Die kalifornischen Orangenpreise lagen noch immer über den spanischen und sizilianischen Preisen – und dabei waren die europäischen Orangen

besser. Dazu kam noch die Einfuhr aus den Kolonien Nordafrikas. Man musste entscheiden, ob man für das erste Jahr der Einführung mit Verlust arbeiten sollte oder ob man besser die ganze Idee fallen ließ. Frank war nicht dafür, eine Idee aufzugeben. Er hatte eine Vorliebe für gefährliche Geschäfte. Es war spannender, so wie ein ganz großes Pokergame.
Baden, rasieren, und dabei immerfort Zahlen, Berechnungen. Frank hatte die Fähigkeit, mit sechsstelligen Zahlen flink und sicher operieren zu können, obwohl er mit der höheren Mathematik nie zurechtgekommen war. Orangen, Kisten, Dollars, Francs – das waren Dinge, mit denen man rechnen konnte. Frank, der nackt zwischen Bade- und Schlafzimmer hin und her ging, warf glatte Zahlen auf ein Blatt Papier, das den Aufdruck des Hotels und ein etwas verunglücktes Bild seiner Directrice trug.
Eine kurze stürmische Begrüßung vonseiten des Zimmerkellners André, der einen kleinen Imbiss ablieferte. Frank zog sich an, aß, ohne sich niederzusetzen, steckte sich eine Zigarette an. Er fühlte sich wohl, er hatte die Berliner Verstimmung vergessen. Mit Deutschland war einfach im Moment kein Geschäft zu machen, das Land war zu arm. Frank schob seine Schultern behaglich in seinem Anzug zurecht, während er Passy anrief.
Marion war dann auch gleich am Telefon mit ihrem *alloh, alloh, Joujou?* Es war eines der Kunststücke dieser französischen Frauen, dass sie immer da waren, wenn

man sie wünschte und immer bereit, das zu tun, auf was man Lust hatte.
Frank lächelte zu dem Gezwitscher am Telefon, aber er behielt seine Armbanduhr im Auge, während er mit ihr sprach: »Ich kann nicht mit dir lunchen, ich habe doch diese scheußliche Konferenz mit Farrere«, sagte er. »Aber sofort nachher – und bitte, halte dir den Abend frei für mich.«
»Der Pascha befiehlt, die Odaliske harrt«, antwortete Marion draußen in Passy. Frank steckte seine Notizen ein, tupfte ein wenig Lavendelwasser auf sein Taschentuch, warf einen raschen Blick in den Spiegel und verließ das Hotel.
Der Regen hatte aufgehört, eine dünne Sonne schien auf das gewaschene Pflaster. Es herrschte ein intensiver, ein klein wenig melancholischer Frühling in Paris. Als das Taxi über die Brücke fuhr, an den dicken Blumenfrauen vorbei, erinnerte Frank sich unversehens der kleinen Frau in Berlin, Evelyn. Es musste mit den Mimosensträußen zusammenhängen, die in dicken Büscheln aufgetürmt waren. Nachher erinnerte er sich, dass Evelyn Mimosen liebte; er hatte sich vorgenommen, ihr zum Abschied welche zu schicken, und es dann vergessen. Schade.

Das Haus in der Rue Meyerbeer hatte ein etwas deprimierendes Aussehen. Es war die vierte Konferenz, die Frank mit den Franzosen hatte, und ihr zähes und kleinliches Handeln machte ihn ungeduldig. Er war zu amerikanisch, um zu begreifen, dass ein großes Syndikat in einer so muffigen Bude hauste. Schwarze Schilder mit Goldlettern hingen im Eingang. Kein Aufzug. Gaslichter im finstern Treppenhaus, knarrende Holzstufen.

Farrere war ein kleiner Mann mit einem kleinen Bart. Alles an ihm war viereckig, so hoch wie breit: die Stirn, der rötliche Bart, die Hände, der Brustkasten. Er hatte eine altmodische, feine Damenuhrkette über der Weste hängen. Wenn er nachdachte, holte er einen goldenen Zahnstocher hervor und bohrte sich damit im Ohr.

Er war ungemein munter und liebenswürdig, er umarmte Frank, er nannte ihn *mon cher, mon vieux* – aber er war zäh und misstrauisch. Dubareaux saß still hinter dem Schreibtisch, er hatte ein kleines Kästchen vor sich und Drähte in den Ohren, denn er war schwerhörig. Frank musste alle seine Vorschläge in das Kästchen schreien, was ihn herzlich amüsierte. Die beiden hatten auch ihren Anwalt mitgebracht. Monsieur Franchetot, mit dem roten Bändchen im Knopfloch und dem Gehabe eines preisgekrönten Schauspielers, der in seiner Nebenrolle die Pointen nicht bringt, sondern fallen lässt. Die Besprechung zog sich zwei Stunden hin und führte zu nichts. Farrere und Dubareaux verschanzten sich hinter einer unbekannte Macht, die sie *nos amis* nannten. Wie es schien, waren *nos amis* den kalifornischen Orangen durchaus abhold; *nos amis* wollten sich auf keine gefährlichen Experimente einlassen, und Farrere und Dubareaux konnten sich nicht die Verantwortung zutrauen, *nos amis* in vollkommen unerprobte Neuerungen hinein zu hetzen. Frank steckte die Hände in die Hosentaschen, ging auf und ab, von den drei Männern beobachtet, als ob er eine Merkwürdigkeit im zoologischen Garten wäre, und versuchte, seine Idee zu verkaufen. Aber Frankreich hat keinen großen Bedarf an Orangen, sagten die Franzosen.

»Niemand hat einen großen Bedarf an irgendetwas. Der Bedarf muss geschaffen werden. Ich verspreche Ihnen, dass sich in einem Jahr kein Pariser wohl fühlen wird, wenn er nicht sein Glas Orangensaft zum Frühstück getrunken hat«, sang Frank Davis. Dazu lächelten die Herren mitleidig. »Ich glaube nicht, dass diese amerikanischen Methoden in Frankreich anwendbar sind«, beschloss Dubareaux, nachdem ihm Davis' Reklamearie in sein Kästchen gebrüllt worden war.

Frank blickte um sich und dachte, dass Dubareaux wahrscheinlich recht hatte. Der Raum zeigte eine fettige, grüne, schmutzige Tapete. Keine Tabellen an den Wänden, nicht einmal ein Plakat: Esst Früchte und ihr bleibt gesund, wie es sich für die C*hambre Syndicale des Importeurs de Fruits* gehört hätte. Frank war eben dabei, seine ganze Idee zum Teufel zu wünschen. Paris war hübsch, wenn man als Vergnügungsreisender hinkam, aber sehr verstimmend, wenn Geschäfte gemacht werden sollten. Er blinzelte nach seiner Uhr. Er beschloss abzubrechen und zu Marion zu gehen. Als er sich erhob, stammelte Franchetot einen Vorschlag. Franchetot stotterte nicht geradezu, aber er hatte Hemmungen bei Worten, die mit M oder P anfingen. Er konnte das Band der Ehrenlegion keinesfalls seiner Beredsamkeit verdanken. Er bat um eine neue Konferenz am nächsten Vormittag. Man wollte sehen – man wollte sich mit *nos amis* in Verbindung setzen – vielleicht konnte eine erste Probesendung dieser kalifornischen Orangen in Betracht gezogen werden – wenn das amerikanische Syndikat, dessen Präsident Frank Davis war, die Kosten des Zolles übernehmen würde –

Man trennte sich in Freundschaft. Alle drei Herren schienen es eilig zu haben. Es war vier Uhr vorbei. Es war die Stunde, da jeder Pariser, der es sich leisten kann, ein Rendezvous mit einer Frau hat …

In dem Moment, da Frank auf die Straße trat, schüttelte er das ungeduldige Unbehagen der Konferenz von sich ab. Er konnte das: sich ganz auf das Geschäft konzentrieren, solange es nottat, und das Geschäft völlig vergessen, sobald er wollte. Er hatte diese Fähigkeit trainiert und ausgebildet. Sie war eine der Eigenschaften, die ihm die Zuneigung der Frauen sicherte. An der Ecke nahm er ein Taxi. Eine Frau von etwa vierzig Jahren, die mit einem großen Paket daneben stand, kletterte schnell auf den Sitz neben dem Chauffeur. »Wenn es Monsieur nicht stört, kann ich meine Tante mitnehmen?«, fragte dieser gewinnend. Er war ein hübscher Bursche und die Tante war so verliebt in ihn, dass sie ihre Blicke nicht

von ihm abwenden konnte. Frank lachte vergnügt. Sooft er nach Paris kam, hatte er immer neuen Spaß an der Offenheit, mit der hier alles vor sich ging. Frauen, die auf Parkbänken ihre Kinder stillten, Männer, die mit einer kleinen Entschuldigung ihre Damen vor einer Bedürfnisanstalt warten ließen, und Liebe an allen Straßenecken, eine fröhliche, selbstverständliche Art von Liebe, die kein großes Wesen daraus machte.
Er ließ das Taxi vor einem Blumenladen halten, um ein paar Veilchen für Marion zu kaufen, sie hatte eine Vorliebe für große Büschel dieser hellen, gefüllten Parmaveilchen. Während er bezahlte, fiel sein Blick auf eine große Vase mit Mimosen. Zuerst hatte er nur den Eindruck, etwas vergessen zu haben, etwas Angenehmes und Hübsches. So wie eine Melodie oder ein Parfüm zuweilen daherkommt, mit einer Erinnerung beladen, bevor die Erinnerung selbst noch klar wird. Als er noch mit gerunzelter Stirn dastand und auf sein Wechselgeld wartete, fiel es ihm ein: Evelyn. Er griff rasch nach dem kleinen Buch, in das er Adressen zu notieren pflegte. Wenn er zufällig Evelyns Adresse aufgeschrieben hatte, dann sollte sie Mimosen kriegen, eine ganze Menge. »Warten Sie«, sagte er zu der Verkäuferin, die ihm erwartungsvoll zulächelte.
Er fand die Adresse. Aber da er nur Evelyns Vornamen dazu notiert hatte, brauchte er noch eine Weile angestrengter Konzentration, bevor ihm ihr voller Name einfiel. Er klang fremd und sehr deutsch. Als er alles or-

dentlich beisammen hatte, Evelyn Droste, Düsseldorfer Straße 47, Berlin-Wilmersdorf, gab er den telegrafischen Auftrag, ein großes Bund Mimosen hinzusenden, zahlte wohlgelaunt und kehrte zurück in sein Taxi. Die Tante machte einen animierten und befriedigten Eindruck, als ob seine kurze Abwesenheit ihr viel Angenehmes gebracht hätte.

Marion wohnte in einem feinen, alten, verschlafenen Haus in Passy, Rue de la Pompe. Die Concierge raffte den Vorhang vor ihrer Wohnung zurück und fragte nebenbei: »Zu Madame Guermant?« Frank nickte, er hatte diesen Drachen durch hohe Trinkgelder zum Teil gezähmt, obwohl er kein Franzose war und keine *décoration* besaß. Auch Flora, die dicke, alte Frau, die in Marions Haushalt Mädchen für alles war, begrüßte ihn mit Antipathie. Hier hielt man nichts von Ausländern.

»Hallo, Darling«, sagte Frank und betrat Marions schrecklichen Louis-Quinze-Salon.

»Guten Tag, mein Kleiner, setz dich, wie geht es dir, wie bist du gereist, was macht das Geschäft?«, fragte Marion alles auf einmal und stellte sich auf die Zehenspitzen, um ihn zu küssen. Es war ein Höflichkeitskuss, wie ihn Monarchen auf Besuchen in befreundeten Ländern wechseln.

»Neues Kleid?«, fragte Frank und hielt Marion mit gestreckten Armen vor sich hin.

»Das ist ein Mann! Sieht alles, der Kleine! Und weißt du, was es ist? Ein Patou! Und weißt du, was es gekostet hat? Rate. Nein, das kannst du nicht raten. 500 Francs. Gestern vor neun war ich dort, eine *queue* vor dem Haus – na, aber ich unter den ersten. Verstehst du, ich kann Modelle tragen, Mannequingrößen sind immer etwas knapp über dem Popo, du weißt ja, dass ich einen kleinen Popo habe, also was soll ich dir erzählen, ich ziehe es an, es passt, es sitzt, es soll 900 Francs kosten, ich frech, handle, Suzanne hilft – *voilà* – es ist mein. Komm, hier, trink einen Fine. Und wie ist es dir ergangen? Hast du mir einen rosa Elefanten aus Berlin mitgebracht?«

Frank hatte sich auf dem kleinen Sofa niedergelassen und saß etwas unbehaglich da, während Marion sich bemühte, ihn zu unterhalten. Er trank den Kognak und schüttelte den Kopf. Er hatte Marion einen rosa Elefanten versprochen, falls er in Berlin einen Abschluss für seine kalifornischen Orangen zustande brächte.

»Nein. Leider kein rosa Elefant«, sagte er. Er kramte in seiner Aktentasche, die neben den Berechnungen und Unterlagen aus der Konferenz das Gastgeschenk für Marion beherbergte. »Man hat guten Geschmack«, sagte sie, als sie es genau betrachtet hatte. Es waren zwei Clips, nicht besonders wertvoll, aber eine gute Fassung von winzigen Perlen um einen Zirkon. Sie gab ihm wieder einen Kuss, den Frank mit einem angenehmen Prickeln seiner Nerven entgegennahm. Flora erschien mit den Parmaveilchen in einer Vase, die Möbel zitterten, die Nippsachen klirrten, sie warf einen taxierenden

Blick über Marions Schulter auf den Schmuck und zog sich wieder zurück.

»Und wie sind die Frauen in Berlin?«, fragte Marion, setzte sich zu Frank und legte ihre Fingerspitzen mit einer leichten Liebkosung hinter sein rechtes Ohr. »Sind sie schrecklich? Tragen sie immerfort Überschuhe?«

Frank grunzte in sich hinein. Er sah die Berliner Tennismeisterin, dieses Prachtstück von Frau, er sah die braunen Beine und Arme Mariannes, und zuletzt war da auch Evelyn: zärtlich leichte Gestalt, lebendiges Gesicht, Augen, brennender Mund.

»Ich weiß nicht, wie sie sind. Ich habe keine Frau angeschaut«, sagte er.

»Na, das ist aber ...«, rief Marion amüsiert und skeptisch.

»Ehrenwort. Ich habe gelebt wie ein Mönch.«

Marion sah ihn an und wurde ernsthaft. »Aber das ist interessant«, sagte sie langsam. Frank schenkte sich noch einen Kognak ein.

Plötzlich war Marion in seinem Arm, auf seinem Schoß, ihr Mund glitt mit leichten, spöttischen Küssen über sein Gesicht. »Ein Löwe – der eine Woche lang – kein Futter gehabt hat«, flüsterte sie dazwischen, ein wenig atemlos. Er legte ihren Körper auf seinen Knien zurecht, beugte sich über sie und küsste sie lange und prüfend.

»Hat man an mich gedacht in Berlin?«, flüsterte sie.

»Nein«, antwortete Frank.

»Hat man sich auf mich gefreut? Man hat auf mich gewartet?«

»Nein. Gar nicht.«
Marion stand auf und dehnte sich. Sie lächelte ihn mit einem schlauen Lächeln an und ging zur Tür. Frank stand auf, als sie im Schlafzimmer verschwunden war, strich sein Haar zurecht, atmete tief und folgte ihr.
Madame Guermants Wohnung bestand aus drei Zimmern. Außer dem Salon, einem schön proportionierten dreifenstrigen Raum, in dem abscheulich vergoldete Möbel mit Seidenüberzügen in der Farbe leicht angefaulter Erdbeeren standen, war da noch ein finsteres kleines Speisezimmer, von dem Marion behauptete, es sei im normannischen Stil, und das Schlafzimmer mit dem Prunkstück: dem echt englischen Bett. Es war ein Bett mit vier hohen Säulen, einem kleinen Himmel aus Chintz und einer ganz vorzüglichen Matratze. In Amerika kaufte man diese Art Betten in jedem Warenhaus, aber Frank nahm dankbar zur Kenntnis, dass diese Art Bett, echt englisch, für Paris eine kostspielige Sehenswürdigkeit bedeutete. Er hatte im Lauf der Jahre eine gewisse Anhänglichkeit zu diesem Bett gefasst, so wie man an einer Sommerfrische hängt, die man regelmäßig besucht.
Franks Beziehung zu Marion, eine Beziehung, die flüchtig und dauerhaft zugleich war, zog sich nun schon ins fünfte Jahr. Er hatte Madame Guermant von dem Korrespondenten einer amerikanischen Zeitung übernommen und sie als eine Annehmlichkeit und einen Reisekomfort beibehalten. Frank Davis hatte die typi-

sche Angst des Amerikaners vor dem Alleinsein. Marion ließ ihn nie allein, wenn er in Paris war. Marion hatte die liebenswürdige und bereitwillige Art, ihm zu dienen. Marion sah gut aus, etwas zu kurzbeinig, etwas zu breithüftig zwar im Vergleich zu amerikanischen Frauen, aber eben deshalb sehr französisch. Marion hatte dunkelblaue Augen zu tiefschwarzem Haar und eine wundervolle Haut. Marion machte kein Wesen aus der Liebe, diese kleinen, leidenschaftlichen Zusammenkünfte waren in ihr ordentliches Leben eingebaut wie der Besuch beim Friseur, die Masseuse und die Anproben beim Schneider. Marion hatte nichts von der klebrigen Zudringlichkeit der Mädchen, die berufsmäßig auf die Fremden in Paris Jagd machen. Marion freute sich über Geschenke, aber sie war nicht auf Geld aus. Sie hatte etwas, das sie ihre Rente nannte. Ein monatlicher Scheck, den irgendein Alter ihr regelmäßig schickte, als Dank für frühere Freundlichkeiten. Marion legte Wert darauf, sich in ihrer Art bei Frank zu revanchieren für die kleinen Schmuckgegenstände, die er auf ihrem Nachttisch deponierte. Sie lud ihn zum Souper in ihre Wohnung ein, sie hatte guten Kognak, einmal hatte sie ihn sogar mit einem silbernen Bleistift mit seinem Monogramm überrascht. Und Marion betrieb die Liebe ehrgeizig und geschickt und mit einer sachlichen Freude an der Technik dieser Kunst, wie ein Virtuose, der sein Publikum zum Applaus bringen will.
Alles dies war hübsch und erfreulich. Frank konnte sich nicht erklären, warum es ihm an diesem Nachmittag

ein wenig auf die Nerven ging. Es hatte ihn verstimmt, dass die Jalousien so bereitwillig herabgelassen und das Bett geöffnet war, als er das Schlafzimmer betrat. Ohnedies ging ihm die Pariser Gewohnheit, den hellen Nachmittag der Liebe zu widmen, gegen den Strich. Er konnte es plötzlich beim Abklingen einer Umarmung nicht vertragen, *mon petit choux* genannt zu werden. Er betrug sich bei all dem gut und geduldig. Er war einer jener raren Männer, denen Talent und Instinkt für die Frauen angeboren ist. Frauen hatten ihm dies so oft erzählt, dass er ein wenig eitel darauf geworden war und sich bemühte, diesem Lob zu entsprechen. Parmaveilchen und Zirkonen für Marion. Mimosen und zarte Zurückhaltung für Evelyn.

Evelyn! Das geisterte dünn und verweht durch Marions Schlafzimmer und Frank verscheuchte es auch sogleich. Marion hatte eine Schwäche für Sandelholzparfüm, die Frank absolut nicht teilen konnte. Ihr Badezimmer war angefüllt mit rätselhaften Gegenständen wie eine Requisitenkammer im Vorstadttheater. Frank hatte wieder einmal das Gefühl, dass sein Haar nicht richtig saß; dieses Gefühl kam immer, wenn etwas unbefriedigend und nicht in Ordnung ausging. Er war froh, als er wieder im Salon angelangt war und Marion da hinten im Schlafzimmer mit ihrer Toilette beschäftigt blieb.

Marion besaß ein Telefon und war stolz darauf. Es war in Paris nicht allgemein üblich, ein Telefon zu haben. Der amerikanische Korrespondent hatte es seinerzeit eingerichtet. »Hast du etwas dagegen, dass ich meine Frau anrufe?«, fragte Frank höflich – und Marion hatte durchaus nichts dagegen. Es dauerte eine Weile, bevor er das Claridge in London bekam und sich bis zur Zimmernummer von Mrs. Davis durchgearbeitet hatte. Aber schließlich kriegte er Pearl ans Telefon und hörte ihre Stimme klar und nah.

»Hallo, Darling?«

»Hallo, Darling!«

»Du bist spät mit dem Anruf – ich sitze hier in voller Kriegsbemalung – Dinner vor dem Theater mit den Sutherlands.«

»Verzeih – ich habe eine Konferenz gehabt. Irgendwas Besonderes los?«

»Ja, ganz wichtig. Ich habe jetzt den Hund gefunden, den ich will. Ich war gestern im Zwinger draußen und bin ganz aufgeregt. Eine Schönheit – Sohn vom englischen Champion. Ich kann's gar nicht abwarten, ihn dir zu zeigen.«

»Wieviel?«, fragte Davis. Er war sparsam, wie alle reichen Leute.

»Die verlangen fünfzig Pfund, aber ich bin überzeugt, dass ich noch handeln kann. Es ist dir doch recht, wenn ich ihn kaufe?«

»Wenn's dir so viel Spaß macht.«

Das Telefon in London räusperte sich. »Aber dann musst du mir noch 500 Dollar herübertelegrafieren«, meldete es.

»Du richtest mich zugrunde«, sagte Frank. »Wir sind bankrott. Ich habe noch keine einzige Orange verkauft und du –« Es war klar, dass er nur Spaß machte. Er konnte geradezu Pearls amüsiertes Gesicht sehen drüben in London. Er gab ihr noch ein paar Ratschläge wegen der Schiffstickets und des Gepäcks. Die Berengaria fuhr Sonnabend morgens von Southampton ab und er würde nachmittags in Cherbourg einsteigen. Pearl jammerte leise darüber, dass sie sich und den Hund ohne männliche Hilfe aufs Boot zu transportieren hatte. Frank lachte, warf ein paar Schmeicheleien in die Telefonmuschel und hängte ab. Pearl war das selbständigste Wesen auf der Welt. Gleich darauf meldete das Telefonfräulein, dass er 246 Francs vertelefoniert hätte, und er nahm drei Hundert-Franc-Scheine hervor und schob sie unter die Vase mit den Veilchen.

Marion war aus dem Schlafzimmer erschienen, während er noch telefonierte, und hatte sich neben ihn gesetzt. Sie machte eine freundliche und artige Miene, die besagte: Ich nehme es dir nicht übel, dass du eine Frau hast, mein Lieber. Ich kenne die Welt – Marion verstand Englisch, der amerikanische Korrespondent hatte es ihr beigebracht. Eine andere ihrer guten Eigenschaften war es, dass sie sich für Geschäfte interessierte. Wenn es jemanden gibt, der besser über die Börse informiert ist als die Bankiers, dann sind es die Frauen, die von den Bankiers ausgehalten werden. Flora polterte herein und meldete: *Msieur Mdam est servi*, und schon bei den

Hors-d'œuvres war Frank in ein ausführliches Gespräch über den Fortgang seiner Verhandlungen verwickelt.
»Wieviel Provision bekomme ich, wenn ich dir einen guten Tipp gebe?«, fragte Marion. Das Essen war gut und sie überwachte Frank, dass er genug von dem Omelette nahm, das Floras Stolz war.
»Zehn Prozent von allem Geld, das dein Tipp mir einbringt.«
»Du musst diesen Franchetot schmieren.« Sie sagte *acheter* im Argot und übersetzte es.
»Wie und mit wie viel?«
»Ich schätze zehntausend Francs – und du kannst es ihm nicht unter die Serviette schieben wie einem kleinen Angestellten. Schicke ihm eine Zigarettendose und lege den Schein hinein. Lade Franchetot mit seiner Geliebten zum Souper und schicke seiner Frau Blumen – nein, mache es lieber umgekehrt. Man muss ehrbare Damen behandeln wie Kokotten und Kokotten wie Damen, das freut beide am meisten. Du musst ...«
Marion fuhr fort, Frank Ratschläge zu geben, die guten, vernünftigen Ratschläge einer Frau, die sich keine Illusionen macht. Die Veilchen standen am Tisch und dufteten ein wenig müde. Der Wein war leicht und gut und hatte die richtige Temperatur. Er machte Frank, der an Cocktails gewöhnt war, etwas schläfrig. Marion hatte die Uniform der Pariserin an, ein schwarzes Kleid mit ein wenig Weiß um den Hals, und nach dem Souper setzte sie ein freches, weißes Barett auf. Was Frank ge-

fürchtet hatte, geschah. Sie zog weiße Handschuhe an, und er musste mit ihr ins Theater gehen.

Die ganze Zeit über wunderte sich Frank Davis, warum ihm unbehaglich und langweilig zumute war. Während des Essens, im Auto und im Theater. Es hatte im Schlafzimmer angefangen, als Marion ihre hübschen Glieder mit Sandelholzpuder einstäubte. Es schien alles so ordentlich, so bürgerlich, so selbstverständlich: so verheiratet in einem schlimmen Sinn. Pearl, seine Frau, hatte viel mehr Schwung als diese kleine Pariserin, die von Männern lebte. Das Taxi war feucht und muffig, und Marion stritt mit dem Chauffeur, der Umwege machte, weil er glaubte, den Amerikaner beschwindeln zu können. Das Theaterstück kam Frank schauderhaft vor, die ewige Geschichte: der Mann, die Frau, der Liebhaber. Er saß auf dem engen Sitz und verwünschte die ganze Angelegenheit. Er hatte Angst einzuschlafen, er sehnte sich herzlich nach seinem Bett mit dem komischen winzigen Kissen im Hotel Bourgogne.

Es geschah nach der Vorstellung, als sie im Café Royal saßen und sich allerhand Freunde und Freundinnen von Marion dazugesellten, dass Frank ganz unerwartet von dem Gedanken an Evelyn überfallen wurde. Es war so heftig, dass es beinahe schmerzte. Er hatte den ganzen Tag über nur zweimal an Evelyn gedacht und ganz flüchtig. Jetzt auf einmal war sie da, beinahe körperlich, ihr Gesicht, ihre Hand, ihre Stimme. Das heiße Badehaus und ihr erregter Atem – Evelyn. Ich werde sie anrufen –, dachte er und erhob sich halb. Unsinn – es ist Mitternacht vorbei – ich bin verrückt, dachte er sofort darauf und setzte sich wieder hin. Marion schaute ihn verwundert an. Er war ein wenig blass geworden unter seiner sonnenbraunen kalifornischen Haut. Marion verabschiedete sich von der Gesellschaft und packte ihn in ein Auto. Es regnete wieder.

Wieder der Springbrunnen der Place de la Concorde, wieder die Champs Élysées, der Triumphbogen, der unbekannte Soldat. Das Taxi rumpelte erbarmungslos immer weiter in eine Richtung, die Frank von seinem Hotel fortführte. Er wusste nicht genau, was er wollte: Er wollte nicht zurück in Marions Wohnung. Er hatte genug Französisch gesprochen für einen Tag. »Warten Sie auf mich«, sagte er zu dem Chauffeur, als sie in der Rue de la Pompe hielten. »Schon gut, Sie brauchen, nicht auf Monsieur zu warten« sagte Marion. Der Chauffeur grinste verständnisvoll und fuhr davon. Er wollte der Landsmännin nicht das Geschäft verderben. Frank spürte, wie sich seine Kopfhaut zusammenzog vor Wut. Marion sperrte auf und schob ihn an der Tür der Concierge vorbei. Das Treppenhaus war finster. Marion zog eine kleine Taschenlampe hervor und leuchtete ihm die Stufen hinauf.

»Ich werde eingeschlafen sein in dem Augenblick, wo ich ein Bett sehe«, sagte er, und das war aufrichtig. Er hatte ein durch und durch nebliges Gefühl im Kopf.

»Gut. Schlafe nur«, sagte Marion freundlich.

Im Schlafzimmer goss sich Frank rasch ein großes Glas Wasser ein und trank es hastig. Diese Pariser wussten nicht, dass man Eis ins Wasser tun konnte, es schmeckte fade und half nicht. Marion rumorte im Badezimmer herum. Frank legte sich ins Bett, rauchte und berechnete Orangenpreise, um sich wach zu halten.

»Hast du Kummer, mein Kleiner?«, fragte Marion, als sie zu ihm kam. »Nein – warum?«, sagte er ziellos und schaute zu dem Betthimmel aus Chintz hinauf. Da wiederholten sich fortlaufend drei kleine Chinesen, die einen Fisch aus dem Wasser zogen.

»Ich brauche deine Geheimnisse nicht zu wissen«, sagte Marion vernünftig. Sie machte aus ihrer Schulter ein sanft gehöhltes Kissen und legte seinen Kopf hinein. »Komm, du sollst gar nichts reden, dich gar nicht bewegen. Nur schnell schlafen«, flüsterte sie. Frank atmete tief und dankbar. »Du bist gut – warum bist du so gut?«, murmelte er.

»Ihr Männer begreift die einfachsten Dinge nicht«, erwiderte Marion im Dunkeln. Frank schlief schon fast, aber er wollte höflich sein. »Nein?«, fragte er undeutlich. »Was zum Beispiel?«

Marion wartete ein wenig, bevor sie antwortete: »Zum Beispiel, dass ich dich liebe«, sagte sie noch leiser. Aber da schlief Frank schon tief und hörte es nicht mehr. Marion lag still, um ihn nicht zu stören. Sie fühlte noch, dass ihr Arm lahm wurde, und dann schlief auch sie …

»Heute Nachmittag kann ich dich nicht sehen«, sagte Marion beim Frühstück. »Warum nicht?«, fragte Frank und kämpfte mit seiner heißen Tasse. Er kam sich immer vor wie eine Schoßkatze, wenn er am frühen Morgen mit Schokolade und mürbem Gebäck gefüttert wurde. »Heute ist Donnerstag«, antwortete Marion einfach. Sie sah frisch und sauber aus, ganz in rosa Crêpe de Chine, genau wie die Frau im zweiten Akt der Ehebruchskomödie, die sie gestern gesehen hatten. Frank besann sich. Er schluckte. Er verbrannte sich die Zunge. Donnerstag war der Tag, der dem Dienst des Alten geweiht war. Wie es schien, war der Alte schon seit langem in ein platonisches Stadium getreten. Aber er hatte die Gewohnheit beibehalten, Marion einmal in der Woche zu sehen, nebst der Gewohnheit, ihr einen monatlichen Scheck zu schicken. Frank empfahl sich kühl und verließ das Haus mit niederträchtigen Gefühlen. Er hatte nichts dagegen, Frauen auszuhalten, er hatte es vier- oder fünfmal in seinem Leben getan; aber es war durchaus scheußlich, der Liebhaber einer Frau zu sein, die von einem anderen ausgehalten wurde. Einen Augenblick tat es ihm leid, dass er Marion keinen Diamanten geschenkt hatte, sondern nur einen Zirkon. Aber andererseits: Marion war keinen Diamanten wert. Frank kehrte erleichtert zurück zu seinem Hotel, seinem Rasierzeug, seiner Geschäftspost, seinen Versuchen, den europäischen Markt mit kalifornischen Orangen zu überschwemmen. Übrigens befolgte er Marions Ratschläge. Er besuchte Monsieur Franchetot, den Rechtsanwalt der französischen Fruchthändler, und fand einen passablen Weg, ihm nicht bares Geld, aber ein kleines Paket von Aktien zu überreichen, die gute Chancen an der Börse hatten. Er frühstückte mit dem schwerhörigen Dubareaux und bat Farrere mit seiner Gattin zum Souper. Er schickte Blumen zu Madame de Bleincourt, jener Dame, die dem alten Farrere nahestand und die er zwei Wochen zuvor kennengelernt hatte.

»Mimosen?«, fragte die Verkäuferin im Blumengeschäft, die ihn wiedererkannte. »Nein – keine Mimosen«, antwortete er schnell. Erst nachher fiel ihm Evelyn ein; es war ganz spontan gewesen. Er lächelte über sich selbst. Komisch, dachte er. Ich glaube, ich bin verliebt –

Von zwei bis vier hatte er eine Sitzung mit den drei Herren. Er konzentrierte sich, er ging nochmals um 2½ Cents per Kiste herunter und schrie eine Menge verlockender Dinge in Dubareaux' Hörkästchen. Er galt als eine große Nummer im Verkaufen, aber er hatte noch nie so hartleibige Leute zu überreden gehabt wie diese drei Burschen. Knapp vor vier Uhr schien es endlich, als ob sie bereit wären, eine Probesendung von vierzigtausend Kisten Navelorangen zu effektuieren. Frank brach schnell die Konferenz ab, bevor es ihnen leid tun konnte. Am nächsten Morgen sollte der Lieferungskontrakt ausgefüllt werden. Es war ein kühler Tag, und Frank merkte verwundert, dass ihm das Hemd an der Haut klebte, so hatte er gearbeitet.

Vier Uhr. Ein dünner Regen und zugleich Sonnenschein. Am Seineufer standen Leute und schauten alle in eine Richtung. Dort war ein Regenbogen.
Frank klopfte an die Scheiben. »Fahren Sie zur Isle St. Louis«, sagte er. Der Regen hatte aufgehört, als er dann ausstieg. Er ging langsam zum Kai hinunter. Ein paar Angler standen da, als ob sie sich nicht von der Böschung fortgerührt hätten in all den Jahren, seit Frank ein Student gewesen war.
Seine Mutter hatte ihn damals nach Paris geschickt. Sie war eine Weltdame und das französische Blut war lebendig in ihr. Sie wollte, dass Frank Französisch sprechen könne, und sie wünschte insgeheim, dass die französischen Frauen ihn für die Liebe erziehen sollten. Und das hatten die französischen Frauen denn auch getan. Frank lächelte bei der Erinnerung an seine Mutter, die so stolz auf ihren hübschen Bengel von Sohn gewesen war, dass sie seine Erziehung selbst in diesem Fach erstklassig haben wollte.
Es schien, sie hatte nicht viel davon gehalten, wie die Liebe in Amerika gehandhabt wurde, seine kluge, schöne, damenhafte Mutter mit den schweren, müden Augendeckeln. Frank verwies sich diesen unziemlichen Gedanken über seine Mutter, er schaute auf die Seine, zwei kleine Boote kamen vorbei, der Himmel hatte perlmutterne kleine Wolken, die es eilig hatten, die Bäume drüben waren dünn belaubt, alles zusammen machte ein wenig sentimental. Er erinnerte sich an die bezau-

bernde Liebschaft, die er als Student mit einer kleinen Malerin gehabt hatte. Sie malte schreckliche Bilder, Sonnenblumen, entartete Abkommen Vincents, sie konnte stundenlang lachen über Frank. Plötzlich kam er sich alt und überflüssig vor. Er hatte nichts in der Welt zu tun bis zum Souper. Wie alle überarbeiteten Menschen konnte er Nichtstun und Alleinsein absolut nicht vertragen. Er wanderte von dieser melancholisch machenden Seine weg, winkte einen Wagen und fuhr ins Hotel.
Kleiner Schwatz mit Madame. Gespräch mit dem Concierge, Telefongespräch. Er reservierte einen Tisch im Bœuf sur le Toit, bestellte Karten für eine Revue, die eben in Mode war, er seufzte in Voraussicht auf den Abend in Gesellschaft von Madame und Monsieur Farrere. Er ging in sein Zimmer und versuchte, die wachsende Unruhe loszuwerden. Ausziehen. Kalte Dusche. Zigarette. Kaffee und Kognak. Auf dem Bett ausstrecken. Nichts half. Die Unzufriedenheit wuchs.

Diese Unzufriedenheit hatte in Berlin begonnen, an dem Abend im Klub, bevor er abreiste, und sie war in den beiden Tagen seither ständig gewachsen. Frank hütete sich, diesem Unzufriedenen, Suchenden den Namen Liebe zu geben. Er hatte zu viel Liebschaften in seinem Leben gehabt, um an Liebe zu glauben. Er schloss die Augen und versuchte zu schlafen. Es gelang nicht. Statt dessen träumte er. Er wünschte Dinge, viele hübsche, angenehme, erfreuliche Dinge, die dieses Unzufriedene stillten. Immer war Evelyn in diesen Traumwünschen. Er schlief nicht; er machte immer wieder die Augen auf, zog an der Zigarette, sah die beiden hohen französischen Fenster mit dem winzigen Balkon davor, die Schieferdächer gegenüber, Tauben in der Dachrinne, hörte das Tuten der Autos auf der Straße. Er schloss die Augen und ging mit Evelyn zu dem Haus in der Rue de Sèvres, in dem er als Student gewohnt hatte.

Zuletzt schien er doch geschlafen zu haben. Denn er wachte auf, es schien keine Sonne mehr, und er war heiß an den Schläfen. Er lag so eine Weile, fast ohne Gedanken. Dann nahm er sein kleines Notizbuch, das er mit Schlüsseln und Brieftasche auf den Nachttisch gelegt hatte, und suchte eine Telefonnummer. Ohne sich aufzurichten, griff er nach dem Telefon und verlangte Berlin Oliva 03784 Frau Evelyn Droste. Dringend.

Verrückt, dachte er, aber er freute sich. Er blieb so liegen, während er auf die Verbindung wartete, und dann merkte er, dass er Herzklopfen hatte. Er lächelte, erstaunt und ein wenig gerührt über sich selbst.

Die Verbindung war nicht so einfach zu bekommen wie die mit Pearl in London. Aber nach vielem Klingeln und Rufen und dem aufgeregten Gespräch des Fräuleins in Paris und des Fräuleins in Berlin und nachdem eine verständnislose Dienstmädchenstimme ins Telefon geblökt hatte, war plötzlich Evelyn da.

»Frank?«

»Evelyn?«
»Ja.«
»Bist du allein?«
»Nein – das heißt – ja –«
»Hör zu, Darling, du musst zu mir kommen, du musst. Ich bin ganz verlassen und ich denke immerfort an dich – ich kann es gar nicht aushalten.«
Stille im Telefon.
»Hast du meine Blumen gekriegt?«
»Ja. Danke.«
»Hast du mich lieb, Evelyn?«
Stille.
»Ja – Frank.«
»Dann musst du herkommen, sofort. Wir haben gar nichts voneinander gehabt in Berlin. Hier wäre es so wunderbar. Kommst du?«
»Das geht doch nicht.«
»Das einfachste von der Welt. Du nimmst den Zug um 10 Uhr 45 Charlottenburg, dann bist du morgen um 17 Uhr 30 in Paris – ich hole dich ab – wir haben einen bezaubernden Tag, und am nächsten Morgen setze ich dich ins Flugzeug und du bist wieder zu Hause. Komm. Du musst das möglich machen – spürst du das nicht?«
Stille im Telefon. Wenn sie jetzt Nein sagt, ist mir der ganze Aufenthalt verdorben, dachte er. Er schmeckte schon den faden Geschmack der Enttäuschung.
»Wenn du nach mir verlangen würdest – ich käme bis ans Ende der Welt«, rief er noch schnell ins Telefon.

Dann blieb es ein paar Sekunden still.
»Sprechen Sie noch?«, fragte das Fräulein.
»Gut. Ich komme«, sagte es dann.
»Hör zu, Evelyn, hör zu –«, rief er erregt, »ich werde an der Bahn sein. Aber falls ich dich verfehlen sollte – du fährst ins Hotel Bourgogne, Place de la Bourgogne, verstehst du mich? Du kommst als meine Frau – hörst du mich – schreib's lieber auf.«
»Auf Wiedersehen«, sagte es noch.
Frank rief noch immer ins Telefon. »Der Teilnehmer hat abgehängt«, meldete das Fräulein.
Frank atmete tief. Er trommelte mit allen zehn Fingern auf seine Brust, die mit Luft und Freude angefüllt war. Er begann Perlenknöpfe in sein Frackhemd zu knöpfen, und er pfiff dazu. Er hatte mit einem Mal das Gefühl, als könne er nun diesem Farrere so viele Schiffsladungen Orangen anhängen, wie er Lust hatte.
Evelyn kam. Man kriegte noch immer, was man wollte.

MITTWOCH: SIE

Evelyns Morgen begann täglich mit einer Niederlage. Was sie jeden Morgen tun wollte, war dies: Um sieben Uhr aufstehen, bei offenem Fenster turnen. Eine kalte Dusche und dann frisch und munter am Frühstückstisch sitzen und ihrem Mann Gesellschaft leisten. Die Hauswirtschaft selbst in die Hand nehmen. Und wenn alles geordnet war, mit den Kindern spazierengehen – bei jedem Wetter. Was jeden Morgen geschah, war dies: Sie hatte Angst vor dem Aufwachen, noch während sie schlief, und zugleich fühlte sie, wie ihr Schlaf immer dünner und das Zimmer immer heller wurde. Ihr Kopf war müde und schwer und unwahrscheinlich groß. Der Landgerichtsrat unterzog an Verhandlungstagen seine Kehle einer verwickelten Prozedur wie ein weltberühmter Tenor. Wenn Evelyn ihn nebenan im Badezimmer räuspern, gurgeln und spucken hörte, dann presste sie die Augen wieder zu und zog die Decke über die Ohren, und das Aufstehen und Leben-wie-alle-Leute erschien ihr eine unüberwindliche schwere Angelegenheit. Es gelang ihr wieder einzuschlafen, während der Landgerichtsrat auf Zehenspitzen aus dem Zimmer schlich. Wenn sie aufwachte, war es fast Mittag, das Dienstmädchen Veronika stand mit Besen und Wischtüchern vor ihrem Bett und meldete mit

Strenge, dass sie aufräumen müsse. Die Wirtschaft hatte ihren Gang genommen ohne Evelyn, die Kinder waren mit Fräulein spazieren. Und ihr blieb nichts übrig, als sich leise jammernd aus dem Bett hervorzugraben und barfuß ins Badezimmer zu schleichen, wo sie dumpf die nächste Stunde vertrödelte.

Für unglückliche Menschen ist jedes Wetter falsch. Regen vertieft ihr Unglück und Sonnenschein bereitet ihnen einen grausamen Schmerz durch den Kontrast seiner Heiterkeit. Evelyn saß in der Badewanne, es war einer dieser miserablen Morgen, an denen das Wasser nicht heiß, sondern nur lau und spärlich kam, die Sonne draußen holte viele kleine Funken aus der Eisglasscheibe des Fensters. Evelyn hockte trübsinnig und zerschlagen in der Wanne, die Knie zum Kinn hinaufgezogen, und dachte mit gerunzelter Stirn nach.

Frank musste um diese Zeit in Paris ankommen. Sie hätte gern gewusst, welchen Anzug und welche Krawatte er trug; es wäre dann leichter gewesen, sich ihn vorzustellen. Sie konzentrierte sich stark, um sein Gesicht und seine Gestalt greifbar vor Augen zu haben, es war wie die Arbeit jener Medien, die Teleplasma aus ihrem Kopf hervorzaubern. Sie hörte zu atmen auf, so schwer war es, aber plötzlich war Frank wieder da, auf ihren geschlossenen Augenlidern. Er trug den leichten grauen Anzug und die gepunktete Krawatte, die sie so dicht vor Augen gehabt hatte, als er sie zum ersten Male im Taxi küsste zwischen Düsseldorfer Straße und Gedächtniskirche.

Sie rieb nachdenklich ein wenig Seife auf ihre Knie, da es nicht möglich war, das Bild länger festzuhalten als eine Sekunde. Sie versuchte, bei ihm in Paris zu sein. Sie war einmal in Paris gewesen, auf ihrer Hochzeitsreise. Alles, worauf sie sich besinnen konnte, war Hitze, Kunstgeschichte, Kopfschmerzen. Endlose Wanderungen im Louvre, bei denen man immer wieder in dieselben Kabinette mit den winzigen Bildern zweitklassiger Niederländer zurückkehrte. Das Gefühl, von viel zu eleganten Kellnern ausgelacht zu werden. Fremdenomnibusse, Sehenswürdigkeiten, Unannehmlichkeiten, ein Paris, in dem man sich Frank Davis schwer vorstellen konnte. Evelyn kroch aus der Wanne heraus, trocknete sich langsam ab und versuchte zu leben. Sie war in einem menschenunwürdigen Zustand. Sie vermochte nichts, als sich in eine Ecke zu setzen und Stück für Stück, Minute für Minute, Wort für Wort sich zu erinnern, was Frank gesagt und getan hatte. Alles war noch ganz dicht und süß und traurig. Es war so, als ob in ihrem Leben nichts anderes von Wichtigkeit vorgekommen wäre als diese Woche, in der Frank Davis Berlin besucht hatte. Evelyn lächelte voll Spott über sich selbst. Es war nicht so, dass sie den Irrsinn und die Torheit dieses Getriebenseins nicht erkannt hätte. Aber es war alles, was sie im Augenblick wollte.
Dazwischen tat sie allerhand vernünftige Dinge. Zum Beispiel erinnerte sie sich, dass Kurt über eine Gasrechnung gebrummt hatte und sie suchte auf dem

Schreibtisch und in den Schubladen danach – erfolglos übrigens. Sie wusch Handschuhe und sie trennte einen weißen Pikeekragen von einem Kleid, wusch und bügelte ihn und nähte ihn, feucht wie er war, wieder an. Sie zählte ihre kleinen Bridgeservietten. Sie begoss die Blumen, die schon begossen waren. Zuletzt fing sie an, kleine Wollschuhe für Bärchen zu häkeln. Bärchen hatte schon eine ganze Schublade voll solcher Schuhe, aber es tat ihr ein wenig wohl, sich die winzigen Füße vorzustellen, für die sie häkelte. Veronika beobachtete mit mürrischem Erstaunen den Tätigkeitsdrang, den ihre Herrin an diesem Vormittag entfaltete. Evelyn hatte es abgelehnt zu essen. Sie biss in eine von den Bananen und ließ Schale und Rest im Esszimmer liegen. Sie lehnte die Stirn ans Fensterkreuz, schaute hinaus und sah nichts. So ging der Tag hin.

Es war ein Tag ohne Ende. Als Evelyn auf die Uhr schaute, war es erst zwei. Es war nicht auszudenken, dass sie eine Woche, einen Monat, ein Jahr in dieser Qual aushalten solle. Diese ersten Stunden ohne Frank hatten sie völlig ausgehöhlt. Es wurde behauptet, dass die Zeit diese Art von Liebesschmerzen lindere. Evelyn glaubte nicht daran. Jetzt hatte sie noch die frische Erinnerung, die Stimme, die Worte, das Gesicht, den Geruch seiner Zigaretten. Sie wusste noch ganz genau, wie seine Armbanduhr im dunklen Badehaus geleuchtet hatte. Das war ein Schatz. Später würde das alles blasser werden und sie ganz arm zurücklassen und alles viel schlimmer machen. Evelyn überlegte, dass Frauen, die eine wirkliche Liebschaft gehabt und verloren hatten, viel besser daran waren. Es war das Unerfüllte, Unerlebte, das so quälte. Man hatte so viel geträumt, gewünscht in dieser Woche. Man hatte so wenig bekommen. Sie dachte nach, was sie dafür hingeben würde, Frank noch einmal wiederzusehen und mit ihm zu sein. Sie dachte: Alles. Und das war ein Begriff, groß und undeutlich wie eine Wolke …

Die Kinder kamen heim. Der Kinderwagen wurde quietschend in den Korridor gerollt, und Clärchen trampelte durchs Haus. Evelyn stürzte ins Kinderzimmer, als ob dort gleich eine Rettungsaktion für ihre verscheuchte Seele stattfinden würde. Clärchen warf sich denn auch auf sie und erzählte mit ihrer tiefen, heiseren Kleinmädchenstimme eine unklare Geschichte. Sie hatte einen Vogel gesehen, der hinten blühte. Sie zeigte auf ihre eigene kleine Rückseite und stolzierte im Zimmer umher, um den blühenden Vogel nachzuahmen. Evelyn schaute verwirrt und fragend auf das Fräulein. »Ein Pfau«, sagte das Fräulein nachsichtig. Wie es schien, waren sie im Zoologischen Garten gewesen und viel zu spät heimgekommen. Evelyn fühlte, dass sie dem Fräulein Vorwürfe machen sollte. Aber sie hatte Angst vor dem Fräulein.

Das Fräulein, ganz in blauem Kretonne und mit einem Zwicker auf der Nase, hantierte an Bärchen. Sie wickelte ihn aus und puderte und zog die Beinchen an den kleinen Fersen in die Höhe. Evelyn hatte etwas Mitleid mit ihm, aber Bärchen schien diese Manipulationen zu genießen. »Erö«, sagte er freundlich. »Erö, Erö.» Evelyn stand dabei und schaute zu, wie Bärchen wieder zu einem runden, sauberen Paket wurde. »Darf ich ihn schlafen legen?«, fragte sie eingeschüchtert. Bärchen zog schielend vor Aufregung an seiner Flasche. Clärchen war in ihr Stühlchen gesetzt worden und trommelte ungeduldig mit dem Löffel auf ihr Tischchen. Bärchen sah zufrieden aus, als er die Flasche leer getrunken hatte. Er sah aus, als ob nun auch kein einziges Tröpfchen Milch mehr in ihm Platz hätte. Es war noch ein Tröpfchen Milch auf seiner Oberlippe stehen geblieben. Evelyn nahm ihn auf, wunderte sich wieder einmal über die Schwere und Wärme und Lebendigkeit ihres Sohnes und trug ihn zu seinem Bett. Im Augenblick, da sie das zufriedene Bündel hinlegte, fing es an zu brüllen. Evelyn sah schuldbewusst auf das Fräulein. Das Fräulein fütterte Spinat in Clärchen. Clärchen sah unglücklich, aber eingeschüchtert aus. Sie speicherte den Spinat in ihren Backentaschen, ohne ihn zu schlucken. Als Fräulein mit dem Schwamm kam, um sie zu waschen, fing auch sie zu brüllen an. Evelyn floh aus dem Kinderzimmer, setzte sich auf ihren Bettrand und kehrte zu Frank zurück, als ob er nach ihr gerufen hätte.

Drei Uhr. Die Kinder schliefen noch. Evelyn zog sich an und fuhr mit der Straßenbahn zum Doktor. Sie saß im Wartezimmer herum, nahm eine Zeitschrift in die

Hand, ohne sie zu lesen und wartete. Sie war ganz leer. Sie bekam ihre Arsenspritze, aber sie war so zerstreut, dass sie den Einstich nicht einmal bemerkte. Sie stand eine Weile vor den Auslagen eines Strumpfgeschäftes, nicht weil sie Strümpfe kaufen wollte, sondern weil sie nicht wusste, was sie nun anfangen sollte. Ich muss mich zusammennehmen, dachte sie. Ich muss das vergessen. Das ist vorbei. Frank ist fort und ich werde ihn nie mehr wiedersehen. Es ist irrsinnig, noch einen Gedanken daran zu hängen. Ihr wurde ein wenig leichter, als sie so streng mit sich umging. Sie wanderte zu Fuß den Kurfürstendamm hinauf und schaute Auslagen an. Sie hatte Sehnsucht nach Marianne. Vielleicht würde Marianne Franks Namen nennen, oder sagen, dass er gute Manieren habe, irgendetwas, das noch eine Beziehung zu diesem für ewig verlorenen Gestern hatte. Der Wunsch, über Frank zu sprechen, war so stark, dass Evelyn sich zu einer ganz außergewöhnlichen Unternehmung entschloss. Sie betrat das nächste Kaffeehaus und rief Marianne an: erst zu Hause in Geltow, dann ihr Büro in der Stadt. Dies war durchaus keine Kleinigkeit. Evelyn stand auf Kriegsfuß mit sämtlichen technischen Errungenschaften des Jahrhunderts. Radio, Telefon, Auto waren geheimnisvolle und beängstigende Feinde für sie. Sie las dreimal die Gebrauchsanweisung des Telefonautomaten und hatte zitternde Finger, als sie schließlich ihren Groschen in den Spalt steckte und nur ein rhythmisches Summen als Antwort erhielt;

erst mühsam begriff sie, dass die angerufene Nummer besetzt war. Sie gab es auf. Sie verließ das Kaffeehaus nach dieser Niederlage, diesem Versagen den einfachsten Tatsachen des Lebens gegenüber und wanderte weiter. Dass es nun auch noch zu regnen begonnen hatte, passte zu allem anderen. Sie stellte sich zu einer Gruppe durchnässter Menschen und wartete mit ihnen auf einen Omnibus, der nicht so überfüllt war wie alle, die heranrollten. Als ein abgekämpftes, triefendes Bündel kam sie wieder in ihrer Wohnung an und setzte sich auf ihren Bettrand.

Der Landgerichtsrat war noch nicht zu Hause. »Rührei mit Bückling?«, fragte Veronika, die mit strenger Miene unter der Tür erschien. »Wie?«, fragte Evelyn, die abwesend gewesen war. »Rührei mit Bückling zum Abendessen?«, fragte Veronika.

»Ja. Gut«, antwortete sie schuldbewusst. »Das Fräulein möchte Clärchen herschicken«, setzte sie noch hinzu, als Veronika abmarschierte.

»Frau Droste muss andere Schuhe anziehen«, sagte das Fräulein gleich beim Eintreten. Das Fräulein hatte die Gewohnheit, immer in der dritten Person zu sprechen. Das Fräulein war ein Gegenstand ständiger Beängstigung für Evelyn und belastete außerdem das Haushaltbudget bis zum Zerplatzen. Landgerichtsräte waren nicht in der Lage, Fräuleins für ihre Kinder zu halten. Aber es ging nicht ohne das Fräulein, und Evelyn verwendete den größten Teil des kleinen Zuschusses, den ihr Vater ihr gab, um diese unerfreuliche Notwendigkeit, das Fräulein, bezahlen zu können.

Evelyn wechselte gehorsam ihre nassen Schuhe. Clärchen kletterte zu ihr aufs Bett, zwischen all die Bücher, Zeitungen, Schachteln und andere Dinge, die Evelyn dort zu verwahren pflegte. Evelyn wünschte sehnlich, das Fräulein möge sie mit dem Kind allein lassen, aber das Fräulein dachte nicht daran. »Wollen Sie nicht nach Bärchen sehen?«, schlug Evelyn zaghaft vor. »Bärchen schläft«, erwiderte das Fräulein fest. Bärchen hatte seinen eigenen Stundenplan. Er schlief immer, wenn man ihn wach haben wollte, und brüllte, wenn man Ruhe brauchte. »Ich habe Husten«, meldete Clärchen und schaute die Bonbonschachtel an. Evelyn zog sie auf ihren Schoß und gab ihr ein Bonbon. »Du hebst das auf bis nach dem Abendessen«, erklärte das Fräulein. Clärchen, ohne jede vorherige Anmeldung, begann sofort zu weinen. Sie betrieb alles mit der gleichen Heftigkeit: schlafen, essen, freuen, weinen. Evelyn schaute ihr zu und beneidete sie. Die Tränen strömten, lautes Klagen und Schluchzen kam aus dem nassen, kleinen dunkelroten Mund. In ihr selbst war alles so aufgestaut und zusammengepresst von ungeweinten, ungesagten Dingen. Sie nahm einen anderen Bonbon und steckte ihn in Clärchens Mund. Es wirkte wie ein Einwurf in einen Automaten. Clärchen hörte in der gleichen Sekunde zu weinen auf und jubelte los. »Frau Droste verdirbt das Kind«, sagte das Fräulein beleidigt und ging fort.

Sie warf die Tür nicht zu, denn sie war gebildet und eine Offizierstochter, aber die Tür machte von selbst Lärm hinter ihrem gekränkten Rücken. Evelyn nahm Clärchen in die Arme, vergrub ihr Gesicht in dem warmen, dünnen Haar und wiegte sie beide hin und her. »Clärchen«, sagte sie; »Clärchen – oh, Clärchen.«

Kurz vor sieben geschah dann das mit den Blumen. Es klingelte. Evelyn hörte es nur dumpf; sie lag noch immer auf ihrem Bett, Clärchen war davongetrabt, es war dunkel geworden, der Schein der Straßenlaterne fiel ins Zimmer. Evelyn war in den Schlaf gekrochen, wie in eine Höhle, um sich vor ihren Gedanken und Schmerzen zu verstecken. Es läutete, dann drehte jemand das Licht im Korridor an und die Glasscheiben der Tür wurden helle Vierecke. Veronika trampelte von der Küche zur Eingangstür, sie öffnete, dann murmelten Stimmen. Dann klopfte Veronika an die Schlafzimmertür.

»Hier sind Blumen für Frau Droste«, sagte sie aufgeregt. Sofort war das Zimmer voll von Mimosenduft. Evelyn setzte sich auf und drehte die Nachttischlampe an.

Da stand Veronika in der blauen Küchenschürze und hielt ein enormes Bund Mimosen mit ausgestrecktem Arm vor sich hin.

»Es ist gut«, sagte Evelyn schwach. Ihr Herz klopfte, ihre Schläfen sausten, ihre Knie wurden schwer. »Sollen sie in die blaue Vase aufs Klavier?«, fragte Veronika. »Nein. Danke. Gehen Sie«, sagte Evelyn. Sie wollte nichts als allein sein mit diesen Mimosen.

»Mit besten Grüßen von Monsieur Frank Davis, Paris« stand auf der Karte des Blumengeschäftes. Evelyn schaltete die Nachttischlampe aus, nahm die Blumen in die Arme und legte sich wieder hin.

Etwas Abenteuerliches, etwas ganz und gar Unwahrscheinliches war geschehen. Frank schickte Blumen aus Paris. Evelyn brauchte eine ganze Weile, um das in sich einsinken zu lassen. Frank schickte Blumen aus Paris. Es bedeutete, dass Frank ihre Adresse besaß, dass er mit ihr in Verbindung blieb. Es bedeutete, dass er an sie dachte. Höchst wahrscheinlich bedeutete es, dass er sie liebte. Alles war aus und vorbei und tot gewesen. Nun lebte es wieder und blühte mit hundert duftenden, feuchten Mimosenbüscheln dicht neben Evelyns Wange.

Evelyn hatte sich bis dahin keine Illusionen über ihre so schwebenden und verwischten Beziehungen zu Frank Davis gemacht. Sie hatte keine Erfahrungen in der Liebe, aber viel Instinkt. Sie spürte, dass es für ihn nur einen kleinen Flirt bedeutete, was für sie in einer Woche der einzige Inhalt ihres Daseins geworden war. Von ihrem Gefühl aufgerüttelt und niedergeworfen wie von einem Erdbeben, versuchte sie ihm vorzutäuschen, dass es auch für sie nur ein Flirt war. Die Blumen änderten alles. In Evelyns Leben waren bis dahin noch keine Mimosen vorgekommen. Sie hatte nicht einmal geahnt, dass man Blumen aus Paris nach Berlin telegrafieren konnte. Dass Frank so etwas tat und an so etwas dachte, warf alles um. Für Evelyn bedeutete die Ankunft dieser

Blumen ein Wunder, das nur ein Liebender vollbringen konnte…

Als der Landgerichtsrat nach Hause kam, waren die Mimosen in kleinen Büscheln überall in der Wohnung verteilt. Sie dufteten durch alle Zimmer, aber sie hatten schon ihren ersten wolkigen Zauber verloren und sich zu festen, winzigen gelben Kugeln eingerollt. Evelyn war beinahe froh darüber. Sie hatte den großen Strauß auseinandergenommen, weil es ihr schien, dass er allzu großes Aufsehen erregen müsse. Aber der Landgerichtsrat bemerkte gar nicht, dass alle Vasen gefüllt waren. Er sah müde und abgespannt aus und ging gleich ins Badezimmer zu seinem Gurgelwasser.

»Ich bin etwas erkältet«, sagte er. »Ich möchte nachher inhalieren.«

Der Inhalationsapparat spielte eine große Rolle im Drosteschen Haus. Der Landgerichtsrat wurde leicht heiser, es kam vom Rauchen oder von den Nerven oder von einer übergroßen Empfindlichkeit gegen Wetterumschläge. Es war ein ernstes Problem, denn er brauchte seine Stimme in den Verhandlungen. Ein heiserer Richter ist zu sehr im Nachteil gegen einen robusten, brüllenden Angeklagten. Evelyn ging selber in die Küche und füllte die richtige Mischung von Wasser und Fichtenöl in den Apparat. Sie war voll Zärtlichkeit für Kurt, sie schaute sein schmales, angestrengtes Gesicht an und hatte ihn sehr lieb. Sie setzte sich auf seine Stuhllehne und streichelte ein wenig seine Stirne. »Wie war die Verhandlung?«, fragte sie.

Für sie war es ein furchtbarer Tag gewesen, wie lebendig begraben sein, wie mit Sargdeckeln zugedeckt und vom Leben abgeschnitten. Aber seit die Blumen gekommen waren, schien alles gut. Evelyn trug ihr Glück herum wie eine runde, warme, leuchtende, irisierende Kugel. Sie hatte alles lieb. Sie wollte sehr gut sein.
»Es geht langsam; aber morgen kommen wir zu Ende«, antwortete Kurt, als sie schon ihre Frage vergessen hatte. Sie saßen einander am Tisch gegenüber, das Rührei mit Bückling stand zwischen ihnen, und sie redeten, was verheiratete Leute eben reden.
Das Wetter war schlecht für Mai. Die Milchpreise waren um einen halben Pfennig pro Liter gesunken, was aber – nationalökonomisch gesehen – ein schlechtes Zeichen war, wie der Landgerichtsrat erklärte. Die Arbeitslosigkeit stieg noch immer. Evelyn fragte, ob es in Paris auch Arbeitslose gäbe. Es war beinahe so gut, wie über Frank selbst zu sprechen. Droste hoffte herzlich, dass die Franzosen auch Sorgen hätten. Evelyn füllte seinen Teller ein zweites Mal, sie hatte das Bedürfnis, ihn zu pflegen. Durch Gottes Fügung und Veronikas Fürsorge war heute Obst im Haus, der Landgerichtsrat hatte ein lobendes Lächeln dafür. Evelyn schälte ihm einen Apfel. Sie hätte gern über kalifornisches Obst gesprochen, aber sie hielt sich zurück. »Ich wollte Marianne zum Abendessen bitten, aber ich konnte sie nicht erreichen«, erzählte sie. Der Landgerichtsrat sagte: »Schade.« Evelyn brachte ihm den Inhalationsapparat ins Wohnzimmer,

zündete ihm die Spiritusflamme an, obwohl sie sich stets vor dem Ding fürchtete und eine dunkle Ahnung nicht loswerden konnte, dass es eines Tages explodieren würde. Sie betrachtete freundlich ihren inhalierenden Mann und verließ das Zimmer, als er mit offenem Mund, eifrig atmend, davor saß und der Geruch des Fichtenöls den Duft der Mimosen zu überdecken begann.

Als sie ins Kinderzimmer kam, hatte Bärchen eben seine Strampelstunde, das, was das Fräulein mit säuerlichem Humor sein Abendpromenadchen nannte. Er lag auf dem Wickeltisch, die runden, viel zu roten Beine in der Luft und machte völlig missglückte Bewegungen. Clärchen saß schon im Bett und sah aus wie ein artiges Kind. Ihr kleiner Schopf war mit einer nassen Bürste in die Höhe gebürstet und Fräulein stand daneben und besah stolz das Werk ihrer Hände. »Rotköppchen«, sagte Clärchen mit forderndem Nachdruck, als Evelyn eintrat »Rotköppchen«, wiederholte sie etwas heftiger, als die Mutter zuerst zum Wickeltisch ging. »Jetzt werde ich zornig«, meldete sie hierauf. Clärchen war eifersüchtig. Sie hatte die hitzige, eifersüchtige Seele einer kleinen Frau von drei Jahren. Wenn man sich zu viel mit diesem neuen kleinen Bruder beschäftigte, dann tat es ihr weh, es ballte ihr die Fäustchen, sie hatte keinen Namen dafür, sie nannte es: ich werde zornig. Evelyn verließ denn auch Bärchen und kam schnell an ihr Bett. »Es war einmal ein kleines Mädchen«, begann sie, »das hatte von seiner Großmutter ein rotes Käppchen gekriegt und deshalb nannten alle Leute es – ?«

»Rotkäppchen!«, rief Clärchen triumphierend. Der Trick dieses Märchenerzählens war, dass Clärchen die Sache auswendig kannte, dass sie lauernd an Evelyns Lippen hing und im gegebenen Moment ein Wort dazwischen feuern durfte. Mitten in der Geschichte aber begann sie abzuschweifen und in die Geschichte der Hasenpupps abzugleiten. Die Hasenpupps waren eine fantastische Familie ihrer eigenen Erfindung und aßen, wann immer man von ihnen hörte. »Und dann haben die Hasenpupps Gefrorenes gegessen, und dann haben sie Kirschen gegessen, und dann hat der Vater Hasenpupps seinen Kindern Bonbons mitgebracht, und sie haben sie gegessen, und dann haben die Kinder dem Fräulein den Bauch abgeschnitten und Steine hineingenäht, und wie das Fräulein zum Brunnen ging, waren die Steine so schwer, dass das Fräulein in den Brunnen plumpste. Und da waren die Hasenpupps froh.«

Nachdem Clärchen so die Geschichte vom Wolf mit den Hasenpupps und ihren eigenen verborgenen Regungen. vermischt hatte, gähnte sie zweimal, Evelyn legte ihre Hand auf das flache Kissen und hatte das Vergnügen zu spüren, wie das Kind seine warme Wange in ihre Handfläche legte und einschlief. Sie küsste Clärchens Schopf, zog ihre Hand hervor und schlich zu Bärchen.

Das Fräulein hatte indessen Wunder vollbracht. Es war auf seinen jungfräulichen, tugendhaften, knarrenden Schuhen hin und her gegangen und überall war Ordnung, frische Luft. Bärchen, gepudert und frisch gewickelt, lag in seinem Bett und schielte aufgeregt auf seine Daumen, als ob ihm soeben die größte Entdeckung der Weltgeschichte gelungen wäre. Evelyn wusste, dass das Fräulein sanitäre Bedenken gegen das Küssen von Kindern hatte. Sie wartete, bis das Fräulein aus dem Zimmer ging, und dann küsste sie schnell und heimlich Bärchens offenes Schnäuzchen, das sofort bei der Berührung zu saugen begann.

»Nun?«, sagte der Landgerichtsrat, als sie zu ihm zurückkam. »Sie schlafen«, antwortete sie. Ihr Mann fuhr fort sie anzuschauen. Einen Augenblick dachte sie, ihr Gesicht hätte ihr Geheimnis verraten; aber gleich darauf lächelte sie skeptisch. Das war eine von diesen neuen Erfahrungen: dass ihr Mann, ihr eigener Mann, so weltenfern von ihr lebte, so nichts, gar nichts von ihr wusste oder ahnte. Ihr Mann saß vor dem Radio und horchte, während er sie anschaute. »Furtwängler! Die Pastorale!«, sagte er achtungsvoll. Er tat ihr leid, weil er so ahnungslos war, und sie setzte sich auf die Lehne seines Stuhls und nahm seinen Kopf an ihre Brust. Die Adern in seinen Schläfen klopften schnell, auch dies rührte sie, es war, als ob hinter dieser Schädeldecke angestrengt gearbeitet würde.

»Warst du beim Doktor?«, fragte Droste.

»Ja«, antwortete sie, sie ging dreimal die Woche hin, um ihre Arsenspritze in Empfang zu nehmen.

»Nun? Was sagt er?«, fragte Kurt.

»Nichts. Es ist alles in Ordnung mit mir.«

Aus dem Radio wogte friedvoll die Szene am Bach. Droste konzentrierte sich wieder aufs Zuhören. Er verstand viel von Musik und konnte in großartigen Fachausdrücken reden. Evelyn bewunderte ihn, wenn er von Kontrapunkten, Verkürzungen und Leitmotiven sprach, für sie war Musik etwas Ähnliches wie ihr geliebtes heißes Bad. Etwas zum Ausruhen, Träumen; etwas, das manchmal froh und manchmal traurig und immer sehnsüchtig machte. Sie ging nachher hinüber zum Klavier und nahm einen Zweig Mimosen in die Hand. Die zierliche graugrüne Blattrispe lag auf ihrer Hand wie eine zarteste, süßeste Liebkosung...

In dieser Nacht erkannte Evelyn mit Entsetzen, wie die Liebe zu Frank Davis alle anderen Dinge ihres Lebens völlig entwertet hatte. Da war nichts, das standhielt oder Freude machte oder Ruhe gab. Alles war wertlos und ohne Bedeutung geworden.

Auch die Kinder, fragte es in Evelyn. Und sie ballte die Hände und antwortete sich trotzig: Ja. Auch die Kinder. Sie hatte sich in die Umarmung ihres Mannes gerettet, heftig und dankbar, als ob sie aus einem brennenden Haus in seine Arme liefe. Es war so viel Unrast in ihrem Körper aufgestapelt, die gelöst werden wollte. Aber als sie sich den rücksichtsvollen und zurückhaltenden Liebkosungen des Landgerichtsrates ausgeliefert hatte, gab es einen Zusammenbruch.

An einen Menschen denken und sich einem anderen

hingeben, das ist eine von den großen Todsünden, und sie straft sich selbst mit einem grausamen Schmerz. Evelyn hatte das vorher nicht gewusst. Ihr Leben war frei von Gefühlsverwicklungen gewesen. Sie liebte ihren Mann, wie sie ihre Kinder liebte, genauso stark und warm und stetig. Alles an ihm war ihr lieb, sein Wesen, sein langer, magerer Körper, sein feines Gesicht, seine Stimme, immer ein wenig angegriffen und heiser. Und nun lag sie in der Umarmung dieses liebsten, nächsten Menschen und ihr war so furchtbar zumute, dass sie mit Mühe einen Schrei zurückpresste. Ihr Mund war offen, als ertrage sie einen heftigen Schmerz, sie spürte ihr eigenes Gesicht, wie es da in der Dunkelheit auf dem Kissen lag und stumm mit dem aufgerissenen Mund um Hilfe schrie. »Nun gute Nacht, kleine Maus«, sagte das Nachbarbett schließlich und eine Hand strich über ihr Haar. »Gute Nacht«, flüsterte Evelyn. Was soll jetzt aus mir werden, dachte sie verzweifelt.

Sie wusste nicht, dass sie zuletzt doch eingeschlafen war. Aber sie erwachte davon, dass eine Stimme sie fragte: »Was ist nun mit der Gasrechnung los?«

Evelyn, die in einer Traumlandschaft mit jemand Nebelhaftem gesprochen hatte, der wahrscheinlich Frank war, kehrte eilig in die Düsseldorfer Straße zurück und versuchte, auf ihrem Posten zu sein. »Bist du heiser?«, fragte sie ihren Mann.

»Ja«, antwortete der Landgerichtsrat einsilbig und wie-

derholte zum dritten Male: »Was ist nun mit der Gasrechnung los?«
»Wieso – wolltest nicht du sie bezahlen?«
Droste seufzte ein wenig. »Die Leute auf dem Werk waren nett genug anzurufen und zu sagen, dass sie uns das Gas sperren, wenn bis morgen nicht gezahlt ist«, sagte er vorwurfsvoll. Er sprach ganz tonlos, um seine Stimme fürs Gericht zu schonen.
»Ich will es gleich bezahlen«, meldete Evelyn schuldbewusst. Sie streckte auch sogleich und um ihren guten Willen zu beweisen ihre Füße unter der Decke hervor und stellte sich auf. Der gefürchtete Moment des Aufstehens war überstanden. »Nimm wenigstens Hausschuhe«, sagte der Landgerichtsrat und verließ das Zimmer. Er sagte es täglich und sie gehorchte nie. Sie ging gern barfuß, weil man es ihr als Kind immer verboten hatte. Sie schaute auf die Uhr, bevor sie ins Badezimmer wanderte. Es war ein Viertel nach acht. Sie ging zur Korridortür und rief nach Veronika. »Ist Post für mich da?«, fragte sie. Es war eine so erstaunliche Frage, dass Veronika mit dem Bohnerbesen in der Hand erstarrte. »Post kommt erst um neun«, sagte sie und schaute kopfschüttelnd ihrer Herrin nach, die ins Badezimmer ging.
Evelyn erwartete niemals Briefe und sie erhielt fast keine. Heute erwartete sie einen Brief. Sie hatte das bestimmte Gefühl, dass die Mimosen nur ein Anfang waren. Nun musste das andere kommen, Briefe, Telegramme, wun-

derbare Dinge, sie wusste nicht was. Sie wartete darauf.
Und damit verging der Tag. Mit Warten. Mit einer Erwartung, die ganz und gar irrsinnig war, weil sie sich auf nichts gründete. Bloß, dass Evelyn das Gefühl hatte, sie wolle nicht mehr leben, wenn diese Erwartung sich nicht erfülle.
Seit Bärchens Geburt war sie so müde, so ausgeblutet, die Leute um sie schienen sich so viel Sorgen um sie zu machen: es musste die einfachste Sache von der Welt sein zu sterben. Man brauchte sich nur hinzulegen und nicht mehr zu wollen, schien ihr. Dann kam es ganz von selbst. Das Leben konnte nur mit Anstrengung in Gang gehalten werden, durch viel Bemühung, Willenskraft und Pflichtbewusstsein. Es bestand aus so vielen anstrengenden Dingen, das Leben. Die Gasrechnung bezahlen. Kampf mit dem Fräulein und ständige Niederlage. Ich bin mit dem Wirtschaftsgeld nicht ausgekommen, Kurt. Was sollen wir kochen, Veronika? Glauben Sie, dass die Vorhänge geputzt werden müssen, Veronika? Vergessen Sie nicht, Obst für den Herrn Landgerichtsrat zu bringen, Fräulein. Darf ich Bärchen die Flasche geben, Fräulein? Kleine Mädchen müssen artig schlafen gehen, Clärchen. Das heiße Wasser im Badezimmer funktioniert nicht. Der Staubsauger muss repariert werden. Verdruss mit der Waschfrau – seit die Rupp wegen Unehrlichkeit entlassen wurde, ist immer Verdruss mit der Waschfrau. Wie es scheint, war sie die einzige, die kein Chlor ins

Waschwasser schmuggelte; aber nun hat sie ja Arsenik in die Suppe geschüttet und der Landgerichtsrat wird sie wegen Mordes verurteilen ...

Das Telefon läutete viermal an diesem Tag. Einmal war es Veronikas Herr. Veronika hatte einen feinen Herrn, der ihr zum Geburtstag eine Kaninchenfellgarnitur geschenkt hatte, die beinahe wie Seal aussah. Er war in einem Büro angestellt, und wenn er sich langweilte, rief er Veronika an. Das zweite Mal war es der Landgerichtsrat. Er hatte Mittagspause und meldete mit heiserer Stimme, dass die Verhandlung spät zu Ende sein würde. Das dritte Mal war es eine aufgeregte Dame, die eine falsche Nummer bekommen hatte. Jedes Mal hatte Evelyn einen Anfall erlitten, der ihr die Schlagadern am Hals klopfen ließ. Jedes Mal kehrte sie zurück auf ihr Bett, saß dort mit einer Handarbeit, einem Buch, glaubte zu lesen, zu häkeln, tat aber nichts als warten. Die Mimosen dufteten nicht mehr und sahen schon trocken und künstlich aus.

Es machte schon die ersten Anstalten zur Dämmerung, als das Telefon draußen im Vorzimmer wieder läutete. Veronikas schwere Füße gingen durch den Korridor. Evelyn hatte schon wieder Herzklopfen. Sie lächelte über sich selbst. Seit das mit Frank angefangen hatte, beobachtete, durchschaute und belächelte sie sich selbst. Aber was half das?

»Da reden drei Leute zugleich ins Telefon – ich verstehe nichts«, meldete Veronika ärgerlich unter der Tür.

Evelyns Herz blieb stehen, es blieb buchstäblich stehen und ging dann mit einem harten Trommelschlag wieder los. »Ich komme«, sagte sie bewusstlos. Im Vorzimmer kam ihr das Fräulein entgegen. »Clärchen hat ihre Socken ausgewachsen, sie brauchte neue«, sagte das Fräulein. Evelyn gab keine Antwort, sondern nahm den Hörer. Das Fräulein blieb daneben stehen. Im Telefon sprach eine hohe Frauenstimme französisch, dann sagte das deutsche Telefonfräulein unfreundlich: »Ist dort Oliva 03784? Dringendes Ferngespräch aus Paris. Ist Frau Droste anwesend?«

»Ja«, sagte Evelyn schwach. Sie hatte keine Knie. Sie zog schnell den Regenschirmständer heran und setzte sich auf seine Kante. »Hallo«, sagte eine Männerstimme im Telefon, die ganz und gar nicht Franks Stimme zu sein schien. Evelyn warf einen flammenden Blick auf das Fräulein, das aufgepflanzt daneben stand. Das Fräulein schien sich zu besinnen, dass es die Erziehung einer Offizierstochter genossen hatte. Es verließ seinen Horchposten und begab sich zögernd ins Kinderzimmer.

»Frank?«, fragte Evelyn flüsternd.

»Evelyn?«

»Ja«, sagte sie auf Deutsch. Sie hatte in Gedanken immer deutsch mit ihm gesprochen.

»Bist du allein?«, fragte er. Er sprach französisch, und das war so fremd, dass sie einen Augenblick an irgendeinen Irrtum, eine unsinnige Verwechslung glaubte.

Dann begann sie zu lächeln, es gefiel ihr, und sie selbst sprach französisch etwas besser als englisch.
»Nein – das heißt ja«, sagte sie, denn eben in diesem Moment schloss sich die Kinderzimmertür hinter dem Fräulein.
Dann sagte das Telefon alles, was sie in ihren übertriebenen Träumen ausgedacht hatte. Es war eine ganze Arie, ein Liebeslied, es war vollkommen unwahrscheinlich, dass Frank solche Dinge sagte. Sie horchte hinter den Worten her, als das Telefon verstummt war.
»Hast du meine Blumen bekommen?«, fragte Frank jetzt.
»Ja. Danke.«
»Hast du mich lieb, Evelyn?«
Es war eine lächerliche Frage; sie konnte nicht antworten darauf. Frank sprach schon wieder, sie hatte die ersten Worte nicht verstanden, weil etwas in der Leitung pfiff. Plötzlich begriff sie, was er von ihr wollte. Sie spürte, dass ihr Mund ganz kalt wurde, so kalt, dass sie nicht sprechen konnte. Wahrscheinlich habe ich jetzt weiße Lippen, dachte sie und: Nicht jetzt ohnmächtig werden.
Das Telefon sprach noch immer. Stimme, Stimme – alles fremd, abenteuerlich, unerhört und so selbstverständlich.
»Ich komme«, sagte sie. »Auf Wiedersehen«, sagte sie. Sie verstand nicht mehr, was er sagte, es klopfte im Telefon, die französische Telefonistin redete dazwischen, alles

wurde wirr und konfus. Evelyn schaute den Hörer noch an, als sie ihn schon längst auf die Gabel gelegt hatte. Sie ging zurück ins Schlafzimmer, es dunkelte jetzt, und sie saß für zehn Minuten ganz reglos auf ihrem Bett, die Hände um die Knie geschlungen. Dann ging sie zurück zum Telefon und rief Marianne an.

»Du musst sofort zu mir kommen, Marianne.«

»Wo brennt's? Komm du lieber mit mir ins Kino.«

»Nein. Du musst sofort kommen.«

»Was ist los? Bist du krank?«, fragte Marianne besorgt.

»Nein, Komm nur.«

»Etwas mit Kurt?«

Evelyn gab keine Antwort mehr. »Ich bin in einer halben Stunde bei dir«, sagte Marianne. Sie war der Mensch, auf den man immer zählen konnte. Evelyn ging zurück ins Schlafzimmer und wartete auf Marianne.

Marianne roch nach Regen und Kalk, als sie hereinkam. Es war dunkel geworden, mit dem Schein der Laternen auf den Betten. »Ohnmächtig geworden?«, fragte sie schon in der Tür.

»Marianne«, sagte Evelyn. »Du musst mir helfen. Ich rechne auf dich.«

»Das klingt wie von Schiller. Wem gelten die Feierlichkeiten?«, fragte Marianne spöttisch, aber sie setzte sich neben Evelyn aufs Bett und legte den Arm um ihre Schulter.

»Es geht für mich um Tod und Leben, sonst würde ich dich nicht darum bitten«, fuhr Evelyn fort. Sie redete

klar und etwas zu laut. Sie hatte dies alles in den letzten zwanzig Minuten ausgedacht. Marianne amüsierte sich.
»Sire, geben Sie Gedankenfreiheit!«, zitierte sie und schüttelte sich vor Lachen.
»Ich muss wegreisen und Kurt darf es nicht wissen«, sagte Evelyn.
Marianne hörte zu lachen auf und ihr Arm auf Evelyns Schulter wurde schwerer. »Wegreisen, Kind? Allein?«, fragte sie leise.
»Ja. Du musst mich nach Geltow einladen und nach dem Abendessen mitnehmen. Du musst Kurt glauben machen, dass ich bei dir bin, verstehst du?«
»Ja«, sagte Marianne etwas später. Sie saß vorgebeugt da und dachte angestrengt nach. »Gut«, sagte sie. »Ich muss ihn das glauben machen. Und wo wirst du wirklich sein, Kind?«
»In Paris«, sagte Evelyn zögernd.
»Ich bringe dich zum Zug. 10 Uhr 25, nicht wahr? Hast du Schlafwagen?«
Evelyn war noch nie allein gereist. Sie schaute dankbar auf Marianne, die alles wusste.
»Und – du willst mir nicht sagen, zu wem du fährst?«, sagte Marianne langsam.
»Nein – Marianne.«
»Aber ich darf es erraten?«
Evelyn zuckte die Schultern. Plötzlich fühlte sie sich von Marianne umfasst und bekam einen Kuss zwischen die

Augenbrauen. »Armes Kleines – hat es dich erwischt – und so schlimm«, sagte Marianne tröstend.
Noch bevor Evelyn sich aus dieser Liebkosung befreit hatte, war das Räuspern im Treppenhaus zu hören, mit dem die Heimkehr des Landgerichtsrats sich immer ankündigte. Veronika trabte durch den Korridor und machte Licht. Aus der offenen Küchentür drang der Geruch von Blumenkohl bis ins Schlafzimmer. Evelyn stand auf und starrte Marianne in die Augen.
»Verlass dich auf mich und nimm es nicht zu tragisch. So etwas ist keine Sache auf Tod und Leben«, sagte Marianne lächelnd. »Ihr denkt zu monogam – Kurt und du.« Sie gingen ins Vorzimmer und begrüßten den Landgerichtsrat. »Ich möchte inhalieren«, sagte er zuallererst. Er hatte gar keine Stimme mehr. Evelyn ging in die Küche und richtete den Inhalationsapparat her. Sie hatte das traumhafte Gefühl, dass sie immer dasselbe tat, die sechs Jahre ihrer Ehe, immer dasselbe. Immer stand sie in der Küche und richtete den Inhalationsapparat. Zum letzten Male, dachte sie, als sie das Fichtennadelöl einfüllte. Es war ein unrichtiger, unlogischer Gedanke. Sie fuhr auf zwei Tage nach Paris und kam wieder zurück, und dann nahm alles wieder seinen Gang. Sonderbarerweise konnte sie sich dies nicht vorstellen: zurückkommen, wieder im alten Geleise leben. Sie wusste nur eines klar: wegreisen, nach Paris fahren. Frank hatte gerufen und sie kam. Es gab gar kein Zögern und keine Wahl. Sie saß in einem Traumspeisezimmer

ohne Wände, es gab Blumenkohl und Hackbraten und Apfelkompott. Marianne redete viel, der Landgerichtsrat redete wenig, und Evelyn redete gar nichts. Die Uhr im Wohnzimmer schlug acht, aber die ging etwas vor.

»Evelyn, jetzt musst du dein Bündelchen packen, sonst kommen wir zu spät nach Geltow«, sagte Marianne. Sie sagte es mit einer faustdicken Nachlässigkeit, so wie eine miserable Schauspielerin es gesagt haben würde, und Evelyn hielt den Atem an. Sie hatte immer die Vorstellung gehabt, dass Richter schwerer anzulügen seien als andere Leute. Kurt schaute verwundert von seinem Kompotteller auf.

»Ich nehme Evelyn für das Wochenende nach Geltow«, sagte Marianne rasch.

»Fängt bei euch Frauen das Wochenende am Donnerstag an?«, fragte er heiser, aber nicht schlecht gelaunt.

»Du kannst mir wirklich auch einmal ein ausgedehntes Wochenende gönnen«, plädierte Marianne. »Und Evelyn kann ein bisschen Sonne vertragen. Du weißt ...«

»Ich dachte, du würdest morgen für eine Stunde in meiner Verhandlung kiebitzen«, sagte Droste enttäuscht. Evelyn hörte zu, wie es schien, drehte sich das Gespräch gar nicht um sie. »Du bist ein Egoist«, antwortete Marianne. Kurt schlug die Augen nieder: »Wenn Evelyn Lust hat«, sagte er. »Ich kann dann Sonntag hinauskommen und sie holen. Wirst du aufpassen, dass sie keine nassen Füße kriegt?«

»Ich werde sie zwei Stunden am Tag spazieren führen

und die übrige Zeit in die Sonne legen«, entgegnete Marianne.
Evelyn hörte zu, wie über sie verhandelt wurde, als ob sie ein Gegenstand wäre. Sie ließ ihren Mann mit dem Inhalationsapparat in Gesellschaft Mariannes im Wohnzimmer und ging davon. Schicksal, dachte sie. Es war ein großes Wort; sie hatte nie geglaubt, dass solch ein Wort auf sie anwendbar wäre. Es ist mein Schicksal – ich habe mein Schicksal in die Hand genommen. Sie hatte das Gefühl der Gefahr, einer ungeheuren, tödlichen Gefahr. Lügen waren dünn wie Spinnweben, das kleinste Gewicht konnte sie zerreißen. Wenn ihr Mann die Wahrheit erfuhr, war alles aus. Gut. Aus denn, Schicksal, dachte sie trotzig.
Packen. Ein schwarzes Kleid, ein Abendkleid – sie besaß nur eines; das schöne Nachthemd mit den echten Spitzen, das sie zu ihrer Hochzeit bekommen hatte. Geld, dachte sie mit gerunzelten Brauen. Sie wusste nicht, wie viel die Fahrkarte kosten konnte. Sie ging in die Küche, gab Veronika zwanzig Mark und steckte den Rest des Wirtschaftsgeldes in die Handtasche.
»Ich gehe fürs Wochenende nach Geltow«, sagte sie. »Geben Sie auf alles acht, passen Sie auf, dass Obst im Haus ist. Und der Herr Landgerichtsrat wird jeden Abend inhalieren.«
Veronika sah ihr verwundert nach. Frau Droste ging häufig auf zwei Tage nach Geltow und tat es immer ohne weitere Feierlichkeiten.

Halb neun. Das Kinderzimmer. Sie hatte das Schlafenlegen der Kinder versäumt. Vom Korridor kam Licht durch die Glasscheiben der Tür, das Zimmer war voll Atmen. Evelyn ließ vorsichtig das kleine Gitter an Bärchens Bett herunter. Plötzlich musste sie weinen. Es war so sehr wie Abschied. Als würde die Frau, die Samstag aus Paris zurückkam, nicht mehr sie selber sein. Als würde sie, die hier neben Bärchen kniete, nie mehr zurückkommen. Schicksal. Gefahr. Müssen. Keine Wahl. Von da an war alles unwirklich und schnell. Und voll von Schwierigkeiten, die überwunden werden mussten. Adieu, Kurt, adieu, kleine Maus. Ich sehe dich Sonntag. Vielleicht rufe ich morgen in Geltow an. Kurt sieht schlecht aus. Das Treppenhaus. Adieu, Fräulein, adieu Treppenhaus, adieu Düsseldorfer Straße. Fahrt zum Bahnhof Friedrichstraße. Alles nicht wahr. Alles nur geträumt. Ich fahre nach Paris, zu einem fremden Mann.

»Marianne, wenn Kurt in Geltow anruft …«

»Ich werde uns schon herauslügen.«

Gedächtniskirche, Licht. Ufer, Dunkelheit. Adieu, Berlin.

»Marianne, wenn ich allein bin – und ohnmächtig werde …«

»Man wird nicht ohnmächtig, wenn man allein ist«, sagte Marianne spöttisch.

Der Bahnhof. Träger. Eine Karte. Ja, bitte, Schlafwagen. Evelyn hat noch nie eine Eisenbahnkarte gekauft, sie

traut sich nicht, die Leute mit Dienstmützen um Auskunft zu fragen. Gut, dass Marianne dabei ist. »Das Kind wird selbständig. Die Maus auf Abenteuer«, sagte sie mit etwas künstlicher Munterkeit. »Wenn etwas schief geht, schick mir ein Telegramm.«
»Ja. Danke.«
»Ich hätte lieber deine Pariser Adresse.«
»Ich weiß meine Adresse nicht.«
Evelyn erschrak bis ins Tiefste. Frank hatte ihr eine Adresse angegeben, aber sie war zu betäubt gewesen, um das aufzunehmen. Sie hatte eine Schreckensvision. Sie kam in Paris an, Frank war nicht auf dem Bahnhof, sie war allein, verloren, fand Frank nicht, hatte kein Geld für die Heimfahrt, wurde auf der Straße ohnmächtig ...
»Da ist der Zug«, sagte Marianne. Sie war nun auch ein wenig nervös. Eine große Lokomotive kam in die Halle. Marianne schob Evelyn zu ihrem Wagen. In dem Kupee, das sie betrat, war stickige Luft. Nacht und der Atem vieler Menschen. Eine dicke Dame lag im unteren Bett von Evelyns Abteil. Sie war beleidigt, wie alle Reisenden, zu denen man einsteigt.
Marianne stand noch am Gang. »Wann kommst du zurück?«, fragte sie. Sie sah jetzt blass und nervös aus.
»Sonnabend. Ich komme direkt nach Geltow.«
Im letzten Moment küsste Marianne sie. Es war ein heftiger, harter Kuss. »Komm gut nach Hause«, sagte sie. Der Schaffner schob sie aus dem Wagen. Evelyn stand

noch einen Augenblick unschlüssig, dann ging sie in ihr Abteil, kletterte zu ihrem Bett hinauf und drehte die kleine Lampe am Kopfende an. Die Gepäcknetze waren voll mit den Koffern der dicken Dame. An jedem Koffer pendelte ein Schild. Selma Rabbinowitz, Bukarest. Der Zug fuhr. Die Schilder pendelten, die Kleider an den Haken pendelten, Selma Rabbinowitz' Mantel, ihre Strümpfe neben dem Waschbecken, Evelyns blauer Hut auf dem Haken, alles schwang und pendelte. Es machte schwindlig.
Evelyn, ohne sich auszuziehen, drehte die Lampe ab. Ihre Haut hatte Angst vor der Berührung des fremden, ungewohnten Bettes. Im Finstern dröhnte der Zug viel lauter. Morgen, klopften die Räder, Stahl gegen Stahl, morgen, morgen, morgen, morgen, morgen, morgen.
Aber Evelyn konnte sich dieses Morgen nicht vorstellen.

MITTWOCH: DER MANN

Kurz nach elf Uhr erlitt die Angeklagte einen Zusammenbruch. Sie warf den Kopf auf die Hände, sank in der Anklagebank zusammen und stöhnte: »Bitte schön – ich kann nicht mehr – bitte schön.«
Der Landgerichtsrat hatte so etwas kommen sehen. Während er mit halbem Ohr den langwierigen Ausführungen des Sachverständigen lauschte, der sich über den Befund an der Leiche der alten Frau Rupp ausließ, hatte er die Rupp beobachtet. Er kannte die sonderbar gelbe Gesichtsfarbe, die grau werdenden Lippen von Angeklagten, die am Ende ihrer Haltung waren. Schweiß trat auf die Stirn der Rupp, dicke, längliche, wunderlich kompakte Schweißtropfen, die an ihren Schläfen herunterliefen und sich unter ihrem Kinn sammelten. Der Mann der Rupp, der etwas entfernt von ihr in der Anklagebank saß, warf einmal einen kurzen Blick auf seine Frau und schaute dann wieder geradeaus, mit dem interessierten und naiven Blick, der sein gesundes, vollblütiges Gesicht angenehm machte. Die Untersuchungshaft schien ihm nicht geschadet zu haben. Er war gut rasiert und trug eine Art Sonntagsanzug und steifen Kragen.
Als die Rupp vornüber sackte und der Polizist hinter ihr rasch nach ihr griff, um sie zu stützen, während der

junge, aufgeregte Verteidiger sich zu ihr drehte und die Hand aufhob, wie ein Verkehrsschutzmann, der Halt gebietet – während dieser Sekunde behielt Droste den Mann im Auge. Das rote, pralle Gesicht wurde noch dunkler, und der Ausdruck einer starren Angst wischte darüber hin, stand einen Moment in den Augen und verschwand wieder. Droste sprang auf.

»Herr Verteidiger«, rief er, »wir wollen die Angeklagte nicht quälen und über Gebühr anstrengen. Wenn sie uns jetzt die volle Wahrheit erzählt – machen Sie ihr klar, dass es besser für sie und ihren Mann ist.«

Der Verteidiger murmelte zu dem gesenkten Kopf der Rupp. Sie hatte ihn noch immer in ihren Händen auf der Bank liegen, ihr rotes Haar war feucht und strähnig von Schweiß. Der Schwurgerichtssaal war halb gefüllt und die Zuhörer waren erregt. Die Journalisten auf der Pressetribüne flüsterten; zwei von ihnen waren Frauen und schauten mit Mitleid auf die Rupp. Das ungefüge, höfliche, zweimal wiederholte »Bitt schön« hatte so hilflos und flehend geklungen. Rupp, der Mann, saß steif da und schaute auf die Geschworenen; das heißt, er hielt seinen Blick auf den einzigen weiblichen Geschworenen, der bei den Richtern saß. Frau Rosa Budecker war eine Frau von etwa fünfundvierzig, sie war die Witwe eines Obersten, der im Kriege gefallen war, und führte ein Zigarrengeschäft an der Ecke der Bülowstraße. Von Beginn der Verhandlung an hatte der Mitangeklagte Rupp eine Art von Beziehung zu dieser Geschworenen gesucht, bewusst oder – was wahrscheinlicher war – unbewusst. Er richtete seine Aussagen an sie, den Augen des Richters ausweichend, und wenn einer jener unfreiwilligen Gerichtssaalspäße passierte, lachte er und schaute sie fröhlich an, als hätte er persönlich etwas zu ihrem Amüsement beigetragen. Droste spürte, dass in ihm eine dumpfe Ungeduld und Gegnerschaft gegen dieses gesunde Mannsstück anwuchs, die eines Richters durchaus unwürdig war. Man konnte dem Rupp nichts beweisen: das machte ihn unsympathisch. Droste erschlaffte ein wenig, als der Moment vorüberging, ohne etwas Neues zu bringen. Er war müde, aber er nahm sich zusammen.

Die Angeklagte hatte sich wieder gefasst. Sie wurde nicht ohnmächtig, sie weinte nicht, sie bekam keinen hysterischen Anfall. Sie stand auf, hielt sich an der Bank fest und sagte deutlich: »Ich bitte schön, ich habe immer die volle Wahrheit gesagt. Wir haben das Gift im Haus gehabt wegen der vielen Ratten im Keller, die sind nachts nur so in der Küche herumgesprungen, wenn ich da geschlafen habe. Mein Mann hat es nicht gekauft – ich, ganz allein – bitte schön – und wenn nur schon ein Ende wäre und eine Ruhe damit.«

Sie schaute auf ihre Hände hinunter und erst bei den letzten Worten blickte sie Droste an. Sonderbarerweise erinnerte er sich gerade in diesem Augenblick daran, wie er die Rupp einmal im Treppenhaus in der Düsseldorfer Straße getroffen hatte. Sie kam vom Waschen, sie war schwanger und verschwitzt wie jetzt auch, und sie hatte sich auf das Treppengeländer gestützt, aus Höflichkeit, um ihn vorbeizulassen. Später hatte sie gestohlen, und jetzt hatte sie gemordet. Wenn der junge Verteidiger sie auf Totschlag durchbrachte und wenn die Geschworenen und der Sachverständige sich auf verminderte Zurechnungsfähigkeit einigten, dann waren es noch immer zehn, zwölf, fünfzehn Jahre Zuchthaus. Droste war froh, wie so oft, dass man nicht nach Gefühlen verurteilte und freisprach, sondern dass man in einem festen Gerüst von Gesetzen stak; das Gesetz diktierte die Strafe, nicht ein Mensch, nicht ein einzelner Richter, der müde oder nervös oder voreingenommen oder mitleidig war. Gott sei Dank, dachte der Landgerichtsrat. Da der Moment des Zusammenbruchs vorübergegangen war, ohne dass die Rupp ihre Aussage geändert hatte, brach Droste die Verhandlung ab und sagte eine zweistündige Pause an. Er hatte eine Pause nötig.

Droste war unzufrieden mit sich. Er hatte die Verhandlung schlecht geleitet von morgens an, schleppend, langweilig, resultatlos, trocken. Das Veronal, dachte er, als er an den vielen Menschen, die in den Gängen herumstanden, vorbei zu seinem Zimmer ging. Es war unsinnig, um ein Uhr nachts Veronal zu nehmen und um sieben aufzustehen. Wenn man nicht acht Stunden Schlaf nach Veronal hatte, dann war man für den nächsten Tag verdorben. Schwerer Kopf, dicke Zunge, trocken in der Kehle.

Kaum war er in seinem Zimmer angekommen, nahm er seine kleine Pfeife heraus und begann heftig zu rauchen. Er wusste, dass es falsch war, es verdarb ihm den Appetit und machte ihn noch trockener im Hals; aber er konnte es nicht lassen. Es war dieselbe Geschichte wie mit dem Veronal. Er fühlte sich heiß in der Robe, aber er konnte sich nicht entschließen sie abzulegen; er war zu verdrossen, um in die Kantine zu gehen und etwas zu essen. Er fiel auf einen Stuhl und blieb da sitzen, mit ausgestreckten Beinen wie ein ermüdeter Boxer nach einer schweren Runde. Der Gerichtsdiener Perlemann kam herein und machte sich rund um den Landgerichtsrat zu schaffen.
»Bis fünf wird das wohl dauern heute«, sagte er fragend. »Es ist nämlich Mittwoch«, fügte er hinzu, ohne weitere Erklärung. Perlemann war Präsident eines Kegelklubs und legte Wert darauf, an den Mittwochabenden nicht zu spät aus Moabit zu kommen.
»Wollen sehen«, antwortete Droste ziellos.
»Soll ich was aus der Kantine bringen?«, fragte Perlemann.
»Nein – danke«, antwortete der Landgerichtsrat.
»Ein Glas Portwein und ein Schinkenbrot«, bemerkte Perlemann, Drostes Antwort ignorierend, und ging davon. »Dem Jungen können wir nicht an die Klamotten«, sagte er noch an der Türe.
Dies drückte, im Jargon des Gerichtsgebäudes, auch die Gedanken des Landgerichtsrates aus. Er war der ganzen Sache mit einem Mal müde. Wenn die Rupp

durchaus die ganze Schuld allein tragen wollte – mochte der Mann laufen. Niemand interessierte sich für diesen Armeleuteprozess; sein Ausgang hatte auch nicht den geringsten Einfluss auf die Karriere. Eigentlich war es nur das Gefühl, ein falsches Urteil passieren zu lassen, das Droste, den geborenen Richter, so peinigte, wie einen geborenen Musiker ein falscher Akkord peinigt. Er strich mit den Fingerspitzen über den schwarzen Samt an seiner Robe, auf und ab. Steiner kam herein, dick und fröhlich, er war einer der Beisitzer.

»Keine rechte Aussicht, heute noch zu den Plädoyers zu kommen, werter Zeitgenosse?«, sagte er. »Stumpfsinn von der Frau, den Kerl herauszulügen.«

Jeder schien die Verhandlung satt zu haben. Jeder wollte ein Ende. Droste selber wollte damit fertig werden.

»Bruhne hat eine endlose Zeugenliste aufgestellt«, sagte er. Bruhne war der junge Offizialverteidiger, den die Angeklagte erhalten hatte.

»Bruhne ist ein Ochse mit Fransen«, erklärte Steiner. Er hatte ein rundes Gesicht mit Schmissen und eine runde, glänzende Glatze. »Wetten, dass er zwei Stunden plädieren wird. Diese jungen Anwälte.« Steiner seufzte herzzerreißend. »Kommen Sie, Droste«, sagte er. »Raus aus dem Steinkasten. Wir haben Zeit genug, um zu Nettelbeck zu gehen.«

»Danke. Ich esse in der Kantine«, erwiderte Droste und schaute zum Fenster hinaus. Was er sah, war nichts Besseres als die schmutzigrote Ziegelmauer des Untersuchungsgefängnisses. »Schön, wer nicht will, der hat schon«, sagte Steiner und zog ab. Droste klopfte seine Pfeife aus, legte sie in die Schublade und begann Zigaretten zu rauchen.

Nettelbeck war ein kleines, feines Restaurant mit besonders guter Küche, zu dem die bekannteren Verteidiger und jene Richter und Assessoren, die nicht nur von ihrem Gehalt leben mussten, rasch zum Mittagessen fuhren. Vor seiner Verheiratung war Droste ziemlich oft zu Nettelbeck gekommen, in den Verhandlungspausen und auch abends. Aber nun war dieses verrauchte Männerparadies mit den abgesessenen roten Samtbänken und dem berühmten Rehbraten und Burgunder nichts mehr für ihn. Er seufzte ein wenig, während er dasaß und die rote Mauer des Untersuchungsgefängnisses zum Vis-à-vis hatte. Man musste sehr vorsichtig mit dem Geld umgehen, trotz Evelyns Monatszuschuss von ihrem Vater. Es war schon wieder zu viel ausgegeben worden. Evelyns Arsenkur; das Fräulein; das Budget hatte sich noch nicht von Bärchens Geburt erholt – und Marianne, so gut sie es meinte, zog Drostes in eine zu kostspielige Geselligkeit. Dreimal in der Woche war man im Taxi gefahren. Der Landgerichtsrat dachte, dass er nun wieder keine neuen Schuhe bekommen könne. Er tat sich ein wenig leid. Er verzichtete auf so viele Dinge, damit Evelyn und die Kinder alles bekamen, was sie brauchten. Und Evelyn ist so untüchtig, dachte er. Er dachte es mit Rührung und Zärtlichkeit, als ob Evelyns

Untüchtigkeit eine ganz besonders wertvolle und erlesene Eigenschaft wäre. Von Evelyn sprangen seine Gedanken wieder zu Rupp. Und dann kam Perlemann zurück und stellte den Portwein und das Sandwich mit dem viel zu fetten Schinken vor ihn hin.

Nachmittag. Die Verhandlung schleppte sich weiter. Es war eine abgestandene Luft im Saal; draußen, in der Welt, irgendwo, gingen Regenschauer nieder, die den Saal verdunkelten. Die Lichter wurden angedreht, und nun sahen alle Gesichter bleich aus. Ein endloser Zug von Zeugen marschierte auf.

Droste bedauerte, dass er nachgiebig gewesen war und dem aufgeregten Verteidiger all diese nutzlosen Zeugen genehmigt hatte. Der Staatsanwalt machte spöttische Zwischenbemerkungen, und er hatte recht. Zwischen Droste und dem Staatsanwalt, Dr. Rodnitz, war stets eine leichte Spannung. Rodnitz setzte sich zu sehr in Szene, seine Anklageplädoyers waren zu effektvoll, um sachlich zu sein. Rodnitz wollte schnelle und große Karriere machen, er war einer von den Scharfen, Schneidigen, und die Angeklagten hatten nichts zu lachen. Droste verstand Ehrgeiz: er selber wollte vorwärts kommen. Tatsächlich galt er als einer der verheißungsvollsten jüngeren Richter. Aber er näherte sich seinem Ziel auf ganz anderen Wegen. Er war von einem bohrenden, fast pedantischen Gerechtigkeitsgefühl besessen.

Er hatte sich in drei großen Prozessen hervorgetan. Er hatte den berühmten Einbruch in der Nationalbank klargelegt und den Führer der Einbruchbande vor den Geschworenen zu einem Geständnis bewogen. Er hatte in dem Prozess der Schauspielerin Kögel, die aus Eifersucht ihren Liebhaber erschoss, ein strenges Urteil durchgesetzt, das zuerst überraschte und dann überzeugte. Es gelang ihm damals, eine Geschworenenbank, die mit einer nebligen Sympathie aufseiten der Eifersucht und der Eifersüchtigen stand, zu überzeugen, dass Eifersucht eine primitive Regung und Eifersuchtsverbrechen untolerierbar seien. Es war die Überzeugung einer neuen, modernen und freier denkenden Richtergeneration, die er vertrat. Seine beste Leistung bisher, und eine, auf die er ein wenig stolz war, zeigte er in der Leitung des Prozesses gegen den Gymnasiasten Wiener. Wiener, ein siebzehnjähriger, blasser Junge, war angeklagt, seine sechzehnjährige Freundin, die kleine Gymnasiastin Meyerheim, erschossen zu haben. Droste arbeitete sich durch ein Gestrüpp von verworrenen Aussagen, von Lügen verängstigter Schüler, von falsch gegebenen Auskünften der Eltern und Lehrer, und es gelang ihm klarzustellen und zu beweisen, dass die kleine Meyerheim Selbstmord begangen und Wiener unschuldig war. Wiener wurde freigesprochen. Er arbeitete jetzt in einer Fabrik in Danzig und jedes Neujahr schickte er eine Glückwunschkarte an den Landgerichtsrat.

Im Fall Rupp war weder Ruhm noch persönliche Genugtuung zu finden. Droste hörte den inhaltslosen Zeugenaussagen zu und merkte, dass er immer heiserer wurde. Er trank Wasser, das warm war und schal und staubig schmeckte. Da waren Zeugen, die sagten, dass die Rupp eine brave Frau und der Mann ein brutaler Kerl war. Da waren Zeugen, die sagten, dass der Mann etwas Besseres wäre und durch seine Frau kaputt ging. Da waren Zeugen, die froh zu sein schienen, dass die alte Frau Rupp, diese Hauspest, endlich gestorben war – sei es sogar durch eine ausgiebige Dosis Rattengift. Da waren endlich Zeugen, die der Ansicht waren, die alte Frau Rupp sei eine Heilige und eine Märtyrerin gewesen und habe Misshandlungen und Kränkungen ohne Zahl ertragen, bevor sie ermordet wurde.

Der Krankenkassenarzt wurde vernommen, der angab, dass die alte Frau Rupp an Magenkrebs gelitten habe und so oder so innerhalb kurzer Zeit verstorben wäre. Die Ruppschen Kinder kamen dran, jedes einzeln, drei Mädchen und ein Junge. Sie warfen vor jedem Wort, das sie sagten, einen scheuen Blick zur Mutter hinüber, die in ihrer Anklagebank saß und sich nicht um die Kinder zu kümmern schien. Wenn hier eine Gelegenheit war, bei den Geschworenen Stimmung für eine Mutter zu machen, die, von ihren Kindern getrennt, im Gefängnis saß, so hatte die Rupp diese Gelegenheit jedenfalls gründlich versäumt. Stumpf und schwer saß sie da, den Kopf über ihren schweren Leib gebeugt, als gingen sie diese Kinder in der Kleidung der Fürsorgeanstalt gar nichts an.

Übrigens hatten die Kinder nichts Bemerkenswertes auszusagen. Zwei von ihnen hatten das rote Haar und

die Sommersprossen der Mutter. Die Geschworene, Frau Budecker, machte in Mitleid, und der Rupp wechselte sentimentale Blicke mit ihr. Droste brach das Verhör mit dem ältesten Kind, dem Jungen, ab und ließ den jungen Mann aus der Drogerie antreten.
Alle diese Zeugenaussagen sollten dazu dienen klarzustellen, ob es sich um Mord oder Totschlag handle. Waren die Ratten in der Ruppschen Kellerwohnung eine solche Plage, wie Frau Rupp erzählte? Stimmte es, dass sie immer und ständig Rattengift verwendete, um der Tiere Herr zu werden? Und hatte sie dieses immer vorhandene Rattengift in einem Anfall von Verzweiflung, von halber Besinnungslosigkeit in das Essen der Schwiegermutter geschüttet? Oder war sie zur Drogenhandlung gegangen und hatte das Gift mit kaltem Vorbedacht gekauft, um die alte Frau zu ermorden? Die Rupp sprach davon, dass sie 32 Stunden nicht geschlafen hatte, bevor sie es tat. Tagsüber wusch sie in Häusern, abends versorgte sie Kinder, Mann, Wirtschaft – und nachts stöhnte und schrie die Schwiegermutter und verlangte Pflege und Gesellschaft.
Die Kinder und die Nachbarn hatten dies zu einem gewissen Grad bestätigt. Ja, die Rupp arbeitete den ganzen Tag. Und, ja, die alte Frau schrie bei Nacht. Die Nachbarn und die Kinder waren es so gewohnt, dass sie nicht mehr darauf achteten.
Der junge Mann aus der Drogerie schwitzte viel und wusste wenig. Er konnte sich nicht erinnern, der Rupp

überhaupt jemals Rattengift verkauft zu haben. Aber das bewies nicht, dass sie keines bei ihm gekauft hatte. Er hatte so viele Damen zu bedienen – er nannte die Rupp eine Dame –, und er hatte kein gutes Gedächtnis für die Gesichter der Kundschaft. Übrigens hatte man das Paket mit dem Rest des Rattengiftes und dem Aufdruck der Drogerie in der Ruppschen Wohnung gefunden und seine Aussage war unwesentlich. Droste entließ den jungen Mann. Er hatte das Gefühl, dass diese Verhandlung Rupp endlos so weiter gehen würde. Er beugte sich zu Steiner und fragte leise: »Sollen wir heute noch die Sachverständigen kommen lassen oder morgen weitermachen?«

»Mein Bedarf für heute ist gedeckt«, sagte Steiner in seinem schnoddrigen Korpsstudententon. Von den sechs Geschworenen schienen zwei zu schlafen. Droste hatte die Ruppschen Kinder entlassen, sie waren in der Obhut einer Fürsorgerin mit strengem Männergesicht fortgegangen. Auf der Zeugenbank saßen drei Leute, die Droste dabehalten hatte. Sie saßen in den gezwungenen Stellungen von Leuten, die wissen, dass sie beobachtet werden. Alle Welt sah müde aus, nur der Mitangeklagte Rupp war munter. Er legte seine Hand mit den viereckigen Fingerkuppen seinem Verteidiger auf die Schulter und flüsterte ihm lächelnd etwas ins Ohr.

Plötzlich stand Bruhne, der Verteidiger der Rupp, auf und begann zu sprechen.

»Gut«, sagte er und rückte aufgeregt an seinen Augengläsern; »Gut. Es wird sich möglicherweise nicht klarstellen lassen, ob das Gift im Hause war oder erst am Morgen des 16. Oktober gekauft wurde. Aber, Herr Richter, meine Geschworenen, selbst wenn es erst an diesem Tage gekauft wurde: beweist das Mord? Nein, sage ich, dreimal nein. Hier ist eine Mutter, eine Frau, die ein Kind erwartet, eine schwer und hart arbeitende Frau. Sie hat 32 Stunden nicht geschlafen – wir haben es aus ihrem eigenen Munde gehört und von Zeugen bestätigt gefunden. Meine Herren und Damen – ist ein Mensch, der 32 Stunden nicht geschlafen hat, bei Besinnung? Kann er verantwortlich gemacht werden für irgendetwas? Leider ist nicht genug Verständnis vorhanden für den unerträglichen Druck, unter dem die arbeitenden Klassen leben, und ich ...«

Droste hatte erst verwundert, dann ärgerlich zugehört. Was Bruhne in den Tatsachen vorbrachte, war nicht nur richtig, sondern bis zum Überdruss bekannt. Droste, dieser empfindliche, feinnervige Mensch mit der dünnen Schädeldecke, konnte Bruhnes Phraseologie nicht vertragen. Er spürte, wie er heiß um die Schläfen wurde.

»Herr Verteidiger, wollen Sie diese Erörterungen nicht für Ihr Plädoyer aufsparen?!«, sagte er scharf. Er war jetzt stockheiser. Seine Stimme schlug um. Im Saal wurde gelacht. Droste wusste nicht, ob über ihn oder über den Verteidiger. Er griff rasch nach der Wasserflasche und schenkte sich ein Glas Wasser ein. Es sah aus wie Rizinus und schmeckte nicht viel besser. Bruhne begann zu streiten. Droste wollte antworten, aber er hielt sich zurück. »Sobald der Herr Verteidiger ausgeredet hat, würde ich gern eine Frage an den Angeklagten Rupp richten«, sagte er liebenswürdig. Bruhne klappte seinen Mund zu und setzte sich nieder. Es wurde wieder gelacht.

Droste schaute in den Saal. Die Zuhörerbänke hatten sich gelichtet. Er hätte viel darum gegeben, Marianne unten zu wissen, aber er hielt vergebens Ausschau nach ihrer Kappe. Marianne pflegte eine Art Kappe zu tragen wie kein anderer Mensch, ein feuerrotes Flaggensignal, mit dem sie ihre Anwesenheit anzeigte.

»Wir haben soeben gehört, dass Frau Rupp 32 Stunden nicht zum Schlafen kam, bevor sie das Gift kaufte«, sagte er. »Sie hat ihre kranke, stöhnende Schwiegermutter gepflegt. Warum hat Herr Rupp nicht dafür gesorgt, dass seine Frau ausruhen konnte? Was haben Sie getan in der Nacht? Warum haben Sie Ihre Frau nicht abgelöst?«

Rupp stand auf und schaute die Geschworene Frau Budecker an. Seine Ohren arbeiteten immer auf und ab, wenn er nachdachte. »Ich war nicht zu Hause«, sagte er schließlich.

»Nicht als Ihre Mutter starb – aber vorher – die ganze Zeit? Wo waren Sie?«

Rupp bewegte die Ohren. »Bei einem Freund« sagte er. Die Rupp machte eine Bewegung, als ob sie sprechen wollte.

»Frau Rupp?«, sagte Droste.

Die Rupp stand auf, sie faltete ihre Hände unter ihrem Leib, als ob sie ihn stützen wollte, und sagte leise: »Herr Richter, mein Mann war bei seinem Freund, bitte schön. Er war ja jede Woche in der Laubenkolonie Grüne Weide. Er hat ihm beim Gärtnern geholfen und dafür hat er ihm Gemüse und Eier gegeben.«
»Wie heißt der Freund?«
»Brösig«, sagte Rupp. »Josef Brösig, Kolonie Grüne Weide. Wir haben damals Kartoffeln ausgenommen und ich habe ein paar Pfund heimgebracht. Und wie ich heimkomme, da ist das Unglück schon geschehen.«
»Gut«, sagte Droste. »Wir werden Herrn Josef Brösig morgen vorladen.«
»Bitte schön«, sagte die Rupp. Sie setzte sich nieder und schaute zufrieden in ihre Hände. Im gleichen Moment hob der Rupp die Hand wie ein Schulkind. Droste gewahrte wieder die schnell verwischte Angst in dem roten Gesicht. »Rupp sagt mir, dass er nicht sicher ist, ob Brösig noch dort zu finden ist«, meldete der Verteidiger.
»Gut«, sagte Droste. »Wir werden ihn finden.«
Er erhob sich, brach die Verhandlung ab und vertagte sie auf den nächsten Morgen. Er hatte das Blatt Papier, das vor ihm lag, mit dicken Weintrauben vollgezeichnet, eine schlechte Gewohnheit. Jetzt notierte er Namen und Adresse dieses Brösig. Er hatte ein fast lästiges Gedächtnis für Namen, Zahlen, Telefonnummern, Adressen. Mit Scharren und Räuspern brach der Schwurgerichtssaal auf. Die Rupp trottete davon, gefolgt von

ihrem Polizisten, wie eine geduldige Kuh, die zum Stall gebracht wird. Rupp zog seine Hosen hoch, bevor er ging. Es war eine breitbeinige, brutale, männliche Gewohnheitsbewegung. Droste sah ihm nach. Er ließ die Zeugenvorladung für Brösig ausschreiben. Er pfiff den Pilgerchor, als er auf seine Straßenbahn wartete. Er war müde, aber er hatte neuen Schwung bekommen. Ihm war, als würde dieser Brösig ein neues Licht in die Angelegenheit Rupp bringen.

Die Straßenbahn war überfüllt, und der Landgerichtsrat quetschte sich auf die vordere Plattform und pendelte müde an seiner Strippe hin und her. Sein Kehlkopf brannte, er warf die Zigarette, die er eben angezündet hatte, fort. Er freute sich auf zu Hause.

Als er nach Hause kam, konnte er Evelyn nicht gleich finden. Sie war nicht im Schlafzimmer, wo sie gewöhnlich um diese Zeit auf ihrem Bett eingerollt lag wie eine Hauskatze. Er stöberte lächelnd in der Unordnung von Schachteln, Nähzeug und Büchern herum, hob gedankenlos eine Blume vom Nachttisch und legte sie wieder hin und verzog sich zuletzt ins Badezimmer, um zu gurgeln. Er hörte die Kinder nebenan im Kinderzimmer, er wäre gern zu ihnen gegangen, aber er traute sich nicht. Das Fräulein war der Ansicht, dass er Millionen von Bakterien aus dem Schwurgerichtssaal mitbringe, und wahrscheinlich hatte sie recht. Er vergnügte sich eine Weile damit, kühles, angenehmes Gurgelwasser, das nach Anis schmeckte, durch seine Kehle zu spülen. Er hörte schuldbewusst damit auf, als Evelyn ins Badezimmer kam, und bat um seinen Inhalationsapparat.

Es war ihm gelungen, für etwa zehn Minuten nicht an den Prozess Rupp zu denken. Aber auf seinem Weg zum Kinderzimmer fand er das Abendblatt im Vorzimmer liegen. Er blätterte stehend darin, las den Bericht über die Morgenverhandlung, ärgerte sich über eine Anzahl von Unrichtigkeiten und war wieder bei der Rupp und diesem Brösig, als er das Kinderzimmer betrat.

»Kurtchen«, schrie Clärchen begeistert und streckte ihm ihre Arme entgegen. Sie war in ihrem Stühlchen angeschnallt, mit einem Hügelchen von Holzblöckchen vor sich und viel Himbeersaft überall im Gesicht. »Guten Abend, Madamchen«, sagte Droste und schüttelte ihre klebrige, kleine Hand. Sie bestand darauf, ihn Kurtchen zu nennen; sie hatte die Verwandtschaftsgrade in der Familie noch nicht ganz erfasst und blieb fest dabei, ihren Vater für ein anderes Kind ihrer Mutter zu halten.

»Wen hast du begegnet, Kurtchen?«, fragte sie, bereit, in helles Gelächter auszubrechen. Kurtchen konnte nämlich wundervoll lügen. »Ich habe einem Schutzmann begegnet«, sagte er denn auch sogleich, »der war so groß wie ein Haus, nein, bisschen größer, sodass er über die Dächer gucken konnte«, er brach ab; das Reden strengte ihn an und ihm fiel auch nichts mehr ein. Er ging zu Bärchen hinüber und schaute ihn zaghaft an. Alles in allem hatte er Angst vor diesem Säugling, der zerbrechlich und ein klein wenig unappetitlich war. Clärchen trommelte auf ihr Tischchen und wollte mehr vom großen Schutzmann hören. »Man soll Kindern keine Geschichten vor dem Schlafengehen erzählen, das regt sie auf«, sagte das Fräulein sauer. Droste zog sich zurück. Er war müde und ausgehungert. »Auf Wiedersehen morgen früh, Madamchen«, sagte er. Er lungerte ungeduldig im Wohnzimmer herum, hörte Veronika mit Geschirr klappern, wurde noch hungriger und wartete, dass Evelyn ihn zum Abendessen hole. Er wünschte bitterlich, nicht sprechen zu müssen. Er hatte eigentlich gehofft, Marianne würde da sein; Marianne konnte immer reden. Wenn Marianne in ein Zimmer trat, war es immer, als brächte sie kalte, frische Luft mit. Aber wenn Marianne ein paar Minuten in einem Zimmer war, dann wurde das Zimmer warm, als wäre sie ein kleiner, glühender Ofen. Aber Marianne kam heute nicht.

Es war Mittwoch und folglich gab es Rührei mit Bückling, eine Speise, die Droste nicht mochte. Ihm war Essen nicht wichtig genug, um jemals über diese kleine Antipathie zu sprechen, aber die haarfeinen Gräten schienen sich alle in seiner entzündeten Kehle anzusammeln und ihn noch heiserer zu machen. Er aß aus Höflichkeit und machte aus Höflichkeit Konversation. Er war froh, als Evelyn ihm einen Apfel schälte und ihm übers Haar strich. Er schaute ihr nach, als sie das Zimmer verließ und ihm den Inhalationsapparat herrichtete. Sie hatte die zierlichste Gestalt und den leichtesten Gang, den er je an einer Frau gesehen hatte. Und sie war immer sanft und freundlich. Er hatte ein schlechtes Gewissen wie so oft, wenn er Evelyn ansah. Sein Beruf fraß ihn auf, er wusste es, und was übrig blieb, das war nicht viel. Es war nicht damit getan, dass er in alten Stiefeln herumlief und nur ein Sandwich zu Mittag aß, nein. Er konnte seiner Frau gegenüber ein Gefühl von unbezahlten Schulden nicht loswerden.

Er saß vor der kleinen Dampfsäule des Inhalationsapparates und atmete tief und dankbar. Es ist ein Unsinn, diesen Brösig vorzuladen, dachte er. Als ob wir nicht schon genug überflüssige Zeugen hätten. Kein besserer Grund war für diese Vorladung vorhanden, als dass der Rupp mit den Ohren gewackelt hatte, als der Name Brösig fiel. Plötzlich sah Droste ganz deutlich das Gesicht des Mannes vor sich, die blauen, treuen, gläsernen Augen, und er war überzeugt, dass er mit der Vorladung dieses Brösig etwas Richtiges getan habe. Er stülpte den kleinen Deckel über das Spiritusflämmchen seines Apparates und atmete leichter und zufrieden. Die Luft roch jetzt nach Fichtenöl und tat gut, vorher war da so ein staubig süßer Blumengeruch gewesen wie bei einem Begräbnis. Der Abend wurde immer besser und freundlicher. Aus dem Radio kam Beethoven, die zarte, helle, ausgeglichene Heiterkeit der Pastorale.

Evelyn kehrte zurück. Sie war leise eingetreten und stand plötzlich da, als er den Kopf hob. Einen Augenblick lang schaute er sie verwundert an: Sie sah so schön aus. Er betrachtete sie und konnte nicht finden, woran die

Veränderung lag. Sie war nicht geschminkt, wie er zuerst gedacht hatte, nicht anders gekämmt, sie hatte kein anderes Kleid an als sonst. Trotzdem kam es ihm vor, als hätte er sie lange nicht angesehen; als hätte er im Zusammenleben und in der ständigen Nähe vergessen, wie sie eigentlich aussah. Sie trat hinter ihn und er lehnte müde seinen Kopf gegen sie. In der Wärme fühlte er ihr Herz klopfen, schwach und schnell, wie ein Vogelherz. Er unterdrückte ein Lächeln. Kleine Frau, dachte er nachsichtig …

Der Landgerichtsrat hatte vor seiner Ehe ein paar Liebesaffären gehabt, die üblichen vier oder fünf Verhältnisse des Durchschnittsmannes. Marianne war nicht das übliche gewesen. Eine kurze Leidenschaft, die in der Spanne zwischen Feindschaft und Freundschaft lag und plötzlich vorbei war. Droste hatte nie herausgefunden, ob er Marianne aufgegeben hatte oder sie ihn.

Danach war er Evelyn begegnet und hatte sich in ihre silberfarbene Zartheit verliebt. Droste machte einen großen Unterschied zwischen seiner Beziehung zu Evelyn und den Dingen, die er mit anderen Frauen getrieben hatte. Sie kam ihm vor wie ein Instrument, auf dem man nur leise spielen durfte. Sie war so höflich, so bereitwillig, so unwissend und so unberührt. Er dämpfte sich selber ab, er hatte das Gefühl, dass ein zu leidenschaftliches Wort, eine zu heftige Berührung sie verschrecken und für immer von ihm entfernen würde. Sein Eheleben hatte blasse, feine Pastellfarben. Droste gewöhnte sich daran und vergaß, dass er hitzigere Töne, vulgäres Blau und Rot und Grün gekannt hatte.

An diesem Abend, getragen von der Musik, die aus dem Radio quoll, war eine merkwürdige Spannung, ein Vibrieren in der Luft. Solche Dinge waren selten geworden; man war verheiratet, man hatte Kinder. Vor und nach und zwischen den Geburten lagen Monate der Schonung und Ruhe. Evelyn setzte sich auf Drostes Stuhllehne, und als sie sich an ihn schmiegte, schienen überall in ihrer Haut Pulse zu klopfen. Es erregte ihn auf eine süße und zarte Weise, unter der sich Heftigkeit verbarg. Er schaute Evelyn verwundert an wie zuvor. Sie bot sich ihm an und wusste es nicht. »Kleine Maus?«, fragte er tastend. »Kleine Maus …?«

Er war sehr glücklich in dieser Nacht, glücklicher und zufriedener und gelöster, als er je in seiner Ehe gewesen war. Er lag neben Evelyn, sein Arm in einer gewohnten Bewegung um ihre Hüfte gelegt und dachte verwundert darüber nach, wie ihr gemeinsames Leben sein würde, wenn Evelyn mehr aus sich herausginge. Manche Frauen fingen erst nach dem zweiten Kind an zu leben. Er strich mit der Hand über ihr Gesicht, ihr Mund war noch geöffnet. Er hätte seine Frau gerne gesehen, mit diesem neuen Gesicht, mit diesem geöffneten Mund. Aber er wagte es nicht, das Licht anzudrehen. »Gute Nacht, kleine Maus«, flüsterte er. Er war ihr dankbar für die Entspannung, die sie ihm geschenkt hatte und weil er ohne Veronal einschlafen konnte.

Da er kein Veronal genommen hatte, erwachte er früh. Die Vorhänge bauschten sich leise an den geöffneten Fenstern, draußen war es noch grau und still, so still, dass man die Spatzen zwitschern hören konnte, und ein Milchwagen, der über das Pflaster rollte, schien einen übergroßen und unziemlichen Lärm in die Düsseldorfer Straße zu tragen. Droste lag eine Weile still und schaute seine schlafende Frau an. Sie sah ermüdet aus, noch während sie schlief. Ihr Kissen war verwühlt und ihre Decke hinabgeglitten. Er zog sie vorsichtig herauf und deckte Evelyn zu. Dann überlegte er für zwanzig Minuten, wie und was er in dem Prozess fragen und entgegnen würde. Er baute an Dialogen, in denen Zeugen und Verteidiger ihm genau jene Stichworte brachten, die er notwendig hatte. Dann stand er auf, mit angehaltenem Atem, um Evelyn nicht zu wecken, nahm seine Pantoffeln in die Hand und schlich ins Badezimmer, um sich mit seiner heiseren und entzündeten Kehle zu beschäftigen.
Als er fertig angezogen war und ins Esszimmer kam, um zu frühstücken, saß Clärchen schon erwartungsvoll auf seinem Stuhl. Das Frühstück ging täglich mit demselben Zeremoniell vor sich. Er ging mit blinder und geistesabwesender Miene auf seinen Stuhl zu und setzte sich nichtsahnend auf Clärchens kleinen, weichen, warmen Schoß. Hierauf sprang er auf wie von der Tarantel gestochen, blickte sich suchend um, fand Clärchen und brach in wüste Verwünschungen gegen Madamchen aus, die ihm einen solchen Streich gespielt hatte. Madamchen

schrie und lachte Tränen vor Entzücken. Dann nahm er sie auf den Schoß und fütterte kleine Löffel von seinem Frühstück in ihren gierigen kleinen Mund; er wischte das Eigelb von ihrem Kinn, sodann gingen sie Hand in Hand ins Kinderzimmer, um den kleinen Bruder zu inspizieren, der dampfend feucht in seinen Windeln schmorte.

Täglich entrüsteten sich beide über dieses noch ganz und gar nicht stubenreine Kind, dann küsste Droste Clärchen und Bärchen, ging ins Wohnzimmer, um seine Aktentasche zu packen und aufs Gericht zu wandern. Es war die Stunde, in der die Kinder ihm gehörten, und es blieb davon immer ein feines warmes Gleichgewicht in ihm, für die ersten Stunden der Verhandlung.

An diesem Morgen wurde dieses Gleichgewicht gestört. Das Telefon klingelte, Veronika kam ins Zimmer und hatte, was Evelyn ihr Gesicht nannte. Veronika litt an einem ständigen Misstrauen gegen ihre Herrschaft. Veronika hatte ihr Leben lang nur bei feinen Leuten gedient. Sie war sich nicht ganz klar, ob Drostes wahrhaftig feine Leute wären, der leiseste Anlass erweckte in ihr den Verdacht, dass sie für Leute koche, die nicht so fein waren wie Hemmels in Obttingen und Bottelheims in der Alsenstraße. Der Landgerichtsrat und seine Frau hatten stets Mühe, Veronika zu überzeugen, dass sie, Landgerichtsrats, ehrliche, wohlerzogene und aus guten Familien stammende Leute seien.

»Das Gas hat angerufen«, meldete Veronika. »Wenn die Rechnung nicht bezahlt wird, sperrense ab.«

»Himmelherrgott,« sagte Droste. »Ist denn nicht bezahlt worden? Ich habe doch …«
Veronika schaute ihn an, wie er Einbrecher anzusehen pflegte, die ein falsches Alibi durchdrücken wollten. Die Tür klirrte hinter ihr. Droste stürzte zu seinem Schreibtisch. Da lag friedlich die Gasrechnung nebst dem Postscheck, den er ausgeschrieben hatte. Er war so ärgerlich, dass er ins Schlafzimmer lief und Evelyn weckte. Nachher tat es ihm leid. Sie sah unschuldig und hilflos aus und machte einen gehorsamen Versuch, gleich aufzustehen und alles in Ordnung zu bringen. Noch als er im Omnibus nach Moabit rüttelte, dachte er flüchtig, dass die Ehe eine unzulängliche Angelegenheit sei. Am Abend hielt man eine vibrierende kleine Geliebte im Arm – am Morgen machte man Krach wegen der Gasrechnung.
Bei jedem Prozess, der ein paar Tage dauert, nimmt der Schwurgerichtssaal etwas merkwürdig Heimatliches, Familienhaftes an. Die gleichen Gesichter auf der Geschworenenbank, auf der Pressebühne, im Zuschauerraum. Im gleichen Rhythmus werden die Angeklagten hereingeführt, und die gleiche Fliege belästigt den Staatsanwalt wie an den Tagen zuvor.
An diesem Donnerstag nun stellte sich zunächst heraus, dass der Zeuge Brösig nicht aufzutreiben war. Der Zeuge Brösig, so meldete zuerst ein Papier auf Drostes Platz und später ein untergeordneter Gerichtsbeamter, der mit den Zeugenvorladungen betraut war – der Zeuge Brösig

hatte zwar eine kleine Laube in der Kolonie Grüne Weide besessen, hatte seinen kleinen Besitz jedoch vor mehr als fünf Monaten verkauft und war nach Wittenberge gezogen, wo er in einer Papierfabrik arbeitete.

Rupps Verteidiger sprang auf. »Ich glaube, das Gericht kann auf diesen Zeugen verzichten«, rief er. »Der Angeklagte hatte mir schon mitgeteilt, dass er in Wirklichkeit die Nacht nicht in Brösigs Laube verbracht hat. Es war eine ungeschickte und sinnlose Lüge. Aber es ist ja nicht so, dass es sich um ein Alibi handelte. Wir wissen ja, dass der Rupp in der Nacht, die dem Tode seiner Mutter voranging, nicht zu Hause war. Wir wissen aber auch, dass er zu Hause war, als sie die verhängnisvolle Suppe aß. Es ist tatsächlich für die Verhandlung ohne Zweck, den Zeugen Brösig vorzuladen. Es gibt nur eine neue Verzögerung ...«

»Ich bin der gleichen Ansicht, Herr Verteidiger«, sagte Droste mit seiner nun vollkommen heiseren Stimme. »Aber wir alle möchten trotzdem wissen, wo der Angeklagte nun eigentlich die Nacht vom 14. zum 15. Oktober verbracht hat.« Die Rupp saß aufgerichtet da und schaute mit geöffnetem Mund auf ihren Mann. Augenscheinlich war sie vollkommen überrascht von der Lüge ihres Mannes.

Der Rupp stand langsam auf und machte sich bereit, Auskunft zu geben. Der Verteidiger sah gekränkt und unzufrieden aus, mit einem Ihr-werdet-schon-sehen-Gesicht.

»Wenn der Herr Richter es wissen will: ich habe auf einer Bank geschlafen, im Tiergarten«, sagte er.
»So, und warum sind Sie nicht zu Hause geblieben?«
»Einfach. Weil ich den Jammer nicht mehr ansehen konnte. Wie die Frau sich geschunden und gequält hat – und geschrien die ganze Nacht.«
»Sie meinen, Sie haben das Leiden Ihrer Mutter nicht mehr ansehen können?«, übersetzte Droste in protokollfähige Sprache.
»Nee. Das mein' ich nicht. Ich mein' die Frau. Aus meiner Mutter hab' ich mir nicht viel gemacht«, sagte der Rupp und schaute die Geschworene Budecker an. In das stumpfe Gesicht der Rupp war bei diesen Worten ein so unverhüllt menschenhafter, unterwürfig dankbarer Blick getreten, dass sie aussah wie eine andere Frau. Sie nahm ein Taschentuch hervor und rieb es zwischen ihren Fingern.
»Und warum haben Sie erzählt, dass Sie bei Brösig waren?«
»Wegen der Frau. Die Frau hat doch geglaubt, ich arbeite bei Brösig und da wollte ich die Frau doch nicht täuschen.«
»Er meint enttäuschen«, fügte der Verteidiger hinzu.
»Gut. Und wo sind die Kartoffeln hergekommen, die Sie nach Hause gebracht haben?«
Der Rupp schwieg. Er begann ein wenig zu schwitzen.
»Muss ich darauf antworten?«, fragte er.
»Nein«, sagte Droste. »Aber es ist wahrscheinlich besser für Sie, wenn Sie antworten.«

Es dauerte eine Weile, bevor Rupp seine Antwort beisammen hatte. Auf seiner niedrigen Stirn erschienen tiefe Runzeln und seine Lippen bewegten sich, als buchstabierte er eine Antwort aus einem Buch.
»Ich habe die Kartoffeln gestohlen, Herr Richter«, sagte er schließlich. »Jetzt ist es doch einerlei, da können Sie das auch wissen. Abgesessen hab ich's ja wohl mit der Untersuchungshaft. Ich hab die Kartoffeln gestohlen, auf'm Markt am Wittenbergplatz, da bin ich vom Tiergarten gekommen in der Früh, wie sie abgeladen haben, ich erinnere mich genau, ich war noch ganz steif und kalt vom Schlafen auf der Bank, und ich dachte: nun muss Futter angeschafft werden für die Frau und die Gören, so oder so.«
Rupp war nun ganz geläufig geworden. Die Frau starrte auf seinen Mund mit einem schwerhörigen und versonnenen Ausdruck, als wäre da irgendwo Musik zu hören – Droste fragte noch ein wenig hin und her und sogar der Beisitzer Müller wurde munter und stellte ein paar Fragen, aber zuletzt musste man diese Angelegenheit fallen lassen. Der Rupp setzte sich nieder, mit einem kleinen Glorienschein von Märtyrertum um seinen runden Kopf.
Man kam auch an diesem Tag nicht bis zu den Plädoyers, denn einer der Sachverständigen verlor sich in endlosen Vorträgen über die Mentalität schwangerer Frauen. Es war sein Steckenpferd, und man konnte mit ihm nicht zu Rande kommen. Übrigens war es klar, dass seine allgemei-

nen und weitläufig geäußerten Ansichten günstig auf diesen speziellen Fall Rupp einwirken würden. Droste wurde schläfrig – er konnte nichts dagegen tun. Er bemühte sich, dem Sachverständigen genau zuzuhören, aber ohne dass er es wollte, dachte er an hundert Dinge. Die Gasrechnung tauchte wieder auf und geisterte durch sein Gehirn. Evelyn – flüchtig, nur ein hilfloser, silberner Schatten. Der Titel eines Filmes, über den er gelesen hatte – er wollte am Abend mit Evelyn in ein Kino gehen und diesen Film sehen –, zuletzt entdeckte er, dass er an dem Monatsbudget seines Haushaltes herumrechnete, während der Professor sich tief in psychoanalytisches Gestrüpp verirrt hatte.
Er sagte eine Mittagspause an und telefonierte nach Hause, dass die Verhandlung lange dauern würde. Er hatte noch immer die Hoffnung, mit den Plädoyers durchzukommen. Ein ermüdeter Staatsanwalt um fünf Uhr nachmittags würde es kurz machen, und es war auch schon ziemlich klar, wie das Urteil ausfallen würde. Totschlag und mildernde Umstände für die Rupp, Freispruch für den Mann. Droste ging in die Kantine und trank Selterswasser. Er war unzufrieden und gelangweilt zugleich.
Um vier Uhr, er war eben daran, die Rupp zu einer letzten Äußerung zu ermutigen, schlich Perlemann herbei und legte einen Brief vor ihn hin. »Dringend«, flüsterte er dazu. Droste drehte den Brief herum, er sah aus wie die meisten anonymen Anzeigen. Billiges Kuvert, ungefüge Handschrift, orthografische Fehler auf der

Adresse. Er riss den Brief mit einem entschuldigenden Lächeln gegen den Staatsanwalt auf.

»Hoher Gerichtsrat!
In Verfolgung des Mordes möchte ich mich als wichtiger Zeuge anmelden. Ich geize nicht nach Geld und die Zeugengebühr kann mich nicht locken. Es ist der Wunsch, der Gerechtigkeit zu dienen, weil ich den wirklichen Mörder beweisen kann. Habe den Mann mit eigenen Augen gesehen. Befinde mich im hohen Gerichtssaal. Jederzeit bereit, auf Aufrufung meines Namens. Ich bitte den hohen Gerichtsrat, meine Aussagen nicht geringfügig zu schätzen.
Erwartungsvoll in Hochachtung Martin Kern.«

Droste war vertraut mit den hochtrabenden Worten, in denen ungebildete Leute sich schriftlich auszulassen pflegen. Er lächelte und zuckte die Achseln. Er zeigte den Brief den Beisitzern. Er hatte nicht die geringste Lust, einen neuen Zeugen hier auftreten und langwierigen Unsinn schwatzen zu lassen. Es gab eine kleine Debatte, die Geschworene Budecker regte sich auf. Sie schien der Meinung zu sein, dass die Anhörung dieses freiwilligen Zeugen die ganzen miserablen Familienverhältnisse der Rupps samt Schwiegermutter und Rattengift in eine hübsche himmelblaue Angelegenheit verwandeln könnte und dass der wirklich kohlschwarze Mörder aus dem Unerwarteten irgendwo hervorgezaubert werden würde.

Sie war hungrig nach Sensationen in diesen Gerichtssaal gekommen und hätte gut und gern noch zwei Wochen mit dem Prozess Rupp hingebracht.

Droste seufzte tief, sodann wurde nach Herrn Martin Kern im Saal gefahndet.

Martin Kern war ein mittelgroßer magerer Mensch mit einem Glasauge, von dem er schon bei der Abnahme der Personalien erzählte, dass er es im Kriege bekommen habe. Er wurde zunächst nicht vereidigt, was ihn zu kränken schien, und sodann aufgefordert zu erzählen, was er wisse.

Martin Kern nun gab an, er habe den Mitangeklagten Rupp am Abend oder besser in der Nacht vom 14. auf den 15. Oktober gesehen, und zwar habe Rupp ein kleines Paket bei sich gehabt, das nur das Rattengift enthalten konnte.

Nach einigen Fragen stellte sich zwar heraus, dass die Behauptung über das Rattengift blanker Unsinn und pure Vermutung war. Aber so viel blieb bestehen: der Rupp hatte sich in der Nacht vom 14. bis 15. Oktober in der Schankwirtschaft der Witwe Ohnhausen in der Rittergasse aufgehalten. Martin Kern war für eine kurze Zeit in dem Gasthaus als Schankbursche angestellt gewesen. Er hatte den Rupp öfters dort gesehen. Er schien einen tiefen und völlig unbegründeten Hass gegen den Rupp genährt zu haben. Und er könnte sich deshalb so genau an diese Nacht erinnern, weil er am nächsten Tag, dem 15. Oktober, entlassen worden war.

Der Rupp, ins Kreuzverhör genommen, gab schließlich zu, dass diese Tatsache stimme. Er war in der Schankwirtschaft Zum Blauen Igel gewesen. Das Paket, das der Zeuge gesehen habe, sei eine Flasche Medizin gewesen, von der Krankenkasse für seine Mutter bereitgestellt. Ein Freund habe ihn auf ein Glas Schnaps eingeladen, bevor er in den Tiergarten gegangen sei, um auf einer Bank zu schlafen.
»Ist dieser Freund auch nach Wittenberge gezogen?«, fragte der Staatsanwalt höhnisch. Droste schaute auf den Brief des Zeugen, der vor ihm lag; er hatte ihn voll mit Weintrauben bemalt. Mit gesenkten Augen beobachtete er die Rupp. Sie war aus ihrer Stumpfheit erwacht. Es waren mehr Sommersprossen als je zuvor auf ihrem bleicher gewordenen Gesicht zu sehen. Sie flüsterte mit ihrem Verteidiger, sie schüttelte den Kopf. Ihr Gesicht war verzogen wie in Schmerzen, und sie presste die Hand gegen ihren Leib, als leide sie schwer. Hoffentlich kriegt sie ihr Kind nicht hier im Gerichtssaal, dachte Droste. Er spürte, dass etwas in der Luft lag, etwas, das er nur wittern, nicht fassen konnte.
Es war fünf Uhr vorbei. Er brach die Verhandlung ab. »Die Angeklagte ist erschöpft«, sagte er mit einem entschuldigenden Blick zu den Presseleuten auf ihren Bänken. »Wir werden morgen zu den Plädoyers schreiten.« Er ärgerte sich über das Gerichtssaaldeutsch, das er sich angewöhnt hatte. Er war ein Liebhaber schöner und feiner Dinge: Bücher, Musik, Evelyns lebensun-

tüchtige Zartheit. Er schaute mit etwas trüben Augen auf die Rupp, die ihrerseits in ihre Hände starrte, völlig geistesabwesend. Der Polizist musste sie an der Schulter nehmen, bevor sie bemerkte, dass sie abgeführt werden sollte. Der Saal leerte sich.

Droste war froh, als er heimkommend Marianne vorfand. Das Vorzimmer roch nach Blumenkohl, Veronika hatte wieder einmal die Küchentür offen stehen lassen. Marianne war laut und vergnügt. Sie erzählte eine Menge Anekdoten, die sie alle im Moment erfand und allen möglichen berühmten Leuten andichtete. Droste lachte, sein Hals schmerzte dabei, und der Hackbraten schmeckte zu scharf. Droste schaute Evelyn an, er hatte sie im Verdacht, dass sie die besten Pointen in Mariannes Geschichten nicht verstand. Evelyn sah an diesem Abend besser aus als sonst, fand er. Sie hatte ein wenig Farbe auf den Wangen und ihre Augäpfel schimmerten bläulich, wie vor der Geburt der Kinder. Droste war ein Ästhet. Es waren diese winzigen Schattierungen, die ihn befriedigten. Die Pastorale. Eine Landschaft von Corot. Evelyns Augen, ihre überzarten, immer etwas vorgebeugten Schultern.

Gerade als Droste die beiden Frauen zum Besuch eines Kinos einladen wollte, rückten sie damit heraus, dass sie übers Wochenende nach Geltow fahren wollten. Einen Moment lang war er enttäuscht. Er hätte Marianne gern festgehalten und gebeten, in die Verhandlung zu kommen. Im gleichen Moment aber war er auch erleichtert. Er hatte die Verhandlung abgebrochen, weil er ein verwirrtes und undurchsichtiges Gefühl empfand, er musste bis morgen früh Plan und Klarheit in die neue Situation bringen, die dadurch entstanden war, dass man den Rupp dabei erwischt hatte, dass er nicht nur den Gerichtshof, sondern auch seine Frau anlog. Er konnte den Abend gut für sich allein brauchen.

Marianne leistete ihm ein bisschen Gesellschaft, während Evelyn sich unsichtbar machte. Sofort berichtete er ihr über den Stand der Verhandlung.

»Ich würde mir mal diese Witwe Ohnhausen besehen«, sagte Marianne und rauchte eine Zigarette aus einer langen, grünen Spitze.

»Wieso denn?«, fragte Droste.

Marianne dachte eine Weile nach, und ihre Antwort passte zuletzt nicht zu der Frage. »Du bist kein großer Psychologe, Puschel«, sagte sie nämlich am Ende. Es klang übertrieben spöttisch und hinterhältig. Aber sie benützte den alten Namen aus ihrer gemeinsamen Zeit, und Droste hatte den plötzlichen Wunsch, sie anzurühren, sie in seinen Händen zu spüren.

»Wie denn?«, fragte er töricht.

»Du gehörst zu den glücklichen Menschen, die nichts von Eifersucht verstehen«, sagte Marianne und schaute ihn nachdenklich an.

Noch bevor er antworten konnte, erschien Evelyn in der Tür, gestiefelt und gespornt. Sie war aufgeregt, das konnte er sehen. Er lächelte zärtlich, denn es rührte ihn, dass ein Ausflug nach Geltow so eine große Sache für sie war. Er murmelte ein paar Segenswünsche hinter den beiden Frauen her, als sie schon die Treppen hinuntergingen, und kehrte in die Wohnung zurück. »Machen Sie die Fenster auf, Veronika«, sagte er. Er kämpfte ein wenig mit sich, unterlag und steckte eine Pfeife an. Die Wohnung war viel größer und gemütlicher, wenn er sie für sich allein hatte. Er drehte das Radio an, fischte sich die vierte Symphonie von Tschaikowski aus dem Äther und begann im Wohnzimmer auf und ab zu gehen.

Es war halb zehn Uhr vorüber, als er den Mantel anzog und das Haus verließ. Es war ein kühler Abend mit etwas Staub, der vom Nordostwind hergetrieben wurde. Droste hielt den ersten Schutzmann an, dem er begegnete, und erkundigte sich, wo die Rittergasse sei. Sie war nicht weit vom Alexanderplatz, wurde er belehrt, und er nahm seinen Weg zur Stadtbahn. Er wartete in dem kalten Kohlengeruch der unterirdischen Station, stieg ein, es war leer, er fuhr, stieg aus, wartete, stieg um, fuhr, stieg um, stieg ein, fuhr, stieg aus. Die ganze Zeit war er ganz leer von Gedanken gewesen. Er wiederholte im Kopf wie einen Refrain die törichten Verse, mit denen ein Schuhputzmittel in den Waggons angezeigt war, und dachte nichts. Es war ein Entspannen, das ihm selten zuteilwurde.

Nun stand er am Alexanderplatz und blinzelte um sich. Hier schlug eines der vielen Herzen von Berlin, Licht, Lärm, Verkehr, Menschen, Gedränge, Gesichter,

Stimmen, Hupen, Zeitungen, Reklamen. Ein Nachtschmetterling zickzackte dazwischen hin. Droste nahm ein Taxi und fuhr in die Rittergasse zehn. Er passierte unbekannte Straßen, schäbig und nüchtern, er wusste die Namen nicht, aber er erkannte im Vorbeifahren ein Frauengefängnis, das er als Assessor einmal besucht hatte. Um die Ecke sah es bürgerlich aus, weiter unten strichen Mädchen aus den Hausfluren, dann wurde es noch kahler und der Wagen hielt. Droste schaute sich um und fand den Blauen Igel.

Es war eine kleine Gastwirtschaft im Keller, die aussah wie Tausende ihresgleichen in Berlin. Während der Landgerichtsrat die vier Stufen hinunterging, tat ihm seine Expedition in den Norden schon leid. Es war eine etwas schlafwandlerische Unternehmung, ein Produkt der Übermüdung sozusagen. Die Glastür war mit einem gelblichen Vorhang verhängt. Als Droste sie öffnete, quoll ihm der typische Geruch von erkalteten Bratkartoffeln, verschüttetem Bier und Zigarrenrauch entgegen. Der erste Raum war der Ausschank. Hinter der Zinktheke stand der Schankbursche und schenkte Bier aus. Er war gesund und vergnügt, mit seinen festen Armen, die nackt bis zum Ellbogen und etwas tätowiert waren. Er sah dem Rupp ähnlich, nicht im Gesicht, aber im Typus. Ein paar Männer standen an der Theke, schauten sich flüchtig nach Droste um und tranken weiter. Der Landgerichtsrat grüßte etwas verlegen und betrat rasch den zweiten Raum, das Gastzimmer. Hier waren fünf Tische, ein runder in der Mitte, ein länglicher an der Wand und drei kleinere, wo eben Platz war. An zweien wurde Karten gespielt. Auf dem langen Tisch stand eine Art Vereinszeichen, ein gusseiserner Knabe, der ein Fähnchen hochhielt. Dort saß eine Stammtischrunde, Kleinbürger, die politisierten und dazwischen Witze erzählten. Droste setzte sich an den freien Tisch und bestellte Bier. Ein schmuddeliger Kellner, der heftig schielte, bediente ihn. Dann kamen noch drei Männer herein und setzten sich an den runden Tisch. »Frau Ohnhausen!«, rief einer. Jetzt öffnete sich eine Glastür an der Rückwand der Stube, die mit rotkariertem Kretonne verhängt war, und die Wirtin kam herein. Frau Ohnhausen war eine blühende Person von etwa fünfunddreißig Jahren. Sie war weiblich bis zum Obszönen und schien gar keine Ahnung davon zu haben. Alles an ihr war Kurve, Grübchen, Haut, Geschlecht. Sie war etwas besser angezogen, als es ihrem Stand zukam. Die Männer drehten alle die Gesichter ihr zu. Sie begrüßte die drei an dem runden Tisch, legte einem die Hand um die Schulter, während sie mit den anderen sprach. Dann ging sie an den Stammtisch, und es schien, dass sie einen Witz zum Besten gab. Einer schlug auf den Tisch vor Vergnügen, und ein anderer, magerer, verschluckte sich beim Lachen.

Droste schaute mit zusammengezogenen Augen hin, seine Pupille wurde eng wie ein Stecknadelknopf. Es war gar nichts Herausforderndes im Wesen dieser Frau

Ohnhausen. Sie hatte die sachliche Freundlichkeit einer Wirtin für ihre Gäste, aber sie wirkte wie eine Unanständigkeit. Droste schaute ihr nach, als ihre breite Person einen Augenblick im Türrahmen verweilte und dann ins Schankzimmer ging. Für Droste hatte diese Fülle und sichere Lebenslust etwas Abstoßendes wie ein zu starker Geruch oder eine zu grelle Farbe. Trotzdem beugte er sich vor und schaute über sein Bierglas weg hinüber in den Schankraum.

Frau Ohnhausen hatte sich jetzt neben den Schankburschen gestellt. Sie stand leicht da, ausbalanciert, beinahe anmutig in ihrer Schwere. Sie schaute lächelnd auf die Arme des Schankburschen. Es war das Lächeln, mit dem faule und gesättigte Frauen kleinen Tieren beim Spielen zuschauen. Droste hielt den Atem an. Die Frau und der Schankbursche. Die Frau und der Rupp. Er ließ mit einem tiefen Zug die Luft wieder einströmen und hustete dann. Seine Kehle schmerzte. Er trank rasch sein Bier, genoss die Kälte und Bitterkeit. Er bezahlte und stand auf.

Er wusste jetzt, was er morgen versuchen musste.

FREITAG: ER

Die Verhandlung mit den Leuten von der *Chambre Syndicale des Importeurs de Fruits* hatte den ganzen Morgen gedauert, zäh und unleidlich. Als er endlich zur Unterschrift des Kontraktes kam, war Frank so ungeduldig, dass er sich nicht die Zeit nahm, seinen Namenszug abzutrocknen. Franchetot nahm pedantisch ein Löschblatt und brachte die Sache in Ordnung. Frank Davis schoss die Treppe hinunter, in ein Taxi, zum Gare du Nord. Er hatte einen verdrießlichen Nachgeschmack. Dass es ihm zuletzt doch noch gelungen war, den Franzosen vierzigtausend Kisten seiner Navelorangen anzuhängen, zu einem schändlichen Preis: Das war einer von jenen trüben Erfolgen, die mehr Geld kosteten als eine saubere Niederlage.
Während er im Taxi dahinrumpelte, kaute er noch ein wenig an seinen Berechnungen herum. Aber zuletzt gelang es ihm, die ganze Angelegenheit mit einem Schwung hinter sich zu werfen und sich für Evelyns Ankunft bereit zu machen. Er freute sich auf sie. Er hatte eine so intensive Freude in sich angesammelt, dass er selbst über sich verwundert war. Der Weg zum Bahnhof schien endlos, und Frank hielt die Augen ungeduldig auf seine Armbanduhr gerichtet. Er hoffte inständig, die Ankunft des Zuges nicht zu versäumen, und er rief

dem Chauffeur allerhand ermunternde Beschwörungen und Versprechungen zu.
Soweit er sich an Evelyn erinnerte, machte sie einen hilflosen Eindruck. Versäumte er ihre Ankunft, dann mochte sie leicht verlorengehen. Er lächelte, als er sich an ihre dünne Gestalt erinnerte, die immer aussah wie vom Wind dahergeweht. Wenn ich nicht rechtzeitig am Bahnhof bin, dann werden sich die Damen von der Liga für alleinstehende Mädchen ihrer annehmen, dachte er. Unvermittelt sprangen seine Gedanken von Evelyn zu Pearl, seiner Frau.

Pearl hasste es, von Zügen abgeholt zu werden. Sie behauptete, dass es grausam sei, einer Frau entgegenzutreten, die nicht ihr korrektes Make-up habe. Pearl war von einer sausenden und schneidenden Selbstständigkeit. Pearl war kühl und energisch und amüsant. Sie sagte und tat viele unerwartete Dinge, aber nie etwas Unkorrektes. Frank hatte Pearl geheiratet, weil sie das schönste Mädchen war, das er je gesehen hatte. Pearl war eine anspruchsvolle Frau und er war damit einverstanden. Die Ehe mit ihr war eine ziemlich anstrengende Angelegenheit, die einen nicht viel zur Ruhe kommen ließ. Es war etwas Kühles, Klares, Gläsernes in dieser Ehe. Pearl selbst nannte ihr Haus in Long Island das Aquarium. Alles in allem war es sehr hübsch, mit Pearl verheiratet zu sein, und Frank war ein tadelloser Ehemann – drüben in Amerika. Wenn er nach Europa kam, ließ er sich locker. Die meisten seiner Freunde hielten es so, und die kleinen Abenteuer auf der anderen Seite des Ozeans hatten keinerlei Bedeutung. Frank konnte nicht ohne Frauen leben, und wie alle Männer dieser Art war er stolz auf diese Eigenschaft. »Eine Woche ohne Frau macht mich krank«, pflegte er seinen Freunden anzuvertrauen. Nun war er mehr als drei Wochen von Pearl getrennt. Er freute sich irrsinnig darauf, sie morgen, Samstag, auf der Berengaria zu treffen.

Als Frank in seinen Gedanken bei diesem Wiedersehen angekommen war, machte er halt. Er lächelte nachsichtig über sich selbst. Das Auto hielt vor dem Bahnhof. Evelyn! Die Erwartung des Abenteuers mit Evelyn war ganz verwischt und durchsetzt mit der Freude, Pearl wiederzusehen. Sein Herz klopfte, wahrhaftig, das tat es. Er fühlte sich wohl auf eine unordentliche Weise: mit zwei sich kreuzenden Spannungen in sich anstatt einer einzigen, langweiligen, braven, geraden.

Er bezahlte den Chauffeur und lief rasch in den Bahnhof hinein. Er griff nach seinem Haar und nach seiner Krawatte. Er hatte zehn sehr ernsthafte Minuten damit verbracht, sie auszusuchen: blau, mit einem verwischten goldbraunen Tupfen, der gut zum Ton seiner Haut passte. Er war eitel wie alle Männer, auf eine starke und kindliche Weise, und wie bei allen Männern konzentrierte sich auch bei ihm diese Eitelkeit auf dieses kleine Stückchen Bunt, das gestattet war. Die Krawatte bedeu-

tete eine Huldigung für Evelyn, einen Versuch, ihr sofort und sehr gut zu gefallen.
Pearl ihrerseits kannte alle seine Krawatten und machte kleine, schnoddrige Witze über sie: man war verheiratet.
Es war zwei Minuten nach Ankunft des Zuges, als Frank auf dem Bahnsteig ankam. Am Zug entlang wurde geküsst und Vereinigung gefeiert, Träger brachten Gepäck, es wurde geweint, gelacht, gerufen, gepfiffen. Franzosen reisen wenig und Abfahrt und Ankunft sind große Gelegenheiten, die begangen werden müssen.
»Hallo«, sagte Evelyn, und er drehte sich schnell um. Er hatte törichterweise Ausschau nach einem weißen Kleid gehalten, obwohl kein Mensch an diesem verhangenen Maitag Weiß trug. Aber er hatte sie dreimal – und auch zuletzt – in Weiß gesehen, und so war sie in seinem Gedächtnis geblieben.
»Hallo«, sagte er und lächelte. Sie war eine fremde Dame, sehr korrekt in einem schwarzen Schneiderkostüm und einer weißen Bluse. Sie hatte keinen Lippenstift benutzt und überdies hinaus waren ihre Lippen ohne Farbe, fast weiß.
»Madame sehen bezaubernd aus«, sagte er französisch. Er war etwas verlegen. »Wo ist dein Gepäck?«, setzte er hinzu und ging zum Englischen über. Sie deutete auf einen Träger, der mit ihrem Wochenendkoffer dastand und wohlwollend wartete. Frank schob seinen Arm unter den ihren und sie gingen. Sie war tatsächlich noch ein

wenig fremder, als er sich vorgestellt hatte: so, als hätten sie nie zusammen in einem heißen Badehaus gesessen. Aber schließlich war sie nach Paris gekommen, fremd oder nicht, und da war ein Tag und eine Nacht, um bekannter zu werden. Vorläufig machte er Konversation. »Kennst du Paris?« und »Wie war die Reise?« und »Es ist reizend von dir, dass du gekommen bist.«

Auf dies hin zitterten ihre Augenlider ein wenig, und sie sagte mit einem Anstrich von Frivolität: »Ich dachte, ein kleiner Abstecher täte mir gut.«

Im Taxi saßen sie schweigsam, und Frank griff vorsichtig nach ihrer Hand, die kalt war, und hielt sie fest. Sie schaute gespannt aus dem Fenster, als ob diese endlosen und nicht sehr anziehenden Straßen, durch die sie fuhren, etwas Besonderes wären.

»Darling«, sagte er tastend. Sie lächelte.

»Alles unwirklich ...«, antwortete sie. Er hatte sie noch nicht geküsst. Die Ehe mit Pearl hatte ihn dazu trainiert, Gefühle nicht zu exponieren.

Madame gab Evelyn einen diskreten, abschätzenden und höflichen Empfang, und Evelyn benahm sich genau so, wie Pearl sich benommen haben würde. Frank machte innerlich eine kleine Anmerkung darüber, wie angenehm es war, seine Abenteuer mit anständigen Frauen zu haben. Er erinnerte sich mit amüsiertem Schrecken daran, ein paar Mal in seinem Leben auf Kohlen gesessen zu haben, weil eine falsch gewählte Damengesellschaft ihn bloßstellte.

Der Aufzug war ausnahmsweise in Benützung, blieb aber in der zweiten Etage stecken und sie gingen die restlichen Treppen. Frank hinter Evelyn. Während dieser Minuten, da sie vom zweiten zum dritten Stock gingen, nahm er eigentlich zum ersten Male bewusst Evelyns Bild in sich auf. Sie war viel hübscher, als er gewusst hatte. Frank hatte viel Sinn für Qualität. Evelyn trug all die Kennzeichen guter Rasse: die Gelenke, den Gang, den schmalen Kopf, die gestreckten Hüften.
»Hier wohnen wir also«, sagte er und öffnete die Tür. Er war etwas befangen und versuchte, es sich nicht anmerken zu lassen. Ein kleiner Salon mit den üblichen Seidenmöbeln. Auf dem Kamin aus imitiertem Marmor stand eine Büste aus imitiertem Marmor. Frank hatte ein unbehagliches Gefühl, denn der Salon hatte die ganze Schäbigkeit eines alten renommierten und auf seinen Konservatismus eingebildeten Hotels. Evelyn war rasch ans Fenster getreten und sah hinaus. Frank nahm dem Hausknecht das Köfferchen ab und schloss die Tür.
»Die Schieferdächer ...«, sagte Evelyn am Fenster. Das alles war Unsinn. Im nächsten Augenblick hatte er sie in die Arme genommen. Sie zitterte. Auch er begann zu vibrieren. Sie löste sich los und ging schnell zum Kamin.
»Josephine!«, rief sie, als ob sie eine Verwandte begrüßen würde.
»Wer?«, fragte Frank erstaunt.
»Josephine Beauharnais«, erwiderte Evelyn und streichelte die Gipswangen der Büste.

»Ihr Deutschen seid alle so gebildet«, murmelte Frank. Evelyn lächelte ihm mit ihren blassen Lippen zu. »Wie lange kannst du bleiben?«, fragte er. Es war nur eine Höflichkeitsphrase, denn er musste ja unter allen Umständen am nächsten Morgen auf die Berengaria.
»Ich muss morgen Abend zurück sein«, sagte Evelyn denn auch.
»Du kannst das Flugzeug nehmen, dann kommst du bequem an«, sagte er. Evelyn schaute ihn nachdenklich an, als ob sie nicht zugehört hätte.
»Nicht an morgen denken«, sagte sie noch und verstummte dann.
Frank nahm ihr Köfferchen auf und trug es in ihr Zimmer. Als er die Tür öffnete, quoll ihnen der schwere Geruch von Rosen entgegen; das ganze Zimmer war voll von dem Geruch. Frank entdeckte mit gerunzelter Stirn, dass Madame den sinnigen Einfall gehabt hatte, einen Strauß roter Rosen auf den Nachttisch zu stellen. Es war die dunkle Sorte, die schneller welkt und stärker duftet als irgendeine andere. Evelyn legte ihr Gesicht in die Rosen. »Danke«, sagte sie – es klang heftig und etwas übertrieben. Frank war froh, dass ihr die Blumen gefielen. Ihm kam dieses symbolische Arrangement mit den Rosen reichlich geschmacklos vor. Er dachte mit Schaudern, was für Anmerkungen Pearl über diese Art galanter Anspielung losgelassen hätte.
Er ging von Evelyn fort auf die andere Seite des kleinen Zimmers. Das Rouleau war halb geschlossen – auch dies

eine Unverschämtheit von Madame. Das Bett stand da nicht wie ein Gegenstand aus Holz, sondern wie ein aufdringliches lebendiges drittes Wesen. Frank öffnete eine Tapetentür. »Wir haben leider nur ein gemeinsames Badezimmer«, sagte er. »Diese französischen Hotels sind nicht ganz auf der Höhe – mein Zimmer ist auf der anderen Seite davon«; er räusperte sich und vollendete: »Man hält uns für verheiratet.« Evelyn schaute ihn an mit einem beinahe mitleidigen Lächeln.

»Tut man das wirklich?«, fragte sie. »Aber du bist das Gegenteil eines Ehemannes.«

»Wieso?«, fragte er. Im gleichen Moment wurde ihm klar, dass Evelyn ihn für unverheiratet hielt. Es war wohl durch Zufall gekommen, dass er nie von seiner Ehe gesprochen hatte. Er zögerte einen Sekundenteil. Aber jetzt war nicht die Zeit, um Evelyn von Pearl zu erzählen – und außerdem, so entschied er, ging sie dies auch gar nichts an. Gar nichts.

Er ging ins Badezimmer, drehte den heißen Wasserhahn auf. »Du wirst baden wollen«, sagte er. Evelyn nahm dankbar an. Sie packte ihren kleinen Koffer aus und brachte ihre Dinge ins Badezimmer. Da standen sie nun, ihr Mundwasser neben seinem. Evelyn besah diese Nachbarschaft mit einem wunderlichen Ausdruck. Ihm schien es im gleichen Augenblick, als ob sie nun schon viel vertrauter wären. Er ging hinter ihr her vom Badezimmer zum Schlafzimmer und zurück. Ein Nachthemd, dünn und weiß mit dunkler Spitze, kam aus dem Köfferchen zum Vorschein und wurde aufs Bett gelegt. Frank lächelte erstaunt und erfreut. Er hatte sich falsche Vorstellungen von der Wäsche deutscher Frauen gemacht, und es war sehr erfreulich und erleichternd, dass Evelyn die gleichen koketten Requisiten besaß wie Pearl oder Marion.

»So«, sagte sie, und schaute ihn erwartungsvoll an. Er kniete nieder und versuchte, ihre Schuhe auszuziehen.

»Darf ich dir helfen?«, fragte er.

»Nein.«

»Nein?«

»Nein, bitte.«

Frank überlegte einen Augenblick. Manchmal verdarb man alles, wenn man der Frau gehorchte, und manchmal, wenn man es nicht tat. Er schaute in Evelyns Gesicht, ihre Augen waren dunkelblau, leuchtender als er gewusst hatte, aber voll Angst. Er küsste sie rasch aufs Fußgelenk und stand auf. Ein knieender Mann ist ohnedies in unserem abgebrühten Zeitalter zu einer Lächerlichkeit geworden.

»Mach schnell, Darling«, sagte er leicht. Wir wollen die heilige Stunde des Dejeuner nicht versäumen.«

Sie fasste schnell nach seiner Hand und presste einen Kuss in seine Handfläche, dann schloss sie seine Finger zu wie über einer Münze. Er hatte noch dieses kleine überraschende Brennen im Nervenzentrum seiner Hand, als er in seinem Zimmer stand und Marion anrief.

Es handelte sich darum, dass er nun, da Evelyn tatsächlich eingetroffen war, Marion für den Abend absagen musste. Er hatte es nicht früher getan aus Besorgnis, am Ende zwischen zwei Stühlen zu sitzen. Während er auf den Anschluss wartete, hatte er ein unbehagliches Gefühl. Nicht absolut fair, dachte er flüchtig, aber er hätte nicht sagen können, ob es Marion oder Evelyn war, gegen die sich die Unfairness richtete. Vorsicht hat immer etwas Unnobles an sich – aber, im Orangenhandel lernte man, vorsichtig sein.

»Hallo, hallo – Joujou?«, fragte Marions Stimme im Telefon diensteifrig. »Ich habe dich eine Ewigkeit nicht gesehen. Flora trifft große Vorbereitungen für dein Souper heute Abend.« Frank schluckte. Es schüttelte ihn immer ein wenig, wenn Marion ihn mit den Namen von Spielzeugen, Tieren und Gemüsen traktierte.

»Darling«, sagte er, »ein Unglück ist passiert.«

»*Mon dieu*«, sagte Marion erschreckt. »Etwas Schlimmes?«

»Nichts ganz Schlimmes: Meine Frau ist angekommen. Ich kann dich heute Abend nicht sehen – und wir reisen morgen früh ab – ich werde dir nicht einmal Adieu sagen können.« Marion antwortete nicht gleich. Aber sie nahm es mit guter Haltung auf.

»Wie nett für dich, dass deine Frau hier ist«, sagte sie munter. »Wann geht dein Schiff? Mit welchem Zug fährst du ab? Wann kommst du wieder nach Europa? Schicke mir ein Telegramm, bevor du kommst.«

Frank murmelte ein wenig Dank und Zärtlichkeit in die Muschel. Er war ungeduldig. Mitten drin ging die Tür des Badezimmers auf und Evelyn stand da und schaute ihn fragend an. Er machte schnell den Mund zu und ließ Marion reden. »Adieu, *mon petit*, es war hübsch mit dir. Unterhalte dich gut. *Bon voyage!*« Er hörte kaum mehr hin. Er war schon bei Evelyn.
Sie sah ein wenig verändert aus, sie hatte mehr Glanz und Schimmer als zuvor. Als er sie küsste, spürte er den Geschmack von Lippenrot auf ihrem Mund. »Aha!«, dachte er; es war neu an dieser kleinen Frau aus Berlin. Im ungeeignetsten Moment fiel ihm ihr Mann ein und er ließ sie los. »Zeit zum Dejeuner«, sagte er und zog sie mit sich fort.
Unten gab es einen kleinen Aufenthalt. Madame reichte ihm ein Telegramm. Aus London. Von Pearl. »Corsar kann es kaum erwarten, dich kennen zu lernen«, war der Text. Frank stand da mit dem Telegramm und überlegte, wer dieser Corsar sein möchte. Der neue Hund, dachte er mit einer Erleuchtung. Er musste lächeln. Evelyn stand neben ihm und betrachtete ihn ernsthaft.
»Geschäfte«, sagte er.
»Die Frauen verwöhnen dich von allen Seiten«, sagte sie unerwartet. Er starrte sie verblüfft an. Sie war weicher und sentimentaler gewesen in Berlin. Mit dem Lippenstift war nicht nur ihr Gesicht, sondern auch ihr Wesen pikanter geworden.
»Eifersüchtig?«, fragte er erheitert.

Sie gab keine Antwort. Er warf das Telegramm in den nächsten Papierkorb.
Wie jeder Amerikaner war Frank stolz darauf, ein kleines gutes Restaurant zu wissen, wo keine Amerikaner hinkamen. Er brachte Evelyn auf der langen Bank von Chez Rosset unter, er stellte ernsthaft das Menü zusammen und er redete: zu viel und zu schnell, wie er selbst bemerkte. Er war ein wenig nervös, es war lächerlich, aber die Situation schien nicht so einfach, wie sie sein sollte. Evelyn war auf einen galanten Telefonanruf hin sofort nach Paris gekommen: das war ein Entgegenkommen, das für sich selber sprach. Aber zugleich war Evelyn solch eine kleine, feine, zerbrechliche Dame, dass man scheu wurde. Er fühlte sich nicht ganz wie bei einem kleinen Liebesabenteuer – mehr wie am ersten Tag auf einer Hochzeitsreise.
»Cellophan«, sagte Frank. »Madame ist ganz in Cellophan verpackt, sauber und unberührt.«
Evelyn trank Wein und lächelte. Sie schien sich in der Situation ganz sicher zu fühlen.
Ich bin ein Esel, dachte Frank, wahrscheinlich machen diese braven Berliner Frauen solche Abstecher nach Paris nicht zu selten. Er fasste nach ihrer Hand unter dem Tisch. Sie trug ihren Ehering. Ihre Hand war noch immer kühl und vibrierte leicht. Ein flüchtiger Schauer von Verlangen stieg in ihm auf und huschte gleich wieder fort. Evelyn hatte begonnen französisch zu sprechen; es gefiel ihm.

Plötzlich kam aus einer Ecke des Lokals ein Herr von unverkennbar deutschem Gepräge an den Tisch und begrüßte Evelyn. Frank betrachtete den Herrn mit Abneigung. Er hatte dünnes, sandfarbenes Haar, er trug einen Kneifer und seine Wange war mit drei scheußlichen Narben verunziert. Er sprach laut und mit vielen Gutturallauten zu Evelyn, und Evelyn antwortete, wobei ihr Gesicht einen wunderlich gepeinigten Ausdruck annahm.

Ein Vorhang, der diskreterweise vor der Tür der Damentoilette angebracht war, wurde zur Seite geschoben, und eine junge, aber erstaunlich reizlose Frau gesellte sich zu dem unsympathischen Mann. Frank bedauerte Evelyn, als er sich vorstellte, dass diese Sorte Menschen zu ihrem Bekanntenkreis zählte. Als die beiden sich empfahlen, sah sie erschöpft aus. Frank zahlte und brachte sie auf die Straße. Ein wenig blasse Sonne hatte sich durch die Wolken gedrängt.

»Was jetzt?«, fragte er unschlüssig.

»Ja – was jetzt?«, wiederholte Evelyn.

»Du weißt wohl, was alle Liebespaare in Paris um diese Zeit unternehmen?«, sagte er schnell. Die Frage brachte ein wenig Farbe in ihre Wangen. Vielleicht hat sie nur darauf gewartet, dachte Frank.

»Ich weiß. Herabgelassene Jalousien und all das«, sagte sie. »Magst du diese Liebe am Nachmittag?« Es klang erfahren: »Magst du es?«, sagte sie. Sie sprach über die Liebe am Nachmittag wie ein Kenner über die Temperatur bestimmter Weinsorten spricht. Frank nahm schnell ihren Arm und presste ihn an sich.

»Aber ich bin nicht dieser Typ«, setzte sie hinzu.

Er war ganz verwirrt. »Was für ein Typ bist du nicht – und was für ein Typ bist du?«, fragte er. Er war ein wenig ungeduldig geworden. In den Bois –, dachte er. Der Bois hat erfahrungsgemäß einen äußerst günstigen Einfluss auf die Entwicklung von Liebesaffären.

Als sie im Taxi saßen, verdunkelte sich die Welt und neuer Regen kam herab. Die Tropfen klopften auf das Dach des Wagens. Evelyn schwieg und schaute durch die verregneten Scheiben. Langsam bemächtigten sich die Orangen wieder Franks Gehirn. Der Kontrakt – vierzigtausend Kisten – jede mit einem Verlust von zweieinhalb Cent – das macht 933 Dollar und etliche Cents – beinahe tausend Dollar Verlust nebst den Reisespesen. Aber es war ein Anfang mit Europa, alles in allem – er stand dafür ein.

Er nahm sich zusammen, als der Wagen hielt. Der Regen hatte schon wieder aufgehört, aber alles triefte noch. Frank schob seinen Arm unter Evelyns Arm und seine Finger verhakten sich in die ihren, während sie über den nassen Kies zu Prés Catelan hinaufgingen. Es geschah automatisch. Es war ein wenig schade, dass sich in der Liebe immer dieselben Dinge wiederholen. Aber andererseits war es gut, dass eine bestimmte Routine einsetzte. Es macht die Dinge einfacher und leichter. Frank war ungeduldig und es kam ihm ein klein wenig lächerlich vor, dass sie ihre Zeit im regentropfenden Bois verbrachten. Sie setzten sich auf kalte, nasse Eisenstühle und bestellten heiße Schokolade für Evelyn. Morgen war alles vorbei. Schade, dachte er wieder. Vielleicht hätte etwas Schönes und Besonderes daraus werden können, wenn man Zeit gehabt hätte für Evelyn. Was für silberne Wimpern sie hatte …

»Was für ein fremder Mann du bist«, sagte sie mitten in seine Gedanken. Sie schaute ihn aufmerksam an, ihr Gesicht war dicht vor dem seinen. Ihre Haut war glatt aus solcher Nähe, glatt wie mattes Metall.

»Erzähl mir. Wie lebst du? Wo kommst du her? Wo gehst du hin? Was denkst du? Ich weiß nichts von dir.«

»Mein Gott – das ist ja ein Interview«, sagte er erschreckt. Aber dann fing er stockend an über sich zu reden. Er hatte es noch nie getan. Während er erzählte, bekamen die Dinge ein wenig Farbe und sahen interessanter aus, als er gedacht hatte. Das Office in New York, Reisen fürs Geschäft, sein Motorboot in Long Island Sound. Der alte Besitz in Carolina, Weihnachten, wenn die Schwarzen kamen und an den großen offenen Feuern sangen. Jagden, Pferde, die Orangenpflanzungen in Südkalifornien und das Haus in Santa Barbara. Die Jugendjahre in China, auf den Philippinen, in Kuba, im Krieg. Nicht so schlecht, dachte er, während er erzählte. Zuletzt redete er sich an seinen Orangen fest; er hatte eine Experimentalpflanzung eingerichtet, da wurde nun gezüchtet und gezüchtet; süß und kernlos waren sie schon, nun sollten sie noch die Säure und das Aroma der spanischen Orangen bekommen und dann …

»Denkst du an gar nichts anderes, wenn du in deinem Beruf bist«, fragte sie.

»Wieso? Nein – wahrscheinlich nicht. So sind doch alle Männer«, sagte er.

Sie nahm ihm plötzlich die Zigarette aus dem Mund, tat ein paar heftige Züge daran und gab sie ihm zurück. Es war etwas Spontanes darin, eine unerwartete Intimität, die ihn unzufrieden, ungeduldig, sehnsüchtig machte.

»Erzähl mehr«, sagte sie.

»Noch nicht genug?«, fragte er lächelnd.

»Nein«, sagte sie und schüttelte den Kopf. »Das ist – da sind so viele Dinge; ich muss so viel wissen – damit ich an dich denken kann – später.« Sie schwieg einen Moment und schaute dann voll in sein Gesicht. »Futter für die Phantasie«, sagte sie lächelnd. »Damit ich dich mir vorstellen kann – später – wenn du fort bist.«

»Unsinn«, sagte er rasch. »Wir sind beisammen, später gibt es nicht.«

Sie ließ sich nicht stören in ihrem Gedankengang. »Ich müsste zum Beispiel alle deine Anzüge kennen. Ich kenne drei – und dein Dinnerjacket. Wenn ich an dich denke, bist du immer im Dinnerjacket. Ich müsste dich einmal reiten sehen – du hast Pferde – bist du sehr reich?«

»O nein. Ich bin nicht arm, das ist alles«, sagte er. Er musste lächeln über sie.

Sie überlegte eine Weile. »Ihr habt andere Begriffe, ihr Amerikaner«, sagte sie. Er zuckte die Achseln.
»Und da sind auch Frauen«, sagte sie. Frank war gerade damit beschäftigt, ihre Nase zu betrachten. Sie hatte ein zartes Rosa in den Nüstern, wie junge Pferde mit arabischem Blut es haben.
»Wie?«, fragte er aufgestört. Sie wiederholte ihre Frage nicht, sondern sah ihn an.
»Ja. Natürlich sind manchmal auch Frauen da«, sagte er etwas widerwillig.
»Sag mir – ist da eine – wichtiger als die anderen? Ich meine: betrügst du heute eine Frau mit mir?«, fragte sie. Sie hatte Augen wie ein kleines Kind, fand er plötzlich. Ihre Augen waren nicht älter als fünf Jahre.
»Ja«, antwortete er. Er log ungern alles in allem. Evelyn nahm seine Antwort schweigend auf.
»Gut«, sagte sie etwas später.
»Du hast ja auch einen Mann«, sagte er.
»Ja. Ich auch.«
»Weiß dein Mann, dass du in Paris bist?«
»Ja. Natürlich«, antwortete Evelyn.
»Weiß er, dass ich auch hier bin?«, fragte Frank. Er bekam keine Antwort. Er nahm wieder ihre Hand, die von ihm weggegangen war. Sie war ganz kalt und wurde dann langsam warm unter seiner Berührung, während er sie schweigend festhielt.
Während der nächsten Minuten, als sie so saßen und auf die Wiesen hinuntersahen, von denen ein silberner Dunst

aufstieg, spürte Frank Davis auf eine verwunderlich starke Weise, dass er lebendig war. Es war ein Gefühl, gespannt und gelöst zu gleicher Zeit, er spürte sich selbst und eine Stille in sich, die er fast vergessen hatte.

Man lebte, züchtete Orangen, verkaufte Orangen, man reiste, man machte Geld, man warf Geld hinaus, man war ehrgeizig, man war verheiratet, man war erfolgreich. Börse, Auto, Klub, Poker, Golf, Radio – gut, alles gut. Alles normal und notwendig und wie es einem Mann zukam. Aber dies hier: dieses Sehnsüchtigsein und tief zufrieden zugleich; dieses Atmen, diese Stille tief innen, diese Unruhe tief innen, dieses Gemisch, das Leben hieß: man vergaß es, während man lebte. Man lebte zu laut und zu schnell, um es zu spüren. Da war es auf einmal, im Dunst über den Wiesen, in Evelyns Hand, die unter seiner Berührung warm wurde, in Evelyns schweigendem Atmen, das mit ihm atmete …

»Du wirst deine Hand wieder auf mein Herz legen«, hörte er sich plötzlich sagen. »Ich liebe dich«, flüsterte er, als Evelyn ihn erstaunt anblickte. Da war dieses lächerliche Wort ganz unerwartet aus seinem Mund gekommen. Eine spontane Lüge.

Eine spontane Lüge.

»Ich weiß, ich weiß«, antwortete Evelyn begütigend wie zu einem Kind.

Die verzauberte Minute brach entzwei und verging.

Frank schaute auf sein Handgelenk mit der Uhr. Fast fünf. Und um acht Uhr morgens ging der Extrazug

nach Cherbourg. Es dämmerte schon. Evelyn sah aus, als hätte man hundert Jahre Zeit, bevor man ins Bett ging. Er seufzte. Er rief den Kellner und zahlte. Der Bois war voll von Kinderstimmen, Vogelrufen, Autohupen, Liebespaaren. Paris war ein herrlicher Platz, um verliebt zu sein. »Ins Hotel?«, fragte Frank, nur aus Höflichkeit. Aber es zeigte sich, dass Evelyn Ideen von typisch deutscher Provenienz hatte. »Ich muss noch in die Sainte Chapelle«, behauptete sie, und sie verhandelte sogar selbst mit dem Taxichauffeur. Es verstimmte Frank aufs Tiefste. »Bist du schlecht gelaunt?«, fragte sie denn auch, gleich nachdem sie sich neben ihm eingerichtet hatte.
»Nein. Nur ungeduldig«, antwortete er und zwang sich zu lächeln. Sie hörte ihm zu mit einem Ausdruck, als ob er eine Arie sänge.
Frank hatte nur eine dunkle Ahnung, irgend einmal von der Sainte Chapelle gehört zu haben, er murrte unhörbar über den Bildungsfimmel der Deutschen. Wenn ihn nicht Pearl dazu erzogen hätte, nicht zu widersprechen, dann würde er auch laut gemurrt haben. Sie fuhren an der Seine entlang und über den Pont St. Michel und hielten vor dem alten Gebäude. »Ich bin dreihundertmal in Paris gewesen und nie hineingegangen«, beklagte er sich.
»Ich möchte nie nach Paris gehen, ohne hineinzugehen«, erwiderte Evelyn. Sie ging voraus, als wäre sie in den grauen Steinmauern zu Hause, durchquerte den kleinen Hof und trat ein. Frank machte noch einen has-

tigen Zug an seiner Zigarette, dann warf er sie fort und folgte ihr.

Als er drinnen stand in der leeren Kapelle, durch deren blaue Fenster das letzte Tageslicht floss, nahm er den Hut ab und strich sich unwillkürlich übers Haar. Es war wie im Innern eines Kristalls hier. Still und heilig ohne Altar. Evelyn stand ein paar Augenblicke still und mit gerunzelten Brauen, als strengte etwas sie an. Dann ging sie vor ihm die Wendeltreppe hinauf zum oberen Saal. Hier brach das Licht noch reiner, blauer, strömender ein. Sie waren die einzigen und letzten Besucher. Frank spürte sich in die Stummheit und den kristallenen Zauber des Raumes eingeschlossen und wehrte sich dagegen. Er spürte sich als eine lächerliche Figur, er, mit seinem blauen Anzug und seiner schönen Krawatte.

Gut und schön – aber die Ritz-Bar ist auch nicht schlecht, dachte er rebellisch. Dann lockerte er sich ein wenig und ließ all das blaue Schimmern auf sich zukommen.

Evelyn stand ganz bewegungslos, ihr Haar, sonst silbern, war auch blau. Er trat hinter sie und nahm ihre beiden Ellbogen in seine Hände.

Im gleichen Augenblick schlug etwas in ihn ein, ein ungeduldiges und brutales und kaum beherrschbares Verlangen nach ihr, wie damals in der Badehütte. Sie stand unbeweglich unter seinem Griff. In der geschnitzten Tür, die zu einem kleinen Söller führte, erschien jetzt ein schwarzgekleideter Mann, der aussah, als wolle

er die Kapelle abschließen. Evelyn wendete sich um. Sie stand Frank dicht gegenüber und schaute ihm ins Gesicht, nicht in die Augen, sondern auf seinen Mund.
»Ich möchte bei dir schlafen«, sagte sie leise. »Nein –«, setzte sie hinzu, noch bevor er antworten konnte. »Wirklich schlafen. Ich glaube, ich habe nicht mehr geschlafen, seit –«
»Ja? Darling?«, fragte er. Aber sie beendete ihren Satz nicht. Er brachte sie schweigsam zu einem Taxi. Dies alles war nicht ganz das Gewöhnliche. Es ist zarter, süßer, dachte er und suchte nach einem Wort.
Im Taxi zwar fielen ihm die vierzigtausend Kisten Orangen ein und dass er sie zwei Cent unter dem Minimum verkauft hatte.
Mit einem Schlag brannten alle Laternen am Seineufer. Evelyn lehnte warm und leicht an seiner Schulter. Er nahm alle Energie zusammen und es gelang ihm, die Orangen zu vergessen.

FREITAG: SIE

Am Morgen, als das Kupee in Ordnung gebracht war, stellte sich heraus, dass Frau Selma Rabbinowitz eine zwar zu dicke, aber außerordentlich angenehme Dame war, gütig und welterfahren, mit den ironischen Falten der Menschenkennerin unter den Augen. Evelyn hätte nicht gewusst, wie sie ohne das Gespräch und die Hilfe dieser Frau die letzte nervenzerreißende Stunde überstanden hätte, die vor der Ankunft in Paris lag. Seit dem Moment, da Frank mit ihr telefoniert hatte, befand sich Evelyn im Zustand einer Katastrophe, einer großen, ja tödlichen Gefahr. Sie kam in Paris an, nicht wie ein Passagier der zweiten Klasse, Schlafwagen, sondern wie jemand, der von einer Explosion unabwendbar dorthin geschleudert wurde – in den Gare du Nord, in den Rauch, den Ruß, den Lärm der fremden Stimmen, den Geruch der fremden Stadt, in die Wirrnis einer fremden, unvorstellbaren Zukunft. Frau Rabbinowitz machte ihre Ankunft zu etwas einigermaßen Normalem und Geordnetem. Frau Rabbinowitz war in Paris zu Hause, sie fuhr jährlich viermal hin, um die neuen Modelle für ihr Modehaus in Bukarest einzukaufen. Sie hatte Evelyn mit Tee und Brötchen gefüttert, sie verschaffte ihr einen Gepäckträger, sie drückte ihr eine Hoteladresse und eine Telefonnummer in die Hand, für den Fall, dass etwas nicht stimmen sollte. Und als sie Evelyn mit aufgelöstem und ratlosem Gesicht am Bahnsteig stehen sah, schob sie nochmals ihren Arm unter den ihren und nahm sie mit sich zum Ausgang.

»Werden Sie nicht abgeholt?«, fragte sie. Und Evelyn erwiderte mit blassem Lippen: »Ich weiß nicht. Es scheint nicht.«

Evelyn hatte ihre Fahrkarte vom Wirtschaftsgeld gekauft und ihr waren dann noch neunzehn Mark übriggeblieben, bei weitem nicht genug, um die Rückfahrt zu bezahlen. Aber sonderbarerweise hatte sie nicht an die Rückfahrt gedacht, nein, so ordentlich waren ihre Gedanken nicht gewesen, als sie Berlin verließ. Wenn Frank sie nicht von der Bahn abholte, dann war sie ohne Geld verloren in Paris; und sie hatte sich dies so genau vorgestellt und die ganze Nacht hindurch gefürchtet, dass sie fast sicher war, es würde geschehen. Denn was geschehen musste, wenn Frank sie wirklich abholte, das lag außerhalb ihrer Vorstellungskraft.

Und so ging sie denn am Arm dieser fremden Frau Selma Rabbinowitz aus Bukarest dahin, ziemlich bewusstlos, ein kleines, aus der Bahn geschleudertes Stückchen Frauenleben. Plötzlich sah sie Frank. Sie sah ihn ganz, jedes kleinste Detail auf einmal. Er trug einen dunkelblauen Anzug, den sie noch nicht kannte, und den Hut schräg in die Stirn gezogen. Er rauchte eine Zigarette, er stand am Ende des Bahnsteiges in einer Gruppe Menschen. Evelyn hatte vergessen, wie braun

seine Hände waren. Sie waren braun. Evelyn blieb stehen und schöpfte Atem. So viel Glück.
»Da ist er«, sagte sie. Frau Rabbinowitz folgte ihrem Blick und Lächeln, betrachtete Frank und lächelte auch. Es schien Evelyn ein gutes und ungeheuer weises Lächeln.
»Dann sind Sie ja aufgehoben. Viel Vergnügen in Paris«, sagte Frau Rabbinowitz. »Sie brauchen mich jetzt wohl nicht mehr, kleine Frau«, und dann war Frau Rabbinowitz verschwunden. Alles war verschwunden. Evelyn stand auf einem leuchtenden, glühenden Stern, ganz allein und nur mit Frank.
Er schaute den Bahnsteig entlang, es sah aus, als ob er jemand ganz anders erwarte als Evelyn, so schien es ihr. Er bemerkte sie nicht, als sie schon dicht neben ihm stand. Er hatte breite, lockere, amerikanische Schultern. Da war auch der fremde Duft seiner Zigarette wieder. Evelyns Träger blieb mit ihrem Köfferchen stehen und fragte etwas, was sie nicht verstand. Er lächelte höflich und wartete neben ihr. Evelyn zitterte jetzt am ganzen Körper. Sie wollte etwas sagen, aber es ging nicht gleich. Sie wartete noch immer, schräg hinter Frank stehend. Glück strömte in großen Wellen von seinem Körper zu ihrem. Er sah sie nicht. Er schob mit einer kleinen Bewegung seine Krawatte und dann seinen Hut zurecht.
»Hallo«, sagte Evelyn.
»Hallo«, sagte Frank.

In den zwei Minuten, während sie neben Frank bis zu einem Taxi ging, wurde Evelyn um viele Jahre älter und weiser und erfahrener … Sie spürte es selbst mit einem sonderbaren und schmerzhaften Ruck, innen, in ihrer Seele. Sie gewann Kontrolle über sich selbst – wahrscheinlich zum ersten Mal im Leben. Frank sprach französisch und sie antwortete französisch. Er war höflich und sie war höflich. Nichts Abenteuerliches geschah, kein Ausbruch, kein gestammelter Dank, nichts von den außerordentlichen Dingen, die Evelyn dumpf erwartet hatte. Noch bevor sie beim Taxi angekommen waren, hatte sie begriffen, dass ihre Ankunft in Paris für Frank etwas ganz anderes bedeutete als für sie. Zwar fuhr man nun durch eine Traumstadt, auf gläsernen Wolken, und die Straßen schienen ihr, als wären sie nicht wirklich, sondern nur bewegte Bilder auf einer Leinwand im Kino, aber er schien es selbstverständlich zu finden, dass sie nach Paris gekommen war. Er war heiter und nahm es leicht. Er schien in keiner Weise zu verstehen, wie ungeheuerlich es war, dass sie ihre Ehe hinter sich gelassen hatte, ihren Mann, ihre Kinder, die Vierzimmerwohnung in der Düsseldorfer Straße, ihr gesamtes Leben und Sein. Aber – so dachte die weise gewordene Evelyn – so war es eben. Männer verstanden nichts. Der nicht, den man verließ – und der nicht, zu dem man kam.

Es war dieser Gedanke, der sie älter machte und ihr eine sonderbare neue, noch unbekannte Sicherheit gab. Sie

saß aufgerichtet und schaute aus dem Wagenfenster. Sie fühlte, dass Frank nach ihrer Hand griff, und sie zog rasch den Handschuh aus. Die Berührung seiner Finger in ihrer geöffneten Handfläche schlug in sie ein wie ein schwerer heißer Schlag. Sie hielt für einen Moment den Atem an, um es ganz zu spüren. Dazu sprach man törichtes, lächerliches Zeug. Ja, die Reise war angenehm gewesen. Nein – danke. Sie war nicht müde. In Berlin hatte es gestern geregnet.
Gestern, dachte Evelyn. Gestern war ich zu Hause. Heute bin ich in Paris. Wo werde ich morgen sein, dachte sie plötzlich und unerwartet. Morgen fahre ich zurück, dachte sie. Aber zugleich wusste sie mit einer neuen und fremden Deutlichkeit, dass sie nicht mehr zurück konnte. Sie sah sich selber an der Reling eines Schiffes stehen und mit Frank davonfahren. Sie war noch nie auf einem Schiff gewesen. Sie hatte Mitleid mit ihrem kleinen Handkoffer, der auf dem Notsitz stand. Er trug eine einzige Hotelmarke, noch dazu eine aus Dortmund, auf seinem Deckel. Er war nichts Größeres gewohnt als Wochenendausflüge nach Geltow und war nun mit ihr ins Abenteuerliche gerissen. Er würde mitkommen, wohin immer Frank es befahl. Sie hielt heimlich den Koffergriff fest wie die Hand eines bescheidenen, aber treuen Kameraden …
Ein kleiner grausilberner Platz mit verschlafener Sonne; Tauben spazierten auf dem Pflaster. Der Wagen hielt. Evelyn ging sehr gerade durch eine kleine Drehtür, die

Frank für sie in Bewegung setzte. Sie wusste nicht, wie man sich benahm, wenn man mit seinem Geliebten ein Hotel betrat. Sie wusste auch nicht, wie hochmütig und prinzessinnenhaft sie aussah. Sie begegnete den schweren prüfenden Augen von Madame. Ein Lächeln über einer Goldplombe. Der Aufzug, das Treppenhaus, der Korridor, das Zimmer. Sie trat ans Fenster. Sie atmete tief. Sie hatte Angst vor etwas, das nun gleich kommen musste, groß und unbekannt und gewaltsam: Liebe.

»Du wirst ein Bad nehmen wollen«, sagte Frank statt dessen da hinten im Zimmer.

»Ja, bitte«, antwortete sie und wartete eine Sekunde, bevor sie sich umdrehte. Sonderbarerweise wachte sie erst in diesem Augenblick wirklich und tatsächlich zu dem Bewusstsein auf, dass sie in Paris war. Nicht in einer geträumten Stadt, sondern in einem sehr wirklichen Paris. Und zwar war es das hohe Fenster mit dem angedeuteten Balkon davor, das ihr Paris ins Bewusstsein brachte. An solch einem Fenster hatte sie schon zuvor gestanden, auf ihrer Hochzeitsreise mit Kurt. Auch damals hatte sie Angst gehabt. Spaßig, dachte sie. Man kommt immer mit Männern nach Paris.

»Ich muss ein wenig auspacken«, sagte sie zu Frank.

»Gut. Darf ich helfen?«, antwortete er.

Gleich darauf war sie in seinen Armen und küsste ihn. Sie sank ganz schnell durch viele Nebel, purpurrot, dann kamen große Farne, Urwälder, und dann landete sie wieder im Zimmer des Hotels.

Es kam ihr vor, als hätte jemand diesen irrsinnigen Kuss mit angesehen. Als sie sich umwendete, begegnete sie dem weltlich lächelnden Grübchengesicht der Josephine Beauharnais. Ein schlechter Gipsabguss der Büste von Houdon stand auf dem Kamin. Evelyn ging mit Knien, in denen noch das Zittern und die Schwere der Umarmung lag, zu ihr und suchte Halt wie bei einer erfahreneren Schwester. Sehr deutlich erinnerte sie sich in diesem Augenblick an die Kunstgeschichtsstunde, in der Professor Damhauser diese Porträtbüste vorgestellt und in ziemlich wegwerfender Weise abgetan hatte. Sie erinnerte sich an das Knistern des grauen Alpakkakleides, das sie damals getragen hatte. Leben war eine sonderbare Sache, und der Weg von jener Evelyn, die im Lyzeum Kunstgeschichte gelernt hatte, bis zu jener Evelyn, die in einem Pariser Hotel ihren Liebhaber traf, war unausdenkbar und phantastisch. Es war ihr, als hätte sie diese Josephine Beauharnais in guter Gesellschaft kennengelernt und nun an einem zweideutigen und verdächtigen Ort wiedergetroffen, eine Begegnung, die für beide Teile beschämend und peinlich war. Sie hatte ein seltsam gedoppeltes Bewusstsein von sich selbst, als stände sie neben sich und sehe sich zu.

So nämlich steht es mit Evelyn: sie weiß, dass sie sich hinwirft, wegwirft mit dieser bereitwilligen Reise nach Paris. Nur dass sie sich nicht helfen kann, nur dass es ihr ganz und gar gleichgültig ist, wohin es mit ihr treibt, nur dass sie nichts anderes will als Erfüllung. Und dass sie nicht weiß, wie diese Erfüllung sein soll. Und dass sie bereit ist, jede Erniedrigung auf sich zu nehmen, um zu dieser ungekannten Erfüllung zu kommen. Mit einem feinen Brennen spürt sie, dass Frank sie jetzt um einen Hauch geringer einschätzt, weil sie gekommen ist. Alles hier scheint ihr zweideutig und leise beschmutzt zu sein. Madame im Vestibül mit ihren violett geschminkten Augendeckeln, die abgenützte Seide der Möbel, die grüne Schürze des Hausknechts und die betonte Diskretion, mit der er sich an der Tür zurückzog; die Tapete selbst, auf der blaue Vögel über üppigen rosa Blütenkörbchen flattern. An der Decke ist ein dunkler Fleck, von einer schadhaften Wasserleitung. Und Josephine lächelt niederträchtig dazu.

Frank, am anderen Ende des Zimmers, hob den kleinen Koffer auf und trug ihn ins Schlafzimmer. Als Evelyn ihm folgte, sah sie die Muskeln unter seinem blauen Anzug gespannt. So war es nun: wann immer sie Frank ansah, dann sah sie nicht seine Kleider, sondern seinen Körper. Alles war so körperlich geworden, vergiftet auf eine süße und leidenschaftliche Weise. Frank murmelte ein paar Erklärungen: er war verlegen, und das machte sie ein wenig sicherer.

Das Zimmer war ganz schwer vom Geruch eines großen dunklen Rosenstraußes, der neben dem Bett stand. Gleich wurde alles gut und besser. Die Rosen waren dasselbe wie jene Mimosen, die in die Düsseldorfer Straße eingedrungen waren. Sie waren voll von Bedeutung und

Wichtigkeit. Vielleicht war dies Franks Weg, seine Liebe auszusprechen. Vielleicht fehlten ihm die Worte und er war scheu hinter seinem Draufgängertum. »Danke«, sagte sie zärtlich. Sie hatte ein Zimmer für sich allein, das war erleichternd. Sie fürchtete sich vor dem Bett und sie versuchte, es nicht zu sehen. Auch Frank tat, als wäre nichts Derartiges im Zimmer.
Die nächste Neuigkeit war, dass er sie als seine Frau ausgegeben hatte. Es verbesserte ihre Meinung über das Hotel, aber es wirkte wie ein kleiner beleidigender Peitschenschlag auf sie. Alles wurde noch zweideutiger und undurchsichtiger. Übrigens war es eine groteske Idee, Frank in der Rolle eines Ehemannes zu denken. »Du bist das Gegenteil eines Ehemannes«, sagte sie, während er half, ihr Köfferchen auszupacken und Kleinigkeiten ins Badezimmer trug.
»So?«, sagte er und blieb mit ihrer Zahncreme in der Hand unter der Tür stehen. »Und was ist, bitte, das Gegenteil eines Ehemannes?«
»Du«, sagte sie lachend. Der Fremde, dachte sie. Der Mann, von dem man nichts weiß. Der, bei dem alles anders ist. Der Liebhaber. Sie konnte es nicht ausdrücken. Sie scheute vor dem Wort zurück wie ein junges Pferd vor der ersten Hürde. Dann ging sie darüber. Gut, dachte sie. Ich habe einen Liebhaber. Es war Stolz und Verachtung in diesem Gedanken. Sie ging zur Badezimmertür. Sein Pyjama hing an einem Haken an der Tür. Er war aus schwerer chinesischer Seide, ein ausge-

waschenes Grün. Er schob sein Rasierzeug beiseite, um Platz für ihre Goldcreme zu machen. Da lagen nun ihre Toilettensachen neben den seinen. Sie schaute hin und er schaute hin. Es war eine Intimität darin – fast, als ob schon alles geschehen wäre. Evelyn ging schnell zurück ins Schlafzimmer.

Als Frank nach ihrem Fuß griff, um ihr beim Ausziehen der Schuhe zu helfen, zuckte sie zurück. Sie merkte mit Erstaunen, dass sie bei weitem nicht bereit war für das, was kommen musste. Sie schaute flehend auf ihn hinunter. Sie wünschte dringlich, dass er sie überfallen, zwingen, überwältigen, mitreißen solle. Aber er stand auf, putzte ein wenig Staub von seinen Knien und ließ sie allein. Höflich und rücksichtsvoll und ein ganz klein wenig beleidigt.

Das Wasser in der Wanne war heiß und gut. Evelyn stahl eine Handvoll von Franks Badesalz – Badesalz war ein Luxus, den sich die Düsseldorfer Straße nicht leisten konnte – und streckte sich aus mit einem vergeblichen Versuch, ihren gespannten Körper zu lockern. In dem herben Lavendelgeruch ging sie mit sich zu Rate. Eine raffinierte Frau würde nicht sein Badesalz nehmen, dachte sie. Sie würde ein ganz anderes Parfüm suchen, den stärksten Kontrast, etwas Exotisches, Ambra, dachte sie naiv, Moschus. Sie hatte gelesen, dass zweifelhafte Frauen diese Art Parfüms bevorzugten. Eine Art Zerknirschung überfiel sie, während sie Seifenschaum auf ihr Knie rieb. Sie kam sich beschä-

mend unausgerüstet vor für das, was ihr bevorstand. Das Wort Liebeskünste geisterte durch ihr Bewusstsein. Man las von Liebeskünsten. Man konnte sich rein gar nichts darunter vorstellen. Die Erfahrungen, die man in der Ehe sammelte, hatten nichts mit Liebeskünsten zu tun. Es gab Frauen, die mit ihren Liebeskünsten Männer zugrunde richteten, und die Männer schienen diese Art von Ruin noch gern zu haben. Wenn Frank Liebeskünste von ihr erwartete, dann war sie bankrott und verloren. Sie schaute mit melancholischem und ironischem Lächeln auf das Stück Seife, das sie in der Hand hielt. Es war Kinderseife, dieselbe Sorte, die für Bärchen und Clärchen benutzt wurde, und die einzige, die sie vertrug. Ihre Haut war dünn und empfindlich. Sie schaute vorwurfsvoll auf diese Haut, durch die überall das Blau der Adern durchkam, und sie konnte sich nicht klar werden, ob dies nun ein Vorzug oder ein Fehler war. Alles in allem war es eine durchaus unbefriedigte Sorte von Haut, eine, die eine Neigung hatte, nervös zu frieren und sich zu einer Gänsehaut zusammenzuziehen.
Sie hörte Frank in seinem Zimmer telefonieren und kam mit einem Ruck aus der Wanne. In dem Spiegel an der Tür war ihr Körper, und sie betrachtete ihn streng. Es nahm ihr den letzten Rest von Selbstbewusstsein. Nun ja –, dachte sie und kroch zurück in ihre Wäsche. Alles in allem war es wie – ja, wie Examensangst. Das Zusammensein mit Frank lag vor ihr wie eine Prüfung, auf die sie nicht gut vorbereitet war. Sie drehte das Licht

an, griff schnell nach der kleinen Dose mit Rouge, die sie mitgebracht hatte, und malte ernsthaft etwas Farbe in einem Dreieck auf ihre Wangenknochen. Die Pariserinnen waren so stark aufgemacht. Evelyn seufzte, wurde traurig, weil sie keinen Lippenstift besaß, stippte zuletzt ihre Fingerspitzen nochmals in das Rouge und färbte damit ihren Mund. Gleich sah sie französischer aus. Sie band die Halsschleife ihrer Bluse mit einem neuen Schwung und zog ihren kleinen Hut tief über das linke Auge.

Gerade in diesem Moment fiel ihr etwas ein, das sie erstarren ließ. Die Gasrechnung. Sie hatte wiederum vergessen, die Gasrechnung zu bezahlen. Sie hatte sie unbezahlt und drohend auf Kurts Schreibtisch liegen lassen. Die Gasgesellschaft machte Schwierigkeiten. Kurt fand die Rechnung. Kurt rief in Geltow an und sie war nicht in Geltow, graue Lawinen rollten vor Evelyns entsetzten Augen dahin und begruben die Düsseldorfer Straße. »Nicht ohnmächtig werden«, sagte sie sehr laut. Es war ein strenges, scharfes Kommando. Sie wurde nicht ohnmächtig. Außerdem war Marianne da, um sie herauszulügen. Sie puderte rasch ihr Gesicht, biss sich auf die gefärbten und kalt gewordenen Lippen, sie machte die leichtsinnige Miene, die einer Frau in ihrer Situation zukam, und ging zurück zu Frank.

Frank sprach französisch, er telefonierte mit einer Frau. Evelyn hätte nicht sagen können, woran es lag, dass sie merkte, dass am anderen Ende der Leitung eine Frau

war, aber sie war dessen gewiss, und es gab ihr einen Stich. Wie wenig sie von Frank wusste.
Er schien mit ihrem Aussehen zufrieden. Er schob seinen Arm in den ihren und bugsierte sie durch das Hotel und an den Röntgenaugen von Madame vorbei auf die Place de la Bourgogne. Draußen war es kühl, aber Frank trug keinen Mantel. Diesmal gingen sie zu Fuß, und eine lichte Fröhlichkeit, die aus dem dunstenden Pflaster, aus dem Laub der Bäume, aus dem Gezwitscher der Spatzen aufzusteigen schien, nahm Besitz von ihr. Sie musste lachen, weil Frank eine solche Wichtigkeit aus dem Dejeuner machte; aber er behauptete, dies eben sei pariserisch. Er brachte sie in ein kleines Restaurant am linken Ufer, von dem er sprach, als handle es sich um den geheimnisvollen Ort verbotener Verschwörungen oder um eine Südseeinsel vor ihrer Entdeckung. Aber es war nur ein länglicher, halbdunkler Raum mit den üblichen Bänken an den Wänden, in dem es nach Fisch und heißer Butter roch. Frank flüsterte mit dem Maître d'Hotel und mit dem Sommelier. Dann kamen die Hors-d'œuvres, und dann dauerte es lange, bevor es weiterging. Evelyn fand es schwer, natürlich zu sein; sie fühlte sich wie eine dilettantische Schauspielerin auf einer schlechten Bühne und in einer falschen Rolle. Dabei aber war sie glücklich, auf eine neue und freche und unverschämte Art. Frank saß dicht neben ihr auf der Bank und von Zeit zu Zeit fasste er unter dem Tisch nach ihrer Hand und presste sie, sodass ihr Ehering im Fleisch schmerzte.

Gerade als Evelyn Flunder in einer cremigen Sauce zu essen begann, von der Frank sehr viel zu halten schien, fühlte sie, wie jemand sie anstarrte. Der Blick kam aus einem Winkel, der ziemlich im Schatten am Ende der Bankreihe lag. »Was ist los, Darling?«, fragte Frank.

»Ich weiß nicht – ein Mann starrt mich an.«

»Selbstverständlich tut er das. Jeder Pariser würde es für unhöflich halten, eine Frau, die aussieht wie du, nicht anzustarren.«

Evelyn schüttelte den Kopf. »Das ist es nicht«, sagte sie unbehaglich. »Ich kenne das Gesicht und weiß nicht woher.« Frank schenkte ihr Wein ein.

»Hier kommt niemand her«, sagte er leichthin. »Ich weiß nicht, ob du Burgunder magst – es ist ein Männerwein.«

Evelyn trank gehorsam, dann sah sie wieder hinüber.

»Es ist Doktor Eckhardt«, sagte sie. Sie spürte, wie ihr Mund kalt wurde, die Lippen unter dem Rouge, sogar der Gaumen. Ihre Haut zog sich zusammen.

Doktor Eckhardt war einer der Assessoren, mit denen ihr Mann immerfort zu tun hatte. Doktor Eckhardt hatte vor kurzem geheiratet – jetzt erinnerte sie sich der Diskussion, ob man ihm ein Hochzeitsgeschenk oder nur ein Glückwunschtelegramm schuldete. Wahrscheinlich war die kleine, dunkelhaarige Person an seiner Seite seine Frau und er befand sich auf der Hochzeitsreise. Da war noch immer die Hoffnung, dass Doktor Eckhardt sie nicht erkennen würde. Fieberhaft und laut sprach sie französisch, ihr hübsches, korrektes Klosterfranzösisch,

das sie als Kind gelernt hatte. Sie versuchte, für diesen Eckhardt die Pariserin zu spielen, aber es nützte nichts. Schon näherte sich Doktor Eckhardt mit Scheitel, Schmissen, zusammenklappenden Hacken und allem Drum und Dran des ehemaligen Korpsstudenten.
»Nein – Gnädigste in Paris? Was für eine Überraschung Der Herr Gemahl auch hier? Nein – in Berlin, natürlich, ich weiß ja. Unsere Reise ist auch fast vorbei – die schönen Tage von Aranjuez, wie? Wir waren in Algier, meine Frau ist ganz arabisch angehaucht.«
Das ging so weiter, unaufhaltsam wie das Schicksal. »Doktor Eckhardt – darf ich sie mit Mr. Davis bekanntmachen«, flüsterte Evelyn mit steifen Lippen. Frank nickte mit amerikanischer Freundlichkeit, und Eckhardt produzierte die Verbeugung des Reserveoffiziers. Er sah aus, als würde er auf eine Erklärung der Situation warten. Evelyn presste eine schwächliche Lüge hervor. »Ich bin mit meiner Freundin in Paris – Sie erinnern sich an Marianne?«, sagte sie in flehendem Ton. Doktor Eckhardt konnte sich nicht beruhigen.
»Nein, was für ein Zufall!«, wiederholte er. »Das erste Gesicht seit drei Wochen. Ich sagte gleich zu meiner Frau: ist das nicht Frau Landgerichtsrat Droste, sagte ich. Und wie lange bleiben Gnädigste hier? O, nur ein paar Tage – eine großartige Stadt – *oui, c'est Paris* – da sieht man sich also in Berlin wieder – was für ein Zufall.«
Frau Doktor Eckhardt war inzwischen auf der Damentoilette gewesen, kehrte wieder. Eckhardt stellte sie wort-

reich vor und zog sich endlich zurück. Hackenschlagen, Händeschütteln, Verbeugung, auf Wiedersehen in Berlin.
»So«, sagte Evelyn nachher. Sie würgte die Crêpe Suzette in sich hinein, auf die der Maître und Frank sehr stolz zu sein schienen. Alles war aus und vorbei und nichts konnte Doktor Eckhardt davon abhalten, ihrem Mann zu erzählen, dass er sie in Paris getroffen hatte. Im letzten Moment noch hatte sie sich erkundigt, in welchem Hotel Eckhardt wohnte. Er wohnte im Athene. Ihr schwebte etwas vor, als könnte sie ihn dort aufsuchen, ihn beschwören, nichts von diesem zufälligen Zusammentreffen laut werden zu lassen, etwas Dramatisches lag ihr im Sinn, während sie sich die Zunge an der heißen, süßen Crêpe Suzette verbrannte; eine Frau kniete vor einem Mann, schluchzte, dazu wurde eine Arie gesungen. – Nein. Das war Oper. Tosca.
Gut, dachte sie trotzig. Besser vielleicht. Dann ist eben alles vorbei. Und dieses Alles umschloss auch den Küchengeruch der Wohnung in der Düsseldorfer Straße, die vergessene Gasrechnung, den Inhalationsapparat, Fräuleins knarrende Schuhe. Aber es ließ die Kinder aus und Kurts behutsame Zärtlichkeit.
»Haben die Deutschen wirklich noch immer diese Säbelduelle?«, fragte Frank, der nichts anderes bemerkt hatte als die Schmisse in Eckhardts korrektem Assessorengesicht.
»Wie?«, fragte sie. Sie musste sich erst dazu zurückfinden, dass Frank englisch sprach. Während er die Rechnung

nahm und Geld unter die Serviette schob, betrachtete sie ihn. Plötzlich war er ihr so fremd, als hätte sie ihn nie zuvor gesehen. Er schien etwas Ähnliches zu empfinden, denn als sie auf der Straße standen, wusste er nicht, was er mit ihr anfangen sollte. Er machte ein paar muntere Vorschläge, die ihre Reise nach Paris zu einer frivolen Bagatelle stempelten. Unbeschützt stand sie da und versuchte auf seinen Ton einzugehen. Sie hörte, wie lauter falsche Antworten aus ihrem Mund kamen. »Ich bin nicht dieser Typ«, sagte sie ein wenig verzweifelt. »Was für ein Typ bist du nicht – und was für ein Typ bist du?«, fragte er gutgelaunt. Sein Arm, unter ihren Arm geschoben, war warm und presste sich sanft gegen ihre Brust. Fortfahren, dachte sie in Alarm, den nächsten Zug nehmen – fortfahren, bevor etwas geschehen ist. Kurt alles beichten – nein, ich bin nicht der Typ für dies hier – neunzehn Mark – ich kann jetzt nicht sagen: Bitte, gib mir Geld für die Rückfahrt – ich will ja auch nicht fort von ihm – mein Gott, ich bin ja glücklich – das ist ja Frank – ich liebe dich, Frank, ich bin nur ein bisschen verrückt vor Angst. Frank, beschütz mich, Frank, es ist nicht so leicht, nein, das alles ist schwer wie ein Gebirge – und du verstehst es nicht. Er hatte sie schon wieder in ein Taxi geschoben, und sie fuhren erst an der Seine entlang, dann über eine Brücke, an den Brunnen der Place de la Concorde vorbei und dann reihten sie sich in die Wagenkette der Champs-Élysées ein. »Wohin fahren wir?«, fragte sie.

»Zu Prés Catelan im Bois«, antwortete er zufrieden. Evelyn wurde sich mit einem Mal klar, wohin sie wollte und gehörte. Es musste da eine kleine Kirche in Paris geben, eine leere Kapelle, in der sie auf ihrer Hochzeitsreise vor Erschütterung zu weinen begonnen hatte. Ihr schien es, als würde ein Besuch in dieser Kirche alles erklären und entscheiden und ins Reine bringen. Nur fiel ihr der Name der Kirche nicht ein, und das Auto schleppte sie immer weiter fort, nun schon durch die Baumallee des Bois und nun an einem Teich vorbei, auf dem Boote fuhren, und dann ließ Frank halten und half ihr aus dem Wagen.

Kaum ging Evelyn an Franks Hand auf einem der Wege dahin, da fiel alle Bedrückung und Beengung von ihr ab. Die Rosskastanien blühten und der Goldregen begann eben, seine goldenen Büschel zu öffnen. Die Welt war gut, wenn man sie nur sah und spürte und nicht zu Stücken dachte. Franks Hand in ihrer Hand und sonst nichts. Ein kleiner Regenschauer war niedergegangen, während sie im Wagen saßen, und nun kam wieder die Sonne durch. Die Zweige tropften noch, es duftete nach nassem Kies, und die lackierten Eisenstühle, auf die sie sich setzten, waren kühl und feucht. Evelyn schaute auf Franks Mund, als er schwieg. Es war der schönste Mund, den sie je bei einem Menschen gesehen hatte; da, wo die Lippen sich aufeinander schlossen, entstand eine Linie, stark und verhalten, die Evelyn mit Entzücken füllte. Auch dass sein Anzug sich unter seinen Atemzügen hob und senkte, schien ihr etwas Besonderes. Sie wünschte mit wunderlicher Heftigkeit, in ihn eindringen zu können wie in ein verschlossenes Haus, in eine Muschel. »Erzähl mir, wie du lebst«, sagte sie ungeschickt. Er lächelte nachsichtig und etwas ungeduldig.

»Wie denn?«, sagte er. »Wie ich lebe? Aber das ist ja ganz uninteressant, so ein hundertprozentig normales amerikanisches Leben, weißt du? Was willst du wissen? Jede Kleinigkeit? Neugieriges Baby. In der Früh also – da trink ich Orangen-Juice, eine Sache, die ihr in Europa viel zu wenig tut und die ich bei Gott einführen werde. Dann fahre ich mit der Stadtbahn nach New York in das Office – mit dem Wagen dauert es zu lange, wir wohnen draußen in Long Island. Wie es da ausschaut? Nun mehr oder weniger wie in England – kennst du England? Also ähnlich, nur mit mehr Tankstellen und sehr viel Schmutz, bevor man in die Stadt kommt. In dem Office – du weißt doch, wie ein Office aussieht – Tabellen an den Wänden, Schreibtisch, Post, Unterschriften etc. Dann ist ein Drachen da, der mich bewacht, Mrs. Mitchell, meine Privatsekretärin. Da sitze ich also und versuche, den Leuten Orangen zu verkaufen.«

Er zündete eine Zigarette an, schaute über die Wiesen hinunter und schien nachzudenken, was noch zu erzählen wäre. Evelyn versuchte indessen, sich das Office, die Stadt und die Privatsekretärin vorzustellen, aber sie kam nicht weit damit.

»Ich habe zwei Hunde«, meldete Frank, »einen kleinen Scotchterrier, sehr komisch, Jerry heißt er, und eine große dänische Dogge. Pferde habe ich auch, aber die stehen auf meinem Besitz in Carolina, im Süden. Du musst einmal dorthin kommen, zu Weihnachten. Es wird dir gefallen.«
Evelyn nickte zu dieser ungeheuerlich naiven Einladung, wie sie zu Clärchens Flunkereien zu nicken gewohnt war. Frank war nun gut in Fahrt und schien es für ganz einfach zu halten, dass Frau Landgerichtsrat Droste nach Carolina käme.
»Ich nehme immer ein ganzes Pack von Freunden mit hinunter und wir haben so viel Spaß, Jagen, Reiten, weißt du, und zu Weihnachten kommen die Schwarzen von allen Seiten; sie reiten daher, und wer kein Pferd hat, der verschafft sich eins oder einen Maulesel oder irgendetwas. Dann zünden wir große Feuer vor dem Hause an und sitzen herum, die ganze Neujahrsnacht, und die Schwarzen singen. Die farbigen Kerls singen sehr schön, weißt du, und zu Mitternacht geht alles auf die Pferde und los, durch die Wälder und die Sümpfe, bis zum Sonnenaufgang. Ich bin sehr gern da unten. Ich glaube, wenn ich alt sein werde, dann will ich ganz dort wohnen, es ist ein großes Haus, noch von meinen Großeltern, Kolonialstil, weißt du, mit solch hohen weißen Säulen davor und ganz alte Eichen im Garten, im Frühling blühen die Magnolien, aber dann kann man nicht hingehen – alles voll Klapperschlangen …«

Er versank in Brüten über die Klapperschlangen, und Evelyn vergrub sich in den Anblick seines Profils. Das war es also, was er ein uninteressantes, normales Leben nannte. Ihr schien es so abenteuerlich, dass sie zu atmen aufhörte, während er erzählte. Fremder Mann, fremder, fremder Mann …

»Im Frühling bin ich gewöhnlich in Santa Barbara. Weißt du, wo das ist? Nein? Das ist so ein Nest in Kalifornien, an der pazifischen Küste, sehr reizend. Meine Großmutter lebt noch dort, uralt, beinahe neunzig, eine echte Señhorita. Wenn ich mich bei ihr einschmeicheln will, dann muss ich mit ihr spanisch sprechen. Ich spreche eine entsetzliche Sorte von Spanisch, noch schlimmer als Französisch. Das Haus ist auch ganz spanisch, es ist eines der ältesten Häuser in Santa Barbara, Treppen und Balkone und ein hübscher Patio. Als Kind war ich sehr gern dort; ich erinnere mich, wenn eine Fiesta war, dann zog meine Großmutter ihren spanischen Staat an, Mantilla und hohen Kamm und alles, und es gab Serenaden. Aber jetzt gehe ich nur hin, weil ich muss. Die Orangenpflanzungen inspizieren und all das Geschäftliche da unten. Komisch – mein Vater war ganz englisch, hat gar nichts von seiner Mutter abgekriegt. Bei mir kommt es wieder ein bisschen durch.«

Er schaute nachdenklich auf seine Hände, die dieses leuchtende Goldbraun hatten. Evelyn sah auch hin. Nicht ohne Mühe hielt sie sich davon zurück diese Hand zu küssen; sie hatte es ein paarmal zuvor getan und damit immer das gleiche entsetzte und verlegene Lächeln in Franks Gesicht hervorgerufen. »Was ist mit deinem Finger los?«, fragte sie und tippte auf seinen linken Zeigefinger, der steif und etwas verkrümmt die Zigarette hielt.

»Kriegsandenken«, sagte er achtlos. »Die Sehne ist zerschnitten, aber es stört kaum. Ich habe die Schweinerei als Flieger mitgemacht, und später habe ich auch ein bisschen gedolmetscht. Jetzt ist so viel Friedensgerede, siehst du, und natürlich sind Kriege Unsinn, so im Ganzen besehen. Aber für den Einzelnen ist es ganz gut und lehrreich – ich meine, als junger Mensch mag man es ganz gern. Ich war gern draußen. Schade, dass ich jetzt so wenig zum Fliegen komme. Ich dachte früher, es würde mein Beruf werden. Ich war drüben in China und habe geholfen, die ersten Fluglinien einzurichten. Du müsstest einmal mit mir nach China reisen – ich fahre ungefähr jedes zweite Jahr hinüber. Es würde dir gefallen. Mein Gott – Shanghai – was für eine Stadt! Na, nun stecke ich also bis über den Hals in Orangen, die keiner kaufen will. Ich habe da ein kleines Steckenpferd, eine Experimentierpflanzung im Sacramento Valley; wenn ich da die Resultate bekomme, die ich will …«

So ging das weiter. Die ganze Welt war darin und zugleich klang es so einfach, als ob ein Kind es erzählen würde. Evelyn bohrte und fragte noch dies und jenes aus ihm heraus. Aber sie bekam kein Bild zusammen. Es war alles uferlos und gab ihr einen Eindruck wie der

Flügelschlag eines riesigen Vogels. Wie wenn man eine große, große Landschaft durch ein winziges Loch in der Mauer besehen wolle. Die Gasrechnung, dachte sie spöttisch. Düsseldorfer Straße. Kurts Beförderung. Sie konnte Kurts trockenes, nervöses Räuspern hören, aber sie konnte sich um nichts in der Welt an sein Gesicht erinnern. Nein, Evelyn Droste konnte sich in diesem Augenblick nicht an das Gesicht des Mannes erinnern, mit dem sie seit sieben Jahren verheiratet war. Sie kehrte schnell zu Frank zurück. Wie sie ihn liebte, wie sie ihn liebte. Sie strich mit der Fingerspitze über seinen gelähmten Finger. Sie hatte Sehnsucht nach einem Kuss, aber das ging hier nicht. Sie nahm die Zigarette aus seinem Mund und machte drei heftige Züge daran. Er betrachtete diese Form der Liebkosung mit erstaunten Augenbrauen. »Du hast Wimpern wie ein Gigolo«, sagte sie spöttisch. Sie waren seidig und aufgebogen über den überraschend hellen Augen. Er schien es überhört zu haben. Er war noch bei seinen Orangen. »Wenn sie ein wenig mehr Säure hätten«, sagte er grübelnd. Evelyn kam es vor, als ob er ihr die Hauptsache seines Lebens verschwiegen hätte. Sie schluckte.

»Und da sind auch Frauen«, sagte sie; es klang nicht wie eine Frage, sondern wie eine Behauptung. Er leugnete auch gar nicht. Er wendete sein Gesicht zu ihr und gab es leichthin zu. Am Blick seiner Augen sah Evelyn, dass er nicht an Frauen dachte, sondern an eine bestimmte Frau. Es traf sie mit einem grellen, unerwarteten

Schmerz. Sie starrte ihn an und fragte ihn: »Eine Frau?« Er zögerte einen Moment, aber er sagte:
»Ja.«
In seinen Pupillen sah jetzt Evelyn ihr eigenes Bild, winzig und klar gespiegelt. Es war eine schmerzhafte kleine Erleichterung, dass er sie nicht anlog; das Brennen löste sich, und sie spürte hilflos, wie Tränen in ihr aufstiegen und kühl und feucht und mit zartem Brennen am Rand ihrer Lider hängen blieben.
»Du hast ja auch einen Mann«, sagte Frank jetzt; es klang kindisch, und Evelyn machte sich mit einer plötzlich aufschießenden Freude klar, dass er eifersüchtig war, er auch.
»Weiß dein Mann, dass du in Paris bist?«, fragte er. Dies nun war eine so erstaunliche und durch und durch verrückte Frage, dass Evelyn nicht wusste, was darauf zu antworten sei.
»Ja«, sagte sie schließlich, trotzig und übermütig.
Sie hatte zu frieren angefangen und eine dieser verhassten Gänsehäute bekommen, als Frank zugab, dass es Frauen – dass es eine Frau gab. Sie hätte brennend gerne mehr über diese Frau gefragt. Aber das gehörte zu den Dingen, die nicht getan werden durften. Immer sprach man das Nebensächliche, immer verschwieg man das Wesentliche.
Jetzt ereignete sich etwas. Franks Hand kam und legte sich auf dem Tisch über ihre, die kalt und steif und klamm geworden war in der feuchten Kühle der Maidämmerung

und in all der eifersüchtigen Bekümmernis. Schutz, Trost, Wärme, Liebe, Vereinigung. Ihre Hand ging zur Ruhe unter dem sanften Druck der seinen. Noch lag die Wiese unten hinter Tränenschleiern, aber die Menschen darauf waren fröhliche Farbflecke wie auf den Bildern der Impressionisten. Aus dem nassen Gras stieg Dunst und Nebel, zwei kleine Mädchen liefen unten über den Weg und spielten Fangen: »*Juliette, depêche-toi!*«, wurde an einem der Tische gerufen.
Hoffentlich hat Clärchen keine nassen Füße, dachte Evelyn unerwartet. Es war ein ganz und gar unsinniger Gedanke, hier, während Franks Puls gegen ihren Handrücken klopfte und alles sich in Harmonien auflöste. Nie würde Clärchen kalte Füße bekommen, solange Fräulein wie ein Felsen in der Düsseldorfer Straße stand und wachte. Auf einmal war alles da, das Kinderzimmer, die Treibhauswärme um Bärchens kleines Bett, der Duft, die Berührung: in einem ziehenden und süßen Schmerz fühlte Evelyn, wie die Spitzen ihrer Brüste hart wurden vor Sehnsucht nach Bärchen. Sie hatte dieses ungestüme, gierige Kind sechs Wochen genährt und es dann aufgegeben. Aber noch war es ganz körperlich mit ihr verwachsen.
Es ist nicht möglich, dachte Evelyn entsetzt, es ist nicht wahr, dass ich von den Kindern fortgelaufen bin, ich sitze nicht mit einem fremden Mann in Paris, ich träume das nur, gleich wird Kurt mich aufwecken und nach der Gasrechnung fragen. Und so wirklich war dieses Gefühl

des Träumens, dass sie die Augen schloss und suchend den Kopf hin und her schob, um die Wärme des eigenen Kopfkissens zu fühlen.
Als sie zu Frank zurückkehrte, aufgestört und in Alarm wie von einer weiten Reise, fand sie einen neuen Ausdruck in seinem Gesicht. Wie wenn eine Schicht es bisher bedeckt hätte und nun davon fortgezogen wäre, sodass die nackte Seele durchschimmerte.
»Jetzt ist deine Hand warm«, sagte er sanft. Und nach einem Augenblick des Schweigens setzte er leiser hinzu: »Wirst du sie wieder auf mein Herz legen?«
Habe ich das schon getan, dachte sie verwirrt. Es war ihr, als habe sie erst jetzt, erst in diesem Augenblick begonnen Frank zu lieben. Als habe er erst jetzt begonnen sie zu lieben. Sie konnte die traumhafte Schwere nicht abschütteln. Kurz vor Ohnmachten geschah es ihr, dass alles so weit von ihr fortging und klein wurde. Nicht ohnmächtig werden, dachte sie wieder einmal – und es half.
Frank hatte bezahlt und führte sie zwischen den Tischen durch an dem Pavillon vorbei, zum Halteplatz der Taxis. Sie stieg ein. Diese ganze Liebesgeschichte war imprägniert mit dem Geruch der Taxis: abgestandenes Leder, Menschen, kalt gewordener Zigarettenrauch. Du musst mit mir nach China kommen, hatte Frank gesagt. Du musst mit mir nach Carolina kommen. Es lag die Verheißung einer wundervollen Zukunft darin. Es ist merkwürdig, dachte Evelyn, wie wenige Dinge in der Liebe gesagt werden, die wirklich glücklich machen.

Geduldig richtete sie sich auf dem abgegriffenen Ledersitz des Wagens ein.

»Es ist dir doch recht, wenn wir jetzt zurück ins Hotel fahren?«, fragte Frank, während er einstieg. Evelyn fiel schnell aus vielen bunten Himmeln zurück in eine kantige Wirklichkeit. Nein, dachte sie, ganz in Alarm und Abwehr; das nicht, bitte, das nicht! Die Tapete im Hotel Bourgogne schwebte ihr vor, Madames Goldplombenlächeln, das Bett...

»Nein. Ich muss noch in die Sainte Chapelle«, sagte sie. Angst und Not hatten auf einmal den vergessenen Namen aus ihrem Gedächtnis hervor gepresst. Bunte Glasfenster – und es war noch ein Aufschub. Evelyn wunderte sich flüchtig und unzufrieden über ihren eigenen Körper. Er hatte sich so inbrünstig nach Frank gesehnt; und nun zog er sich kalt und verweigernd zusammen, sooft Frank sich näherte. Frank machte ein ärgerlich gekränktes Gesicht; wahrscheinlich war er im Recht. Sie verhandelte hastig mit dem Chauffeur und der Weg wurde in Schweigen zurückgelegt.

Evelyn starrte ihre Hände in den weißen Glacéhandschuhen an, die in ihrem Schoß lagen wie vergessene Spielzeuge. Frank griff nach ihnen, er rauchte. Wenn ich deutsch mit ihm sprechen könnte, dachte Evelyn flehend. Es machte müde, in einer fremden Sprache Zugang zu einem Menschen zu suchen, und was er sagte, das verstand sie auch nur ungenau und mit Lücken. Sie musste ihn noch um das Geld zur Rückfahrt bitten,

das lag ihr schwer auf dem Herzen. Sie erhaschte einen Blick auf seine Armbanduhr: es war ein Viertel nach sechs, und sie versuchte sich auszurechnen, wie lange sie noch mit Frank zusammenbleiben würde. »Wie komme ich zurück nach Berlin?«, fragte sie zuletzt schüchtern. Frank sah aus, als hätte er an Orangen gedacht.
»O, das ist in Ordnung«, sagte er höflich. »Mit dem Flugzeug morgen früh um 10 Uhr 30. Ich habe dein Ticket schon bestellt, es wird im Hotel sein, wenn wir nach Hause kommen.«
»Danke«, sagte Evelyn höflich. Er schaute sie lächelnd an.
»Nicht an morgen denken«, sagte er mit einer neuen Sanftheit. Der Wagen hielt.
Es fand sich, dass die Idee, in die Sainte Chapelle zu gehen, nicht ganz glücklich war. Zuviel Erinnerungen an Kurt geisterten unter den Glasfenstern und um die Gewölbe. Kurt, ein schmales, zartes, wehrloses und leidendes Gespenst, Kurt, mit dem man in diesen Räumen Entzücken und Erschütterung geteilt hatte, Kurt, an den man mit tieferer und reinerer und festerer Bindung gebunden war. Evelyn hatte Kurts Bild und Gedächtnis so erfolgreich verdrängt und vergessen, dass sein Auftauchen sie hier in der schönen kristallenen Klarheit der Kapelle bestürzte. Warum kann ich nicht zu Kurt gehen und ihm erzählen, was mit mir geschehen ist, dachte sie. Vielleicht würde er es verstehen und mir erklären können. Für einen Augenblick schien es ihr

selbstverständlich und einfach, dass Kurt da war, um sie zu trösten, wenn sie zerbrochen nach dem Abschied von Frank zurückkam. Es war das schwebende Blau, die gelöste, unvergleichlich edle Proportion dieses Raumes, die einem solche Ideen eingab. So rein und klar ging es nicht zu in der Welt. Einen Augenblick lang, nur eine Sekunde, sah Evelyn sich selbst in der Mitte zwischen diesen beiden Männern, von denen jeder seinen eigenen Weg ging und keiner wusste, wie es um sie stand. Nein, dachte sie und schloss sich zu, wie in perlmutterne Schalen.

Frank hatte schweigsam da hinten gestanden, im Schatten des Gewölbes, jetzt näherte er sich ihr. Das blaue Licht der Kapelle spielte auf seinem Gesicht und leuchtete auf seinem glatten Haar. Evelyn wendete sich von ihm fort und nochmals der Kapelle zu, als ob die Wände ihr helfen könnten. Er trat hinter sie und wartete.

In diesem Augenblick sprang eine Welle von ihm zu ihr hinüber, eine Hitze, als ob sie neben einem brennenden Haus stünde. Langsam begann sie zu zittern, zu spüren, zu brennen. Da war es, auf was sie gewartet hatte. Bereitschaft, Hingabe, neue Geburt, Erfüllung. Sie spürte schon den großen Sturm und die große, klingende Müdigkeit nachher. Sie wendete sich um und begegnete Franks Augen. Zum ersten Male, seit sie sich kannten, fühlte sie, dass sie das Gleiche spürten und dachten. Ich möchte bei dir schlafen, dachte sie auf Deutsch. Sie musste es erst übersetzen, bevor sie es aussprach.

Als sie schon im Wagen saßen und zum Hotel fuhren, meldete sich Kurt noch einmal. Aber sie verscheuchte den dünnen Schatten hinter ihren geschlossenen Augenlidern.

FREITAG: DER MANN

Als der Landgerichtsrat die Vorladung der Witwe Ohnhausen beantragte, entstand Krach. Der Staatsanwalt wehrte sich in erregten Worten gegen das Hinzuziehen immer neuer Zeugen, sein Augenglas funkelte, seine Stimme überschlug sich, was ihn noch wütender machte. Es ergab sich das Sonderbare, dass der Verteidiger die Partei des Staatsanwaltes ergriff. Bruhne sah aus, als ob er ersticken würde, wenn er das lang bereit gehaltene Plädoyer noch länger in seiner Kehle zurückhalten müsse; der Rupp zog ein blaues Taschentuch und wischte sich das Gesicht ab; die Frau schaute wie blind in ihre Hände, mit offenem Mund und einem Ausdruck, wie ihn Taubstumme zuweilen haben; Droste blickte über den Schwurgerichtssaal hin und spürte unwillig, dass seine Hände ein wenig zitterten.

Nervosität lag in der Luft; kurz zuvor war der Senatspräsident auf die kleine Tribüne gekommen, die über der Tür lag, und hatte sich in Begleitung von einem Oberlandgerichtsrat hingesetzt, um der Verhandlung zuzuhören. Droste wusste, was dies bedeutete. Wahrscheinlich war durch irgendwelche Kanäle die Nachricht zum Senat gedrungen, dass er die Verhandlung ungebührlich verzögere und verschleppe. Der Staatsanwalt war mit der Stiefschwester des Senatspräsidenten verheiratet. Schlimm, dass es sich bei Gericht nicht nur um das Schicksal der Angeklagten handelte, sondern auch um das Schicksal der Richter. Jeder Prozess bedeutete etwas für den Richter: Erfolg oder Misserfolg, Aufstieg oder Stehenbleiben, Einkommen, Titel, Stellung, Ehre oder das Gegenteil.

Ich kann euch nicht helfen, dachte Droste eigensinnig. Ich weiß, ich bin zu pedantisch, zu genau, langweilig, ein Sonderling. Aber das ist nun einmal mein Weg, das Recht und die Wahrheit ausfindig zu machen.

Die Pressetribüne gähnte und steckte die Geschworenenbank an.

Wenn diese Ohnhausen uns auch nichts Neues erzählen kann, dann sitze ich im Kakao mit der Vorladung, dachte Droste alarmiert. In den halbleeren Zuhörerbänken entstand ein Geräusch, ein kleiner Wirbel, wie er um einen Stein entsteht, der ins Wasser gefallen ist.

»Wir haben die dürftigen Fakten dieses Falles bis zum Überdruss untersucht«, hörte Droste den Staatsanwalt sagen. »Ich bin überzeugt, dass die Geschworenen sich längst ihr Urteil über den Mord gebildet haben. Wir verschwenden Zeit.«

»Ich bitte, dem Urteil nicht vorzugreifen, das entscheiden wird, ob es sich hier um Mord oder Totschlag handelt«, schnappte Droste. Mit Erleichterung hatte er in diesem Moment Mariannes rote Kappe unten entdeckt. Marianne saß in der dritten Reihe und hatte die Augen fest auf ihn gerichtet. Sie hielt das Kinn auf den Knöchel ihres rechten Zeigefingers gestützt, zog die Augen zu einem Spalt zusammen und hielt die linke Hand mit eingeschlossenem Daumen zur Faust geballt. Wie immer, wenn sie sich auf etwas konzentrierte. Sie begann zu lächeln, als sie seinem Blick begegnete, während er mit einiger Mühe sein Amtsgesicht beibehielt. Dann wendete sie ihren Kopf zur linken Seite des Saales, wo die kleine Unruhe entstanden war.

»Ich bestehe unter allen Umständen auf der Vorladung der Zeugin Ohnhausen«, hörte Droste sich sagen. Im gleichen Augenblick sah er, dass – wie durch Zauber – die Ohnhausen sich im Saal befand. Sie war der Mittelpunkt der kleinen Aufregung in der linken Zuschauerhälfte, sie stand da und wedelte mit der erhobenen Hand wie ein Schulkind. Dies entschied die Situation. Die Proteste von Staatsanwalt und Verteidiger waren überrannt und ein Gerichtsdiener brachte die Ohnhausen auf dem korrekten Weg, nämlich durch den Ausgang an der Rückwand hinaus, dann über den Gang und beim seitlichen Eingang herein, an den Zeugenstand. Der Staatsanwalt warf einen kurzen Blick zu dem Senatspräsidenten in seiner Tribüne. Rupps Verteidiger zog ein Gesicht, als röche die Sache schlecht, als wäre Schiebung und abgekartetes Spiel in diesem erstaunlichen Auftauchen der neuen Zeugin. Und die Witwe Ohnhausen hatte ihren Auftritt. Sie kam, in ein blaues Frühjahrsgewand gekleidet, das über Brust und Schultern ein wenig spannte, ein Büschel

Margueriten an dem blauen Hut, mit dem balancierten Selbstbewusstsein einer Frau, die ihrer Wirkung sicher und gewohnt ist zu kommandieren. Merkwürdigerweise schien der gesamte Saal beim Anblick dieser lebenslustigen Frau aufzuwachen und zu neuem Leben zu kommen. Einer der Geschworenen nahm ein Taschentuch heraus und schneuzte sich, es klang wie eine Fanfare. Die Geschworene, Majorswitwe Budecker, sah mit Ablehnung und Antipathie auf die Schankwirtswitwe Ohnhausen. Da war Abneigung vom ersten Blick. Sonderbarerweise war ein ähnlicher Ausdruck in das sommersprossige Gesicht der Angeklagten getreten. Die Rupp hatte zuerst fragend zu ihrem Mann hinübergesehen und sich dann mit einer eindringlichen und ungeheuer vertieften Aufmerksamkeit dem Anblick der Frau im blauen Frühjahrskleid zugewendet. Staatsanwalt und Verteidiger hörten mit resignierter Miene zu, wie Droste der neuen Zeugin die Personalien abnahm. Maiglöckchenparfüm strömte von ihr aus und stieg zur Geschworenenbank auf.

Droste sah von einer Vereidigung ab und ermahnte die Zeugin nur, bei der Wahrheit zu bleiben. »Gerne«, sagte sie bereitwillig, was den Senatspräsidenten in seiner Loge oben zu einem flüchtigen Lächeln veranlasste.

»Bevor wir in das eigentliche Verhör eintreten, möchte ich eine Frage an die Zeugin richten«, sagte der Staatsanwalt eifrig und beugte sich vor. »Wie kommt es, dass die Zeugin sich im Schwurgerichtssaal befand?«

Die Ohnhausen wendete sich ihm zu und antwortete höflich: »Es hat mich natürlich interessiert, ob dem Herrn Rupp etwas geschieht.«

»Sie kannten also den Rupp?«, fragte der Staatsanwalt. Die Ohnhausen, als wäre sie überrascht durch die Torheit dieser Frage, sagte in beinahe tröstendem Ton: »Natürlich.«

Droste nahm die Leitung der Verhandlung wieder an sich. »Erinnern Sie sich, ob der Angeklagte Rupp am Abend des 14. Oktober in Ihrer Schankwirtschaft war?«, fragte er.

»Am 14. – nein, das weiß ich nicht. Wahrscheinlich war er da. Er ist um diese Zeit beinahe jeden Tag dagewesen, da wird er am 14. Oktober wohl auch gekommen sein«, sagte sie; es klang ein wenig spöttisch.

»Erzählen Sie uns ein wenig über Ihre persönliche Beziehung zu dem Angeklagten«, sagte Droste. Seine Hand zitterte jetzt stärker, als er nach den Protokollblättern griff, um sich gewissermaßen festzuhalten. Es gab nichts Erregenderes in der Welt als die Jagd nach der Wahrheit. Selbst die Liebe schenkte nur eine blasse Befriedigung verglichen mit diesem Fieber.

»Da ist nicht viel zu erzählen«, sagte die Witwe Ohnhausen. »Dass mir der Herr Rupp gleich gefallen hat, das ist kein Geheimnis. Aus dem Tratsch in der Rittergasse habe ich mir nie etwas gemacht. Schließlich bin ich unabhängig, nicht wahr, ich bin eine Witwe, und kann schließlich tun und lassen, was mir passt, nicht wahr.«

Der Beisitzer Steiner schmunzelte. Droste brachte die franke Antwort der Ohnhausen in Protokollform.

»Der Angeklagte Rupp kam also im letzten Herbst häufig in Ihre Schankwirtschaft Zum Blauen Igel und sie fanden Gefallen an ihm«, sagte er. Die Pressetribüne stenografierte.

»Damals war er natürlich kein Angeklagter«, bemerkte die Zeugin vernünftig. »Der Rupp hat Ihnen also gefallen«, sagte Droste. »Und wie haben sich Ihre Beziehungen zu ihm dann weiter gestaltet?« Er hielt eine Sekunde lang den Atem an. »Wenn die Antwort Ihnen Schande bringt, dann sind Sie berechtigt, sie zu verweigern«, setzte er hinzu. Die Witwe Ohnhausen zuckte die Schultern, eine neue Welle von Parfüm strömte von ihrer üppigen und sicheren Person aus.

»Wieso denn Schande?«, sagte sie. »Da gibt's nichts zu genieren, und was ich tue, das tue ich. Ich habe mir den Mann angesehen, und der Mann hat mir gepasst. Wie er noch im Schlachterladen war, hat er uns das Fleisch gebracht, und ein tüchtiger Mann ist der Herr Rupp, das sage ich Ihnen. Wie wir dann besser bekannt waren, haben wir besprochen, dass wir heiraten wollen. Wir haben gut zueinander gepasst und ich brauche einen Mann im Haus. Der Herr Rupp wäre gerade der Rechte gewesen.«

»Wusste der Rupp von diesen Heiratsplänen?«, fragte Droste.

»Wie bitte?«, fragte die Zeugin erstaunt.

»Ob der Rupp wusste, dass Sie ihn heiraten wollten und ob er damit einverstanden war?«, wiederholte der Landgerichtsrat. Der Saal war jetzt ganz wach und aufmerksam. Man hörte ein Blatt Papier rascheln, das der Angeklagte Rupp seinem Verteidiger über die Schulter reichte.

»Natürlich«, sagte die Witwe Ohnhausen lächelnd. »Der wäre doch mit einem Mal aus dem ganzen Schlamassel draußen gewesen, wenn wir geheiratet hätten.«

»Haben Sie nicht gewusst, dass der Rupp verheiratet war?«, fragte Droste schnell. Die Ohnhausen warf einen raschen Blick auf die Rupp in der Anklagebank.

»Doch«, sagte sie.

Die Blicke des ganzen Saales folgten ihrem Blick. Die Rupp saß da wie all die Tage zuvor; sie schaute in ihre Hände, als wäre sie taub und verstünde nichts. Droste schien es, als wäre das rote Haar der Angeklagten plötzlich braun geworden, dunkler als sonst. In einer plötzlichen Helligkeit begriff er, dass dieses Haar nass geworden war von Schweiß und dass die Rupp jetzt litt wie in einer Agonie. Ein Moment der Stummheit war eingetreten, den die Zeugin unterbrach, ohne gefragt zu sein:

»Sehen Sie, Herr Richter, mit dem Herrn Rupp und seiner Frau war es aus und vorbei, schon lange bevor das mit uns losging. Der Herr Rupp war immer scharf auf Weiber, und das hat die ganze Straße gewusst. Aber ich hätte ihn schon gehalten, wenn wir geheiratet hätten. Die

Frau hat ihn nicht halten können, und wo einer nichts hat, da kann auch keiner was wegnehmen, das sage ich.« Sie lehnte sich nachlässig an die Barriere, sodass der Gerichtsdiener in der Ecke eine entsetzte und abwehrende Bewegung machte, und sagte vertraulich: »Nee, Herr Richter. Wenn man einen Mann fest hat, dann kann keine ihn wegnehmen. Mein Mann wäre mit keiner gegangen und wenn ihn die Venus selber gebeten hätte. Die Frau hat eben nicht zum Herrn Rupp gepasst und das hat er mir hundertmal erzählt. Er hätte ihr eine Abfindung gegeben und sie wäre den Mann los gewesen. Und zu mir hätte er gepasst, ins Geschäft und sonst auch.«

»Wo hätte der Rupp die Abfindung für seine Frau herbekommen?«, fuhr der Staatsanwalt dazwischen. »Sie wissen, dass er arbeitslos und ohne Mittel war. Hätten Sie ihm das Geld gegeben, um eine Scheidung durchzusetzen?«

Die Witwe schaute ihn erstaunt an. »Ich? Wieso? Nee«, sagte sie. »Da war doch die Erbschaft von seiner Mutter, damit hätte er seine Frau abschieben können.«

»Ich möchte etwas sagen«, sagte die Rupp unerwartet. Der ganze Saal wendete sich ihr zu. Diese monotone und stumpfe Stimme, die man seit Tagen kannte, hatte sich verändert; es war ein Bruch darin, wie ein Schluchzen. Droste griff in äußerster Erregung nach irgendetwas, einem Bleistift, den er vor sich fand, er hätte alles für eine Zigarette gegeben, sein Herz klopfte dumpf und ganz hoch oben in seiner Brust.

»Sofort, Frau Rupp«, sagte er. »Sowie die Vernehmung der Zeugin beendet ist.«

Die Rupp setzte sich nicht, sie blieb in der Anklagebank stehen; die Hände um das Holz der schrägen Platte vor sich geklammert, und sie schwankte gleichmäßig vor und zurück, wie ein Schulkind, das ein Gedicht aufsagt. Droste wendete sich schnell der Zeugin zu. »Noch eines«, sagte er und spürte wütend, wie heiser er war. »Waren Ihre Beziehungen zu dem Angeklagten intimer Natur?«

Darauf schwieg die Zeugin ein paar Sekunden und schaute den Rupp an. Der Mann erwiderte den Blick nicht. Er hatte seine Hand dem Verteidiger auf die Schulter gelegt, als wolle er ihm etwas Dringendes erzählen.

»Sie können die Aussage verweigern«, sagte Droste zu Frau Ohnhausen.

Die Witwe nickte ihm freundlich zu wie in einem Einverständnis. »Ich verweigere die Antwort«, sagte sie. Im Saal flatterte ein kleines Lachen auf und verstummte sogleich. Jetzt atmete Droste tief, die Luft zog kalt durch seine entzündete Kehle. »Hat noch jemand eine Frage an die Zeugin?«, sagte er, während er den Blick auf das ungefüge arbeitende und kämpfende Gesicht der Rupp gerichtet hielt. Die Geschworene Budecker flüsterte dem Beisitzer Steiner etwas zu und dieser gab es weiter an Droste.

»Frau Zeugin«, sagte Droste. »Das Gericht möchte wissen, ob Sie Ihren Plan, den Angeklagten zu heiraten, noch immer aufrecht halten?«

»Nein, natürlich nicht«, antwortete die Ohnhausen prompt. Der Verteidiger sprang auf. Er schien ziemlich verzweifelt zu sein.

»Ich muss dagegen protestieren, dass die eventuellen Liebesgeschichten meines Klienten zur Stimmungsmache gegen ihn benutzt werden – sie haben nicht das Geringste mit der Anklage zu tun«, rief er zu den Geschworenen hinauf. Der Senatspräsident in seiner Loge war aufgestanden. Der Saal knisterte vor Erregung. Nur die Ohnhausen stand ruhig und beinahe amüsiert da, ausbalanciert und beinahe anmutig in ihrer Fülle und Schwere, so wie sie gestern am Schanktisch gestanden hatte.

»Gut. Sonst noch eine Frage?«, sagte Droste und sah im Kreis herum. »Danke, Frau Zeugin. Das wäre alles«, setzte er hinzu. Die Ohnhausen machte die Andeutung einer Verbeugung und der Gerichtsdiener wies ihr einen Platz auf der Zeugenbank an. Droste wendete sich der Rupp zu. Er konnte nichts dagegen tun, dass sein Gesicht einen sehr unjuristischen Ausdruck von Güte und Mitleid aufwies. Er spürte so genau, was in der Rupp vorging, dass seine eigene Brust zu schmerzen begonnen hatte. Er hatte die Rupp auf eine grausame Folter gespannt und wolle Gott, dass es sie reden machte.

»Sie wollten etwas sagen, Angeklagte?«, fragte er sanft.

Die Rupp pendelte noch immer in der Anklagebank hin und her. Schweißtropfen fielen von den Spitzen ihrer Haare, was den Eindruck äußerster Ermüdung und Angestrengtheit erweckte. Sie versuchte zu sprechen, bewegte den Mund, aber er formte sich nicht zu Worten. Droste empfand die Erschütterung, die ihn stets ergriff, wenn ein Angeklagter zum Geständnis gebracht war, eine Berauschtheit, etwas, das die Kehle zusammenzog und kühle Schauer über die Haut und am Rückenmark entlang sendete.

»Sie haben von der Beziehung Ihres Mannes zu der Zeugin nichts gewusst«, sagte er leise. Die Rupp schüttelte den Kopf. Ihre Lippen blähten sich, und als sie endlich zu sprechen begann, war es unartikuliert, wie der Versuch eines Stummen zu sprechen.

»Nichts gewusst«, sagte sie. »Herr Richter, nichts gewusst. Man lebt da so daher und schindet sich blutig und alles für den Mann, und der – nichts hab ich gewusst, von allem nichts. Herr Richter«, sagte sie und schloss die Augen. »Herr Richter – er hat es getan. Er hat es ganz allein getan, und ich habe von nichts gewusst. Ein Mörder ist er, ein Verbrecher, und wenn er aufgehängt wird, da geschieht ihm recht. Recht geschieht ihm!«, schrie sie, und nun war es wie eine Eruption, als ob ein Gebirge von Leid in Bewegung gekommen wäre und sich glühend ergösse. »Recht geschieht ihm, was ich für ihn getan habe, Herr Richter – was ich für ihn ausgestanden habe – und er geht hin mit der ersten

Besten – und man weiß von nichts – wie die Alte tot war, da ist er zu mir gekommen und hat mich umarmt und gesagt: Füchsle, hat er gesagt, jetzt wird alles gut – er hat mich manchmal Füchsle genannt, das war noch von früher«, sagte sie und der fast irre Schatten eines Lächelns zog für eine Sekunde über ihr Gesicht, und es war grausig, in diesem zertrümmerten Menschengesicht den Abglanz verschollener Zärtlichkeit aufleuchten zu sehen. »›Jetzt wird alles wieder gut‹, hat er gesagt und ich Vieh hab's geglaubt. Und dann, wie das mit der Versicherung anfing und dass sie die Leiche nochmals untersuchen, da komme ich heim vom Waschen und der Mann steht in der Küche beim Eimer und übergibt sich. ›Haste was Schlechtes gegessen‹, sage ich, und koche ihm Kaffee, extrastarken, und er sagt: ›Es wird schon vorbeigehen‹, und ist ganz grün im Gesicht. Und nachts, wie die Kinder schlafen, da sagt er: ›Komm mal mit mir vors Haus, ich muss dir was sagen.‹ Und da sage ich: ›Verrückt, mitten in der Nacht.‹ Und da sagt er: ›Mit mir ist es aus, Füchsle‹, und legt den Kopf so auf meine Knie und fängt an zu weinen, wie ein Kind …«, und jetzt öffnete sie die Augen, aus denen schwere Tränen rollen, die über ihre Lippen liefen und die sie mit dem Handrücken fortwischte: »Wie ein Kind ist er da auf mir gelegen und hat mir alles erzählt, wie er das Gift in die Suppe gegeben hat und wie die Mutter gesagt hat: ›Das schmeckt angebrannt, das schmeckt komisch‹, hat sie gesagt und er hat gesagt: ›Iss nur, da ist eine Medizin drin‹, und da hat sie's gegessen. Ich war ja nicht zu Hause, Herr Richter, ich war doch gerade bei Hönneckes, die haben Umzug gehabt, und wie die Alte gestorben ist, das war in der Nacht. Da habe ich bei ihr gesessen und habe den Mann um den Doktor geschickt, und der Doktor ist aber erst in der Früh gekommen und hat gesagt: ›Die alte Frau ist tot und dafür kann man Gott danken, denn mit Krebs, da gibts noch viel schlimmere Schweinerei, wenn einer nicht rechtzeitig stirbt‹, und ich bin wieder zu Hönneckes gegangen. Wie er mir das erzählt hat in der Nacht, was er getan hat, da bin ich selber beinahe gestorben vor Schreck, und da sage ich: ›Warum hast du's getan?‹ Und da weint er noch mehr und sagt: ›Nur wegen dir. Damit du's leichter haben sollst. Weil ich die Quälerei nicht mehr mit ansehen hab können.‹ Und da sage ich: ›Sei ruhig, sage ich, ich lass' dir nichts geschehen‹, denn ich war doch so dankbar, dass er so etwas für mich getan hat. Wo hätte ich ihn an den Galgen oder ins Zuchthaus kommen lassen können, wenn er es für mich getan hat. Und dann ist er zuletzt eingeschlafen bei mir, wie ein kleines Kind, und ich hab mir ausgedacht, wie ich es machen muss, damit ihm nichts geschieht.«

»Zu mir ist er gekommen«, schrie sie auf; und es war eine seltsame Mischung von Stolz und tiefstem Leid in diesem Aufschrei. »Zu mir ist er gekommen, dazu war ich ihm gut, damit ist er nicht in die Rittergasse gelaufen, zu dem Weibsbild – mich hat er alles schleppen lassen – was ich ausgestanden habe …«

»Was ich ausgestanden habe, Herr Richter«, sagte sie leise. »Die Angst um den Mann und die Kinder und das Kleine da drinnen«, sie legte die Hände vor ihren schweren Leib und ließ nun die Tränen hinabrinnen, ohne sie abzuwischen, »dass ich nicht verrückt geworden bin – und alles für den Mann – und er hat mich dreckig angelogen und betrogen die ganze Zeit – mich auskaufen mit dem Mordgeld und das Weibsbild heiraten – wegen ihr hat er's getan, nicht wegen mir – und ich hab nichts gewusst, nichts hab ich gewusst, man steckt zusammen, sechs in einem Zimmer, und man weiß nicht, was vorgeht – er hat es allein getan und wenn sie ihn aufhängen, geschieht es ihm recht.«
Der Saal hatte atemlos zugehört, wie bei der großen Szene im Theater. Auch Droste hatte nicht geatmet. Jetzt seufzte er tief auf und das Blut strömte langsam zurück in seine Hände und Wangen, die kalt geworden waren. Die Rupp war plötzlich auf ihre Bank zurückgefallen, hatte den Kopf in die Arme geworfen und weinte laut, mit zerrissenen Schreien, mit unbeholfenen tierischen Klagelauten. Droste fand sich wie angefroren an seinem Richterplatz. Er wäre gern zu der Rupp hinuntergegangen und hätte ihren nassen Kopf genommen und gestreichelt. Der Verteidiger Bruhne redete auf sie ein. Der Saal brauste auf, als sie zu sprechen aufgehört hatte, die Geschworenen murmelten untereinander, die Pressetribüne gestikulierte mit vielen Händen. Droste war erschöpft auf eine tiefe und zufrie-

dene Weise. Zugleich schon überdachte er die formalen Notwendigkeiten, die aus dem Geständnis der Rupp erwuchsen. Er warf dem Staatsanwalt einen Blick zu – es war an jenem, jetzt zu sprechen.

In all der Aufregung saß der Rupp unbeweglich dort und sah erstaunt aus; so als verstünde er die ganze Sache nicht. Droste wandte sich ihm zu.

»Angeklagter Rupp«, sagte er und versuchte, seine heisere Stimme scharf zu machen, »was haben Sie dieser Aussage zuzufügen?«

Der Mann stand schwerfällig auf und schob sich in der Bank hin und her. Die Schreie der Frau übertönten die Unruhe im Saal.

»Die Frau hat manchmal so'ne Anfälle«, gab er schwerfällig an und schaute dabei auf die Geschworene Budecker, als wäre es nun ihre Sache, ihm zu helfen.

»Sind Sie geständig, Ihre Mutter vergiftet zu haben?«, fragte Droste. Der Rupp überlegte dies einen Augenblick, dann schüttelte er den Kopf.

»So war das nun wieder auch nicht«, sagte er. »Die Frau ist eifersüchtig und darum will sie mich hineinlegen.«

Ein Murren des Unwillens, ein empörtes Zischen brandete im Saal auf. Der Rupp setzte sich schnell hin. Der Staatsanwalt stand auf.

»Ich beantrage Vertagung der Verhandlung«, rief er mit klingender und effektvoller Stimme. »Ich ziehe die Anklage auf Mitschuld zurück und erhebe gegen den Angeklagten Alois Rupp die Anklage auf vorsätzliche Tötung.«

»Die Verhandlung ist bis auf weiteres vertagt«, sagte Droste. Seine Stimme gehorchte nun gar nicht mehr, und er musste es wiederholen, bevor einige im Saal es verstanden. Die Geschworenen saßen verdutzt da. Scharren, Reden, Rufen, Aufbruch, Erregung. Der Saal leerte sich langsam. Die Witwe Ohnhausen stand in all dem Getümmel auf und kam an die Barriere.

»Ich werde wohl nicht mehr gebraucht?«, fragte sie höflich. »Nee, Frauchen, Sie können für heute gut und gern heimgehen«, antwortete der Beisitzer Steiner.

Die Gerichtsdiener und Polizisten waren um die Rupp bemüht, die noch mit dem Kopf auf der Anklagebank lag und deren Schreie sich zu einem Krampf gesteigert hatten. Droste raffte seine Papiere zusammen und verließ seinen Platz. Er ging, ganz gegen die Regeln, zu der Angeklagten hinunter, er fühlte undeutlich das Bedürfnis, irgendein menschliches Wort zu ihrer Beruhigung zu sprechen nach all der Qual, die er ihr zugefügt hatte. Aber die Rupp hörte und sah nichts, sie schrie nur in abgebrochenen Worten ihren Jammer aus sich heraus: dass der Mann sie elend betrogen und sie nichts gewusst habe.

»Gebt ihr Morphium und lasst sie schlafen«, sagte Droste halblaut. Er nahm den Samtaufschlag seiner Robe in beide Hände und verließ den Saal. Der Korridor war voll mit dem Geruch und dem Summen vieler Menschen. Droste spürte, dass seine Knie nicht ganz sicher waren, so sehr hatte sein Sieg ihn erschöpft.

Dass es ein Sieg war, darüber war kein Zweifel. Assessoren gratulierten ihm und ältere Richter blieben stehen und klopften ihm auf die Schulter, während er auf dem Weg zu seinem Zimmer war. Die Mittagspause war schon vorüber, Anwälte und Richter, Zeugen, Kläger und Beklagte kamen vom Essen zurück in die Räume des Gerichtes. Schon liefen Berichte über die Verhandlung bei den Fachleuten durch das Haus.

Perlemann hatte vorsorglich ein Glas warme Milch mit Selterswasser bereitgestellt. Droste schluckte dankbar den schalen Geschmack in seine entzündete Kehle. Er wusch seine Hände, aber er hatte das Gefühl, dass sie nicht sauber wurden. Gleich darauf klopfte es und der Senatspräsident kam herein. Droste war noch in der Robe, aber er hatte Kragen und Krawatte abgenommen; er stand an dem unzulänglichen kleinen Waschtisch, der in eine alte Türnische hinein gebaut war, und trocknete rasch seine seifigen Hände ab, um Glückwunsch und Belobigung entgegenzunehmen. Der Senatspräsident war ein alter Herr mit gefärbtem Schnurrbart, er trug immer Plastronkrawatten und sah in seinem enggeschnittenen altmodischen Gehrock aus, als käme er eben von einem Ritt durch den Tiergarten.

»Ausgezeichnet, das war ausgezeichnet, Herr Kollege«, sagte er. »Da hat die moderne psychologische Schule wieder mal einen Sieg gefeiert, da kommen wir alten Knacker nicht mehr mit. Aufrichtig: Wo nehmen Sie diese tierische Geduld her? Ausgezeichnet. Und nun

geht also der ganze Prozess von vorne los? Wissen Sie, übrigens erinnert mich das sehr an einen Fall, den ich als junger Richter mitmachte, in Mühlhausen im Elsass, das war damals noch deutsch.«
Droste knöpfte sich den Kragen wieder an und hörte dem Fall zu, der gar nichts mit dem Fall Rupp zu tun hatte. Zuletzt ging der Senatspräsident, sauersüße Anerkennung murmelnd, und Droste blieb unschlüssig stehen und atmete vorsichtig den Geruch von verstaubtem Papier ein, der unverwischbar dem Amtszimmer anhaftete. Perlemann trat ein und legte die Akten Rupp wieder auf den Schreibtisch. Droste sah mit Widerwillen hin.
»Bitten Sie Dr. Eckhardt herüber«, sagte er. »Er soll mir helfen.«
Perlemann lachte. »Der Herr Landgerichtsrat hat wieder einmal vergessen, dass der Herr Assessor sich auf der Hochzeitsreise befindet«, sagte er vergnügt. Drostes Zerstreutheit in den einfachsten Dingen war eine Quelle steter Unterhaltung für Perlemann, und er pflegte seine Frau und seine Schwiegermutter mit Berichten über das zu unterhalten, was ›sein‹ Landgerichtsrat wieder angestellt hatte. Assessor Eckhardt war nun seit drei Wochen verreist und fast täglich vergaß Droste diese Tatsache.
Er verzog das Gesicht. Mit Eckhardt war er eingearbeitet. Der junge Assessor Straube, der Eckhardt vertrat, lag ihm nicht. Stehend las er seufzend ein paar Notizen, die er an den Rand der Akten gekritzelt hatte.

»Am Montag wird der Herr Assessor Eckhardt wieder zurück sein«, sagte Perlemann tröstend, hing die Robe in den Schrank und verließ das Zimmer. Droste nahm seine kleine Pfeife aus der Schublade, stopfte sie, legte sie fort und zündete sich eine Zigarette an. Er rauchte durstig und schluckte den Rauch. Das Telefon klingelte. Der Staatsanwalt rief an. »Wir sollten uns wohl noch heute Nachmittag zusammentun und festsetzen, wann die neue Verhandlung sein kann«, sagte er in traurigem Ton. Es schien, als ob die endlich erforschte Wahrheit im Prozess Rupp nichts als Unbequemlichkeiten für das Gericht bedeute.

»Ja – das sollten wir wohl«, sagte Droste gedehnt. Er wünschte sich dringlich, mit Clärchen spazieren zu gehen, frische Luft und Madamchens kleine vertrauensvolle Hand in seiner. Er schaute auf die Uhr, es war nahezu Drei.

»Es ist schließlich beinahe Wochenende«, hörte er den Staatsanwalt an dem andern Ende der Leitung sagen.

»Ich würde jetzt auch lieber nach Hause gehen, ich bin ein bisschen schlapp«, erwiderte Droste bereitwillig. Drüben wurde begeistert zugestimmt.

»Perlemann!«, rief Droste, denn die Klingel auf seinem Schreibtisch funktionierte nicht. Es dauerte eine Weile, bevor Perlemann kam, und Droste machte indessen Ordnung im Zimmer. Er schrieb einige Zettel aus, warf ein paar andere fort, und zuletzt kam Perlemann. »Wo ist mein Hut, Perlemann?«, fragte Droste.

»Der Herr Landgerichtsrat hat heute früh keinen Hut mitgebracht«, sagte Perlemann.

»Aber es regnet ja«, erwiderte der Landgerichtsrat und schaute zum Fenster hinaus. Die rote Mauer des Untersuchungsgefängnisses war nass und Regen fiel in silbrigen Streifen herab.

»Heute früh war schönes Wetter«, stellte Perlemann fest. Droste sah sich schon mit bloßem Kopf zur Straßenbahnhaltestelle laufen und nasses Haar kriegen.

»Ich werde ein Taxi nehmen müssen«, sagte er unschlüssig. Perlemann reichte ihm jetzt eine kleine Karte: Sie war von Marianne. »Kann ich dich zu einer Tasse Kaffee einladen?«, stand drauf. Droste hatte ganz und gar die Anwesenheit Mariannes vergessen in der Erregung der außerordentlichen Verhandlung. Er wurde warm vor Freude; Kaffee und Marianne waren genau die Dinge, die er jetzt brauchte. Er zog hastig seinen Mantel an.

»Die Dame wartet bei Treppe zwo«, meldete Perlemann.

»Ich brauche morgen früh eine Kopie des heutigen Protokolls und die Abendzeitungen«, sagte Droste und ging rasch davon.

Marianne hatte sich draußen auf eine der Holzbänke gesetzt, auf denen Zeugen und Gerichtssaalkiebitze die Zeit verwarten und war in einem munteren Gespräch mit einem gewalttätig aussehenden jungen Mann begriffen, der eine Art goldenen Reißnagel in seinem Ohr befestigt hatte. Sie liebte es, mit aller Welt ins Gespräch zu kommen, in Straßenbahnen, Omnibussen, auf Märkten und Bauplätzen, und sie amüsierte ihre Freunde nachher gern mit gewürzten Gesprächen. Sie trug ihr Tweedkostüm mit dem rotblauen Wollschal um den Hals und der roten Mütze, die wie ein Eisenbahnsignal aussah. Sie sprang auf, als sie Droste erblickte und ging ihm entgegen.

»Bist du tot, armer Puschel?«, fragte sie gleich.

»Ja. Ziemlich tot.«

»Ich habe Puffi unten. Wir können fahren.«

Puffi war der Kosename des immer atemlosen kleinen Autos.

»Gut. Es regnet«, sagte Droste.

»Das ist nur ein Maischauer, warm und lieblich«, antwortete Marianne, als sie aus dem Tor traten. Dies war nun ihre Art, die Dinge zu sehen.

»Wohin am liebsten?«, fragte sie, als sie im Auto saßen.

»In ein Kaffeehaus oder in mein Büro.«

»Ich dachte, in die Düsseldorfer Straße.«

»Was hast du denn in der Düsseldorfer Straße verloren?«

»Evelyn«, sagte er unschlüssig. Marianne schaute ihn aufmerksam an.

»Du hast vergessen, dass Evelyn bei mir draußen in Geltow ist«, sagte sie streng. Droste begann zu lächeln und endete mit einem vorsichtigen Husten, das Marianne mit gerunzelter Stirn behorchte. »Stockheiser«, sagte sie. »Du solltest nicht rauchen. Zigaretten sind in der Seitentasche.« Droste rauchte dankbar eine Zigarette an und steckte sie Marianne in den Mund, dann nahm er eine für sich.

»Ich habe bei Gott vergessen, dass ihr beiden Wochenende gemacht habt«, sagte er gut gelaunt. »Wie kommt es überhaupt, dass du in der Stadt bist?«

»Das frage ich mich auch. Diese Unmündigen haben mich um neun Uhr früh herein telefoniert, und dann war gar nichts los. Es war eine Kleinigkeit in Unordnung mit den Betonleuten! Dann bin ich eben in deine Verhandlung gekommen, da ich schon einmal hier war und – und – ich muss bis sechs Uhr doch in der Stadt bleiben, da habe ich wieder eine kleine Sitzung mit Leuten«, endete sie rasch. Sie schaute starr auf die Straße, während sie diese Erzählung vorbrachte.

»Das ist hübsch von dir«, sagte Droste und setzte sich zufrieden zurecht. »Was macht Evelyn?«, fragte er etwas später.

»Wie ich fort bin, hat sie noch geschlafen, eingerollt wie ein Igel. Ich hoffe, sie wird nicht vor eins aufwachen. Du kennst doch Evelyn«, erwiderte Marianne und lächelte Droste zu. Er lächelte einverständlich zurück. »Ich habe ihr einen Stundenplan aufgeschrieben und auf den Frühstückstisch gelegt. Ich denke, sie muss jetzt gerade mit dem Frühstücken fertig sein. Von vier bis fünf soll sie mit der Katze spielen und dann bei schönem Wetter bis zum Wildpark spazierengehen.«

»Sie wird sich langweilen, aber das tut ihr gut«, sagte Droste.

»Jawohl«, antwortete Marianne.
Sie fragte Droste nicht mehr, wohin er wollte, sondern fuhr einfach zu ihrem Büro in die Bleibtreustraße. Der Asphalt war nass und spiegelte, aber die Sonne kam wieder durch.
Mariannes Büro war im Gartenhaus, sie gingen an den tropfenden Taxusbüschen vorüber und Marianne schloss auf. Drinnen war ein Raum, der nicht die geringste Ähnlichkeit mit einem Büro hatte. Auf einem riesigen rohen Tisch lagen Pläne, es roch nach Zigaretten und nach Mariannes heftigem Parfüm, in der Ecke war eine Couch von riesigen Ausmaßen, eine Sammlung von roten, grünen, gelben, orangenfarbigen Lederkissen auf schwarzem Atlas. Die vier Wände waren in verschiedenen Farben angestrichen, und als Marianne den Lichtschalter anknipste, erschienen da und dort erleuchtete Quadrate und Kreise aus Milchglas in den Wänden. Marianne begrüßte zuerst einen Schleierschwanzfisch, der in dem breiten, gläsernen Fuß eines niedrigen Tischchens herumschwamm. »Guten Tag, Lao Tse!«, sagte sie respektvoll. »Wie geht es Ihnen? Befinden Sie sich in einem Ihrer degressiven Zustände?«
Droste fühlte sich in all der Verrücktheit äußerst behaglich. Er streckte sich auf der Couch aus und legte die Arme hinter den Kopf. Marianne, die mit der kugelförmigen, gläsernen Kaffeemaschine vorbeiging, streichelte flüchtig über seine Stirn. »Du brauchst nicht reden«, sagte sie,

als er den Mund öffnete. Er schloss dankbar Mund und Augen, und nun hörte er mit großer Deutlichkeit das feine, gläserne Hantieren an der Kaffeemaschine; Papier raschelte, Wasser begann zu summen, Mariannes Kleid rauschte mit trockenem, wolligem Knistern vorbei und hauchte ein wenig Wärme über ihn.

»Weißt du, Marianne«, sagte er träge, ohne die Augen zu öffnen, »solange so eine Geschichte dauert, so ein Prozess – das ist, als ob ich gar nicht selber leben würde. Partielle Bewusstlosigkeit. Gerade jetzt ist mir ganz duslig, als ob ich aus einer Ohnmacht aufwachen würde. Ich weiß nicht, wie ich es sagen soll – man frisst sich so fest, ich habe mich so in diese Rupp hineingefressen, bis von mir selber gar nichts mehr da war. Aber nur so geht es. Nur so kriegt man Resultate. Ich habe zuletzt schon immer im Voraus gewusst, was sie spürt und denkt und wie sie reagieren wird und was sie sagen wird – aber es ist eine Art Fakirkunststück, weißt du …«

»Hier ist Kaffee«, sagte Marianne, und er fand den heißen, bitteren und belebenden Duft nah vor seinem Gesicht. Er öffnete die Augen und setzte sich auf.

»Jetzt geht es mir wieder gut«, erklärte er mit seiner heiseren, verbrauchten Stimme.

»Es ist nur gut«, sagte Marianne, und warf zwei Stücke Zucker in seinen Kaffee, »dass du deine psychologischen Fakirkunststücke nicht auf Personen deines näheren Umganges ausdehnst.« Droste trank und lachte dann, der Kaffee war ein Labsal, ein Fest, eine Feier.

»Ich werde mich hüten«, antwortete er vergnügt. »Du bist mir viel zu durchtrieben.« Er hielt ihr seine Tasse hin zum Wiedereingießen. »Und bei Evelyn lohnt es nicht. Sie ist wie ein Stück Glas«, setzte er hinzu. Er klopfte mit dem Nagel seines Zeigefingers gegen die Kaffeemaschine, die mit einem feinen klingenden Ton antwortete. »Das ist Evelyn«, sagte er zufrieden, »rund und durchsichtig.«

»Ja«, antwortete Marianne darauf, aber er hatte inzwischen ein Buch auf dem Tisch gefunden und geöffnet. »Vaihinger«, sagte er streng. »Das hast du aus meinem Bücherschrank gestohlen.«

Marianne setzte sich neben ihn und legte ihm den Arm um die Schulter. Ihm war diese Berührung so erstaunlich angenehm, dass er wegrückte, und sie nahm ihren Arm gleich wieder zu sich zurück. »Natürlich habe ich es gestohlen, mein Lieber«, sagte sie freundlich. »Irgendjemand muss doch die Bücher lesen, über die du mit irgendjemand diskutieren willst.«

Drostes Gedanken waren weitergewandert, während er noch in dem Buch blätterte. »Es ist eigentlich dumm, dass Evelyn nicht in der Stadt ist. Jetzt, wo ich endlich den Kopf etwas freier habe – wir hätten heute Abend etwas anfangen können. Und du fährst auch wieder hinaus.«

»Ich gebe dir Evelyn keinesfalls vor morgen Abend zurück«, sagte Marianne mit einer Heftigkeit, die dem Landgerichtsrat übertrieben vorkam.

»Kannst du mich nicht mit hinausnehmen? Ich könnte dann mit Evelyn morgen früh heimfahren«, schlug er vor: »Ich komme mir vor wie ein leerer Sack – ein ausgewundenes Handtuch«, setzte er entschuldigend hinzu.

»Geht leider nicht. Unmöglich! Ich habe kein Bett für dich, Liebling«, sagte Marianne freundlich. Eine Falte erschien auf ihrer Stirn, als sie nachdachte. »Ich kann dir einen Bridge im Klub zusammentrommeln«, schlug sie dann vor. Sie stand auf und ging zu dem sonderbar schwarzen Spiegel hinüber, der in die hellgrüne Wandseite des Zimmers eingelassen war. Dort kämmte sie ihr Haar mit den fünf Fingern der rechten Hand. Der Landgerichtsrat sah ihr zu, er bekam ihr Bild doppelt, einmal lebendig und einmal den dunkelgetönten Reflex, den der Spiegel zurückwarf.

»Das Beste für dich ist, wenn du dich zeitig niederlegst und schläfst«, sagte das Spiegelbild mit Strenge.

»Ich kann nicht schlafen«, erwiderte der Landgerichtsrat.

Marianne drehte sich schnell um und kam auf ihn zu.

»Du kannst schlafen«, rief sie heftig. »Du kannst. Du fängst nicht wieder mit Hysterie und Veronal an, hörst du?«

»Du bist taktlos, Marianne. Du hast keinen Respekt vor den Geheimnissen anderer Leute, weil du selber keine Geheimnisse hast«, antwortete er leise.

Ein sonderbarer Ausdruck trat in Mariannes Gesicht und verschwand gleich wieder. Sie kniete hin und

schaute zu dem Fisch Lao-Tse hinein, der schläfrig seine durchsichtigen Schwanzflossen hinter sich herzog.
»Nun heraus damit. Was ist los mit dir?«, fragte sie so, als ob sie nicht zu Droste, sondern zu dem Fisch spräche.
»Ich möchte schlafen, aber ich muss denken«, sagte der Landgerichtsrat langsam.
»Das klingt wie ein altes Lied – Storm – oder wer ist es? Ich möchte schlafen, aber du musst tanzen. Armer Puschel. Verdränge die Rupp aus deinem Gehirn, Mann. Denk an tausend Schafe. Zähle hundertmal bis acht. Nimm die Hopfentabletten, die ich dir gebracht habe. Lies den *Untergang des Abendlandes*. Aber lass um Gottes willen die Hände vom Veronal.«
»Es ist nicht nur die Rupp. Die habe ich ja nun herausgerissen und leicht hat sie mir's nicht gemacht. Aber ich habe ja auch noch andere Sorgen. Mit Evelyn ist nicht alles, wie es sein sollte.«
»Wie meinst du das?«, fragte Marianne schnell. Droste hob den Löffel auf, den sie fallen gelassen hatte.
»Mit ihrer Blutzusammensetzung ist etwas falsch. Sie produziert zu wenig rote Blutkörperchen – oder zu viel weiße. Der Doktor ist nicht weit davon, es perniziöse Anämie zu nennen und du weißt, was das bedeutet. Und mit dem Gehalt können wir unmöglich zurechtkommen, solange wir das Fräulein halten müssen. Evelyn ist zu schwach, um allein mit den Kindern zu sein. Wenn ich die Augen zumache, sind da nichts als Sorgen – und Zahlen – und ...«

»Evelyn wird sich erholen; es war nach dem ersten Kind genauso, nicht? Und du wirst avancieren, sehr schnell sogar: Noch ein paar solche Kunststücke wie heute …«

Droste begann zu lächeln. »Es war gar kein Kunststück, weißt du«, sagte er. »In dem Augenblick, wo ich heraus hatte, dass es im Leben von diesem Rupp etwas gibt, wovon die Frau nichts weiß, da war ich auch sicher, dass es sie umschmeißen wird, wenn sie es erfährt. Dass er gelogen hatte, wusste ich im Augenblick, wo er erzählte, er hätte am 15. Oktober am Wittenbergplatz Kartoffeln gestohlen. Der 15. Oktober war ein Donnerstag, nicht? Und am Donnerstag ist eben am Wittenbergplatz kein Markt – und dass eine Weibergeschichte dahinter steckte, das habe ich an seinem Gesicht gesehen. Alles andere war dann einfach.«

»Menschenskind!«, sagte Marianne verblüfft wie so oft schon durch die Mischung von statistischer Genauigkeit und Intuition in Drostes Gehirn. Er klopfte mit seinen Fingern an Lao-Tses Gefängnis, dessen Fischgesicht in einer Verzerrung an der runden Glaswand des Behälters erschien und reglos aus hervorstehenden Augen herausstarrte.

»Die Frau ist wie ein Felsen für den Mann eingestanden. Man glaubt nicht, was für ein Opfermut in so einem Stückchen Elend steckt. Wie sie das aufgebaut hat – und dann war es in einem Moment zusammengestürzt.«

Er schwieg einen Augenblick und klopfte gegen Lao-

Tses Kopf. »Eifersucht ist eine tierische Sache«, setzte er hinzu.
»Du hältst nichts von der Eifersucht?«, fragte Marianne und sah ihn spähend an.
»Kannibalismus. Zivilisiertere Art von Menschenfressertum«, sagte er.
»Du bist nie eifersüchtig, Kurt? Ehrlich!«
Es dauerte einen Augenblick, bevor der Landgerichtsrat antwortete. »Vielleicht manchmal«, sagte er schließlich. »Manchmal: wenn du zu deutlich zeigst, dass du Evelyn lieber hast als mich.«
Als es heraus war, tat es ihm leid, dass er es gesagt hatte.
»Es war nicht davon die Rede, dass du auf mich eifersüchtig bist, sondern auf deine Frau«, sagte Marianne denn auch schnell und mit Schärfe.
»Ach – Evelyn«, antwortete Droste lächelnd. »Evelyn ist ein untaugliches Objekt für Eifersucht.«
Marianne sah ihn aufmerksam an, dann brachte sie ihm Zigaretten. Droste hatte ein Summen in den Ohren wie immer, wenn er müde war. Vielleicht kann ich wirklich schlafen, dachte er dankbar. Seine Augen folgten unbewusst Marianne, während sie im Zimmer auf und ab ging und Ordnung machte. Eine tiefe Zufriedenheit breitete sich über ihn aus, er fühlte wie Muskel nach Muskel sich entspannte. Die Knoten im Gehirn gehen auf, dachte er genussvoll.
»Ich kann euch ja heute Abend nochmal anrufen«, sagte er und spürte schon, wie er schläfrig wurde. Er spürte

schon, wie er im Bett lag, eine Tasse Tee auf dem Nachttisch, ein Buch auf der Decke, und wie er das Licht abdrehte und einschlief. Eigentlich war es gut, dass Evelyn in Geltow war. Immer ging eine zarte, nervöse Spannung vom anderen Bett aus, wenn seine Frau darin schlief.

»Anrufen wollen wir lieber gleich«, sagte Marianne plötzlich. Sie war wieder vor dem dunklen Spiegel stehen geblieben. »Abends wollen wir nicht gestört und alarmiert werden. Du musst Evelyn in Ruhe lassen, damit sie sich eine ordentliche Plantage von roten Blutkörperchen zulegen kann.«

Droste fand, dass er im Moment eigentlich zu faul war, um sich auf ein Telefongespräch einzulassen; aber Marianne hatte schon ihre Nummer in Geltow angerufen und nun wartete sie auf die Verbindung, eine Hand auf den Hörer gelegt und die Augen fest auf ihn gerichtet mit einem irrlichternden und übermütigen Ausdruck. Droste erinnerte sich, dass sie ähnlich ausgesehen hatte, als sie einmal ihren Wagen mit hundertzwanzig Kilometern über die Avus trieb. Aber er verstand nicht, was dieser Ausdruck von Gefahr und Abenteuer mit einem schlichten Telefonanruf zu tun haben konnte.

»Hallo, Evelyn? Bist du da?«, sagte Marianne jetzt. »Lange geschlafen, nicht wahr? Gut. Hast du dein Frühstück gefunden? Mit der Katze gespielt? Zu nass zum Spazierengehen – nein – du musst nicht, wenn du nicht willst. Ich komme abends gegen acht und dann können wir zu Mittag essen. Hör mal: Kurt ist hier, er lässt dich grüßen. Moment mal.« Marianne legte wieder ihre Hand über die Muschel und wendete sich ganz zu Droste. »Sie lässt dich auch grüßen – und ob Bärchen viel Krach gemacht hat?«, sagte sie. Droste schüttelte lächelnd den Kopf. »Nein, er hat nicht mehr Krach gemacht als gewöhnlich«, sagte sie ins Telefon. »Es geht dir gut, ja? Irgendetwas für Kurt? Du sollst dich nicht überarbeiten!«, teilte sie dem Landgerichtsrat mit. »Also auf Wiedersehen, Kleines. Wenn der Eismann kommt, nimm zwanzig Pfund Eis. Auf bald.«

Sie ließ den Hörer herabhängen und schaute Droste an. Das Funkeln in ihren Augen hatte sich vertieft. »Willst du selber mit ihr sprechen?« Sie stand da in der Haltung einer Seiltänzerin, gespannt, der Atem hob ihr Kleid über der Brust. Droste bewegte faul die Schultern, aber zuletzt raffte er sich auf und ging zum Telefon. Es war warm von Mariannes Hand. »Hallo, kleine Maus?«, sagte er vorgeneigt. Es knackte in der Leitung. »Keine Antwort«, meldete die Dienststimme der Telefonistin. »Sie scheint aufgehängt zu haben«, sagte Droste und legte das Telefon zurück auf die Gabel.

Marianne, die mit einem brennenden Streichholz in der Hand dagestanden hatte, brannte jetzt ihre Zigarette an und tat einen tiefen Zug, der wie ein Aufseufzen klang. Es dämmerte und in der Dämmerung sah er, dass ihr Gesicht blasser war als sonst. Blasser, als er es je gesehen hatte.

»Alles in allem hast du heute einen deiner großen Tage gehabt, Puschel«, sagte sie und kam zu ihm herüber.

»Ich war sehr stolz auf dich.«

»Ja. Es ist das einzige, wofür es sich lohnt, Richter zu sein. Wenn man sich durcharbeitet und durcharbeitet – und auf einmal steht die blanke Wahrheit da.«

Marianne strich ihm übers Haar und wendete sich ab.

»Die Wahrheit ist eine komplizierte Sache, Puschel«, sagte sie sanft. »Komplizierter als junge Landgerichtsräte ahnen.« Es klang so mitleidig, dass Droste ihr betroffen folgte.

»Wie meinst du das?«, fragte er.

»Ach nichts«, erwiderte Marianne. »Nur – wer sagt dir, was wahr ist? Wer sagt dir, ob die Rupp heute die Wahrheit gesagt hat? Vielleicht hat der Mann recht – und sie will ihn nur hereinlegen, weil sie eifersüchtig ist. Wahrheit? Was ist Wahrheit?«, sagte sie und lachte kurz auf.

Als Droste so dicht hinter ihr stand, ihre kräftigen Schultern vor sich sah, den hellen Verstand und den zärtlichen Spott in ihren Worten hörte, überkam ihn mit Heftigkeit der Wunsch, sie zu greifen und zu küssen. Er verdrängte dies, wie er so vieles verdrängte.

»Gib mir noch eine Tasse Kaffee, bevor ich gehe«, sagte er stattdessen.

SONNABEND: ER

Ein Wagen rollte vorbei mit den Hufschlägen zweier Pferde auf dem Pflaster der Place de la Bourgogne. Die Stadt war noch still. Es war noch dunkel, gerade hell genug, um das hohe Fenster zu erkennen.

Frank Davis erwachte von dem verhallenden Geräusch und fand das Fenster auf der falschen Seite des Zimmers. Er schlief noch halb. Erst als er Evelyn neben sich atmen hörte, erinnerte er sich, wo er war. Ihr Kopf lag warm und weich auf seiner Schulter. Frank unterdrückte den Wunsch, sich zu bewegen. Es war kühl, das Fenster stand offen. Er hob seine linke Hand vorsichtig vor die Augen und schaute auf das erleuchtete Zifferblatt seiner Uhr. Gleich halb fünf. Er tastete nach der hinabgerutschten Decke und zog sie vorsichtig über sich und Evelyn. Sein Körper war ausgeruht, gelöst und auf eine wunderbare Weise zufrieden. Frank lächelte zärtlich in die Dunkelheit.

Er lag still und überdachte die Nacht, eine Nacht, die leidenschaftlicher und süßer und erfüllter war als irgendeine, an die er sich erinnern konnte. Evelyn – dachte er, Evelyn, liebe, liebe Evelyn. Er fühlte ihren Atem an seinem Brustmuskel, kühl, wenn sie einatmete, und warm, wenn sie ausatmete. Aber ich liebe dich ja, Evelyn, dachte er verwundert. Er hatte ein kleines hüb-

sches Abenteuer erwartet; er verstand nicht, wie es kam, dass er eine große und erschütternde Erfüllung gefunden hatte.
Er bemühte sich, sie nicht zu wecken. Er selbst schloss die Augen und versuchte, nochmals zu schlafen. Erst als Evelyn stumm beide Arme um seinen Hals legte, entdeckte er, dass sie wach war. Als er sie küsste, wurde ihr Mund kühl, frisch und duftend. Wie ein ganzes Blumenbeet nach einem Regen, dachte er, es war ein verwunderlicher Gedanke. All dies mit Evelyn war verwunderlich, fremd, neu, als gehörte es gar nicht zu seinem eigenen Leben. Sein Herz lag ihm groß und ausgefüllt in der Brust, er war wieder ganz jung, siebzehn Jahre. Dies alles konnte man nicht sagen. Als Evelyn sich von ihm loslöste, lag er eine Weile stumm, streichelte die zarte Senkung ihrer Schulter und suchte nach einem Wort. Was er zuletzt fand, war nichts Besonderes. »Wie geht's dir, Darling?«, fragte er nämlich. Und Evelyn antwortete: »Danke, gut.« Unten ging ein Mann vorbei, der pfiff einen Walzer. Das Fenster wurde ein wenig heller. Sie lagen eine lange Weile still, halb schlafend, es war wie in einem Boot, wenn die Ruder eingezogen sind. Evelyns Haut war glatt, wie erwärmtes Metall, wie erhitztes Glas. Ihre Wimpern schlugen von Zeit zu Zeit gegen seine Schultern wie winzige Schmetterlinge. Frank wunderte sich, dass er all diese Kleinigkeiten bemerkte.
»War es schön?«, fragte Evelyn viel später, es klang kindlich.

»Ja«, sagte er. »Schön, schöner als – als irgendetwas.« Er überlegte die schönen Dinge in seinem Leben. »Schöner als – Forellenfischen«, sagte er. »Schöner als nackt schwimmen auf dem Rücken; weißt du, sich vom Fluss tragen lassen und oben siehst du die Wolken.« Es war eine Erinnerung aus seiner Knabenzeit, die er auspackte. Noch konnte er die Kälte des Wassers fühlen, das sanfte Geschaukeltwerden, das Abendrot oben am Himmel an, den Wolkenrändern. »Man ist viel zu selten glücklich. Ich meine: glücklich«, sagte er abschließend.

Evelyn strich mit der Spitze ihres Fingers über seine Lippen, seine Brauen und dort entlang, wo sein Haar an die Stirne ansetzte. Sie nahm sein linkes Handgelenk, sah auf seine Uhr und seufzte.

»So wie mit dir war es mit keiner«, sagte er dankbar. »Ich weiß nicht, wie du bist. Anders – du gibst mehr her – du nimmst mehr auf – du bist so – ich weiß nicht wie.«

»Deutsch?«, sagte sie leicht.

»Ist das deutsch?«, fragte er lächelnd. Die erste Morgendämmerung zog da und dort Umrisse von Möbeln hervor. Die Kissen begannen zu schimmern und Evelyns Gesicht bekam Form.

»Ich bin nicht anders. Ich habe dich nur lieber als die anderen Frauen«, sagte sie.

»Das sollst du nicht«, antwortete er rasch, und er meinte es auch.

Fünf Uhr vorbei. Um halb acht ging sein Zug, und alles war vorbei. Dies hier, verzaubert wie es war, durfte keine Wichtigkeit bekommen, für ihn nicht und für Evelyn auch nicht. Sie hatte ihren Mann – er konnte den Landgerichtsrat in diesem Moment in einer erstaunlichen Deutlichkeit sehen. Ein sympathischer schlanker Mensch, mit feinem Gesicht, der aussah, als trage er Brillen, obwohl er keine trug. Der Typ eines Gentleman, Evelyns Mann.

Als Frank sich diesen sympathischen Gatten vorstellte, wurde er von einer unsinnigen und gewaltsamen Eifersucht erfasst, von jener nutzlosen, widersinnigen und umso schmerzhafteren Eifersucht des Liebhabers auf den Gatten. Eine Welle von Leidenschaft warf ihn hoch. Er biss die Zähne zusammen und griff nach Evelyn.

»Das ist der Abschied«, flüsterte er.

Sie stützte die Hände gegen seine Schultern und ihr Gesicht hing über ihm, ernsthaft und schimmernd in der Dunkelheit.

»Ich möchte ein Kind von dir«, sagte sie, es war kaum hörbar.

Es traf ihn wie eine Kugel und warf ihn um. Er hatte es zuvor gehört, von den Dirnen in Shanghai, in Havanna, hinter der französischen Front, im Krieg. Es schien ein internationaler Trick zu sein, im Gebrauch bei allen Huren der Welt, und es bedeutete nichts. Alle anderen Frauen, die anständigen, waren voll Angst und Vorsicht. Pearls hysterische Angst vor Kindern untergrub seine Ehe – das erfasste er erst in diesem Augenblick und mit einer scharfen Klarheit. Dann hörte er schon auf zu denken, Wellen kamen, Wellen, Wellen, Wellen, bis er aus der Umarmung hinaus gespült wurde an einen warmen sanften Strand …

Er bettete Evelyn in seinen Armen zurecht und deckte sie zu. »Darling«, sagte er leise und immerfort: »Darling, Darling.« Seine Augenlider waren schwer von der Nacht ohne Schlaf, aber er hielt sie offen, um Evelyns gelöstes Gesicht zu sehen. Ich werde im Zug nach Cherbourg schlafen, dachte er. Das Zimmer war nun schon hell, und Paris wachte auf, mit einem Summen in der Ferne und Autohupen an näheren Ecken. Er hätte gern eine Zigarette angesteckt, aber er fürchtete, Evelyn zu verletzen. Erst als das Telefon auf dem Nachttisch losging und ihn aufweckte, merkte er, dass er doch wieder eingeschlafen war.

Evelyn saß steil aufgerichtet im Bett, ihr Haar fiel vor und verdeckte ihre Wangen. Frank griff nach dem Telefon. »Sechs Uhr«, meldete die Telefonistin; es verwirrte ihn, dass sie französisch sprach. Eine Sekunde zuvor war er noch mit einer Frau, die weder Pearl noch Evelyn und doch beides zugleich war, in Florida am Strand gelegen. Er nahm sich zusammen, er versetzte sich selber einen Stoß, und es glückte ihm, sich aus der verschwebenden und verzauberten Stimmung der verflossenen Nacht herauszufinden.

»Was ist es?«, fragte Evelyn, starrte das Telefon an und sah erschrocken aus. »Nichts. Ich habe mich um sechs wecken lassen«, antwortete er. Evelyn seufzte.

»Alles eingestellt«, sagte sie und etwas später setzte sie hinzu: »Ich möchte auch ein Mann sein.«
Er steckte sich jetzt doch eine Zigarette an und bot auch ihr eine an. Sie schüttelte den Kopf; sie saß im Bett, die Hände um ihre Knie geschlungen und sah überaus jung aus. Pearl war keine Morgenschönheit; sie selbst fand, dass sie ein Wrack war außer am Abend zwischen neun und zwölf. Frank konnte sich nicht helfen; er verglich Evelyn und Pearl, und es fiel zu Pearls Ungunsten aus. Es war eine Erfahrung, die er bei seinen vielen kleinen Abenteuern noch nie gemacht hatte. Er schämte sich flüchtig. Er hatte nie Gewissensbisse, wenn er Pearl betrog, aber dieses Vergleichen war unfair, das spürte er. Er schüttelte das kleine Unbehagen ab, sprang aus dem Bett und marschierte ins Badezimmer. Die kalte Dusche wusch die Nacht von ihm ab. Er füllte die Wanne voll mit warmem Wasser, machte die Augen zu und tauchte mit dem Kopf unter. Es war eine altmodische, riesige, tiefe Wanne. In seinem grünen Pyjama und mit nassem, gebürstetem Haar wanderte er nachher in den kleinen Salon und suchte seine Sachen zusammen. Auf Josephines Büste hingen Kragen und Krawatte, der Rock lag auf dem Rokokosofa, der Rest fand sich im Schlafzimmer auf dem unbenützten Bett. Er lachte leise, als er die hitzige Unordnung betrachtete. Er ging zurück ins Badezimmer und gab sich mit Eifer der Zeremonie des Rasierens hin. Er war hungrig. Er war froh. Er stürzte ans Telefon und bestellte Frühstück, eine ganze Menge. Er trommelte an

Evelyns Tür und meldete auf Französisch, dass Madame aufstehen müsse. Morgensonne kam herein und lag in zitternden Vierecken auf dem Fußboden. Als Evelyn nicht kam, ging er hinein, um sie zu holen.

»Ich fühle mich wie einer von diesen kleinen roten Luftballons, ich könnte sofort aufsteigen und zerplatzen«, meldete er. Evelyn stand mitten im Zimmer in ihrem langen Nachthemd und sah aus wie ein Kind, das sich im Wald verirrt hat.

»Hast du keine Pantoffeln?«, fragte er streng. Sie schüttelte betrübt den Kopf. Sie hatte kleine, unschuldige Füße, makellos, wie er sie noch bei keiner Frau gesehen hatte. Pearl färbte sich die Fußnägel, Marion auch; schon wieder Pearl. Er hob Evelyn auf und trug sie ins Badezimmer. Er hatte viel zu viel Kraft aufgewendet, sie war überraschend leicht.

»Wieviel Pfund?«, fragte er. Sie zuckte die Achseln. Er ließ sie allein mit ihrem himmelblauen Waschlappen und ging, um seine Koffer zu packen.

Sein Haar saß glatt und zufrieden um seinen Kopf, als er zum Frühstück kam. Nichts von dem unordentlichen Gefühl, das gewöhnlich solchen Nächten zu folgen pflegte. André, der leidenschaftliche Zimmerkellner, hatte mit dem ihm eigenen Plan den Tisch hereingerollt und tanzte diensteifrig im Salon herum. Evelyn zog sich an. André holte eine kleine Blumenvase vom Kamin und stellte sie auf den Frühstückstisch, zwischen den Honig und die Sahne. »Ich bin überzeugt, dass Madame Blumen liebt«, sagte er dazu, und sein Blick verriet ein heiteres Einverständnis von Mann zu Mann. Frank bückte sich und hob eine kleine Nadel vom Teppich, die Evelyn gestern Abend verloren hatte. Es war ein kindliches und bescheidenes Schmuckstück, ein bisschen Gold mit einer winzigen runden Perle in der Mitte. Er hielt es noch in der Hand und sah es freundlich an – es passte so gut zu Evelyn –, als sie eintrat. Sie war vollkommen angezogen, korrekt, schwarz mit einer weißen Bluse, sogar den Hut hatte sie schon auf und ihr Haar kam silbern darunter hervor, mit etwas mehr Glanz und Lockerheit als sonst, so schien es Frank. »Guten Morgen, Darling« sagte er und schob ihr den Stuhl zurecht. André schenkte mit großem Schwung Kaffee in die Tassen. Dann zog er sich zurück, ohne einen Wink Franks abzuwarten. Er war sehr neugierig auf die Dame gewesen, die Mr. Davis als seine Frau in das Hotel gebracht hatte.

Sofort griff Frank nach Evelyns Hand und küsste sie. »Guten Morgen, Darling«, sagte er noch einmal. Er hätte gerne einen Regen von Zärtlichkeit auf sie niedergehen lassen, aber so war es nun einmal. Guten Morgen, sagte man. Wie geht es dir, sagte man. Er warf drei Stücke Zucker in ihre Tasse, als ob diese Verschwendung an Süßigkeit etwas mehr von seinen Gefühlen ausdrücken könnte; er strich ihr ein Brötchen mit Butter und träufelte Honig darauf.

»Bist du müde, Darling?«, fragte er. Evelyn war blass und hatte große, große Augen. Es war ein elender Gedanke, dass man sie nun allein zurückschickte zu ihrem Landgerichtsrat. Sie aß gehorsam.

»Danke. Genug«, sagte sie. In der Vertrautheit der Nacht war dieses Bereitsein, dieses Dienenwollen aufgeblüht wie eine große geheimnisvolle Blume. Jetzt hat es sich wieder zugeschlossen wie ein Kelch über einer harten, jungen Knospe.

»Etwas Rührei?«, sagte Frank.

»Danke, nein. Das ist mir zu amerikanisch«, erwiderte Evelyn.

Er griff nach seiner Brieftasche und legte die Karte für das Flugzeug heraus, die ihm Madame am Abend zuvor ausgehändigt hatte.

»Hör zu, Darling«, sagte er. »Ich kann dich nicht nach Le Bourget bringen. Dein Flugzeug geht um neun Uhr zwanzig und mein gottverlassener Zug geht um acht Uhr dreißig. Ich fahre mit dir bis zur Place Lafayette, beim Grand Hotel warten die Wagen für den Flugplatz. Ist dir das recht?«

Ja. Es wäre ihr recht, sagte Evelyn gehorsam. Sie nahm die Karte, die in einem Kuvert steckte, besah den flotten Aufdruck, der für die Fluglinien Reklame machte, und schob es dann in ihre kleine Handtasche, die sie zum Frühstück mitgebracht hatte. Schwarzes Leder mit etwas abgestoßenen Ecken. Die Nadel mit der kleinen Perle saß nun bescheiden wieder auf Evelyns Halsschleife.

»Bist du schon viel geflogen?«, fragte Frank.

»Nicht viel. Einmal eine halbe Stunde, so einen Rundflug über Berlin, weißt du – wir hatten die Karten in einer Tombola gewonnen – am Juristenball«, antwortete Evelyn.

»Aber du hast keine Angst?«

»Angst vor dem Fliegen? O nein«, sagte sie.

Zehn Minuten nach sieben, und der Sekundenzeiger lief. Frank stand auf und ging um den Tisch herum zu Evelyn. Er nahm vorsichtig den Hut ab und streichelte ihr Haar.

»Das wird kein leichter Abschied, Darling«, sagte er leise.

»Nein«, sagte sie.

»Ist dir kalt?«

»Nein«, sagte sie wieder. Er hätte sie gern gewärmt, beschützt, in etwas Großes eingehüllt. Plötzlich fiel ihm etwas ein und er ging rasch in sein Schlafzimmer. Er hatte da ein Mittel gegen Seekrankheit in seiner Reisetasche, er hatte es für Pearl mitgenommen, als sie herüberkamen – obwohl Pearl zu der Sorte gehörte, die nie im Leben seekrank wurde.

»Hier«, sagte er zu Evelyn zurückkommend. »Iss lieber zwei von den Kapseln – es beruhigt mich.« Er bewachte sie, als sie gehorsam das Zeug schluckte. Zwanzig nach sieben. »Wir müssen uns fertig machen, Darling«, sagte er sanft.

»Ich bin gleich fertig«, sagte Evelyn und ging in ihr Zimmer.

Frank schloss seine Koffer ab, er zögerte ein wenig bei seiner Aktentasche, als er nochmals den Kontrakt in die Hände bekam, den er mit der *Chambre Syndicale des Importeurs de Fruits* abgeschlossen hatte. Vierzigtausend Kisten. Zwei Dollar und fünf Cents die Kiste. Zoll und Transportkosten. Er ertappte sich selbst im Spiegel, wie er mit murmelndem Mund und zusammengezogenen Brauen rechnete. Er steckte schnell das Papier weg und ließ die Tasche zuschnappen.

Als er zu Evelyn hinüberkam, stand sie mit einem Schuh in der Hand mitten im Zimmer und machte ein unglückliches Gesicht.

»Ich kann den zweiten Schuh nicht in meinen Koffer kriegen«, sagte sie. Er musste lachen.

»Das ist eine Katastrophe«, sagte er, nahm den Schuh, quetschte ihn in den kleinen Koffer und schloss zu; es ging ganz leicht. Evelyn verfolgte den Vorgang mit ernsthaften Augen. »Hast du nichts hier vergessen?«, fragte er. Sie sah rund um sich, langsam und mit der gleichen ernsthaften Aufmerksamkeit. Die Rosen auf dem Nachttisch waren verwelkt, fast schwarz hingen sie von ihren Stielen, und das Zimmer war dicht erfüllt mit ihrem leise gärenden Geruch. Auf dem Toilettentisch stand eine Schale mit Obst, die Frank – er erinnerte sich – bei Nacht aus dem Salon geholt hatte. Er strich sich schnell über das Haar und verließ das Zimmer. André räumte nebenan den Tisch ab. Er glänzte von Brillantine und dem Wunsch, durch Takt, Diskretion und die traditionelle geistreiche Höflichkeit des Pariser Kellners ein großes Trinkgeld zu verdienen. Frank legte ein paar Scheine unter einen Teller, und Tisch und Kellner verschwanden. Frank telefonierte nach dem Hausburschen, der das Gepäck zum Wagen tragen sollte, und holte Mantel und Hut aus seinem Zimmer. Sieben Uhr achtundzwanzig.

Evelyn stand auf dem schmalen Balkon des Salons, als er zurückkam, und schaute mit verlorenem und nachdenklichem Ausdruck auf die Straße hinunter. »Wir müssen gehen«, sagte er sanft.

»Ich weiß«, erwiderte sie.

»Tut es dir leid, dass du zu mir gekommen bist?«, fragte er. Er erwartete, sie würde mit einem Nein antworten. Aber sie sagte, ohne ihm das Gesicht zuzuwenden: »Es hat alles noch schlimmer gemacht.«

Er nahm sie bei den Händen und zog sie ins Zimmer.

»Hör zu, Darling«, sagte er dringlich. »Es darf dir nicht leid tun. Du darfst nicht glauben, dass es eine Bagatelle für mich bedeutet. Nein, es bedeutet keine Bagatelle für mich. Es ist – mein Leben wäre nicht vollkommen gewesen, wenn du nicht gekommen wärst. Ich hätte etwas Wunderschönes und Wichtiges versäumt.«

Aber das ist ja wahr, dachte er im gleichen Augenblick verwundert. »Du nicht?«, fragte er zärtlich.

»Was: ich nicht?«, fragte Evelyn.

»Hättest du nicht etwas Wichtiges versäumt, wenn du nicht gekommen wärst?«

Sie nahm schnell seine Hand, schmiegte ihre Wange in die Innenfläche, dann glitt ihr Gesicht über seine Finger und hinterließ die flüchtige Wärme eines Kusses. Er presste sie an sich, sanft und ganz ohne Verlangen. Es war halb acht.

Diesmal ging der Aufzug überraschenderweise. Abschied von Madame. Die Rechnung, die Trinkgelder, das Taxi. *Au revoir, au revoir, bon voyage.* Die Sonne schien, auf der Place de la Bourgogne gingen Täuberiche hinter Täubinnen her und machten obszöne Liebesanträge. Ein heller, singender Verkaufslärm in den Straßen. Die Seine. Die Rue Castiglione, die Place Vendôme. Er hielt Evelyns Hand unter der seinen, sie zog rasch den Handschuh aus.

»Was für einen komischen Hut du hast«, sagte sie. Er befühlte etwas gekränkt den Rand seines steifen, runden Hutes.

»Was ist komisch an meinem Hut?«, fragte er.

»Nichts. Nur so fremd. Ich habe dich nie mit so einem Hut gesehen.«

»Schau den Mann an«, sagte er. Der Mann stand an einer Straßenecke und blies auf einem Saxofon am hellen Morgen.

»Er ist blind«, sagte Evelyn. Die kleine armselige Melodie folgte ihnen noch einen Augenblick und versickerte dann zwischen Autohupen und dem Bremsen einer Straßenbahn.

»Wir sind da«, sagte Frank.

Drei graue Wagen standen vor dem Grand Hotel bereit, etwas besser als Omnibusse und etwas schlechter als Privatwagen. Frank ließ Evelyns Köfferchen in einen der Wagen schaffen und stand dabei, als sie ihre Fahrkarte heraussuchte. Er war sicher, dass Evelyn keine Abschiedsszene machen würde, aber zugleich schien es ihm jammervoll und bemitleidenswert, dass sie so geräuschlos von ihm fortging. »Ist dir auch nicht kalt?«, fragte er, und »Hast du Geld bei dir?« und »Um fünf bist du in Berlin.«

»Gib mir eine Zigarette«, bat sie. Er zündete eine für sie an und eine für sich und steckte dann das kleine Zigarettenpäckchen in ihre Handtasche. Sie schaute zu, aufmerksam und ernsthaft wie zuvor.

»Madame, wir fahren ab«, sagte jetzt ein höflicher Mann mit einer Dienstmütze. »Wenn es gefällig ist.«

»*Goodbye*«, sagte Evelyn und gab ihm ihre kalte Hand. Er hätte gern die Hand geküsst, aber er schämte sich vor den Leuten, die einstiegen, und vor dem Chauffeur in seinem schicken Lederzeug.

»Auf Wiedersehen«, sagte er auf Deutsch.

»Leb wohl und danke«, sagte Evelyn ebenfalls auf Deutsch, aber das verstand er nicht recht.

»Evelyn«, sagte er im letzten Moment. »Ich werde von dir hören? Du schreibst mir?«

Sie schüttelte den Kopf, sie stand schon auf dem Trittbrett und lächelte etwas melancholisch.

»Nein«, sagte sie. »Wir sollten das nicht hinschleppen.«

Sie schaute ihn an, er spürte ihren Blick wie etwas Greifbares über sein Gesicht gleiten, ihr Lächeln vertiefte sich. »Du hast mir ja auch deine Adresse gar nicht gegeben«, sagte sie ein wenig spöttisch. Sie griff nach seiner Hand, hob sie hoch und blies flüchtig in das Zentrum der Innenfläche. »Statt einem Kuss«, sagte sie. Bevor Frank die zarte, spaßige kleine Liebkosung begriffen hatte, war sie eingestiegen. Der Wagen zog an mit dem großen Getöne des starken ersten Ganges, dann sang er sich in den zweiten, den dritten und verschwand um die Ecke.
Sie hatte nicht geweint, nein, Gott sei Dank hatte sie nicht geweint. Frank entdeckte, dass seine eigene Kehle etwas verkrampft war. Süße, liebe, arme kleine Evelyn. Er war ein wenig stolz auf sich selbst, dass er so inniger Gefühle fähig war.
Er hatte sein Gepäck in ein Taxi laden lassen und war in einem zweiten mit Evelyn gefahren. Beide warteten vor dem Grand Hotel auf ihn. »Gare de l'Est«, sagte er zu dem jungen Chauffeur, der sich eben eine Zigarette rollte, und stieg ein. Er kam nie zu spät zu einem Zug, aber immer in den letzten drei Minuten.
Auf dem Bahnhof hatte er sogar noch Zeit, zwei Telegramme aufzugeben, eines an Pearson in Santa Barbara und eines an den Butler seines Hauses in Long Island. Auf dem Bahnsteig war das typische Publikum der Sonderzüge, die zu den großen Dampfern nach Cherbourg fahren. Amerikaner aller Schattierungen, eine japanische Familie, ein paar junge Engländer, die

aussahen, als führen sie zu irgendeinem Sportwettkampf übers Wasser, ein Filmstar auf dem Weg von Paris nach Hollywood, um deren hellblonde Person sich ein paar Pressefotografen drängten, die zu wenig geschlafen hatten. Das Personal sprach englisch. Adieu, Paris, dachte Frank und schob sich behaglich durch die Menge. Während er sein Billett vorzeigte, schien es ihm, dass jemand ihn anstarrte, und als er sich umwendete, entdeckte er Marion. Marion in Dunkelblau, sauber und gut geschminkt, frisch, als hätte sie ihren gewohnten Schlaf bis Mittag gehabt. Sie sah mit einem Ausdruck an ihm vorbei, als sei er ihr nicht vorgestellt worden. Er warf einen Blick auf seine Uhr: noch anderthalb Minuten Zeit. Er ging schnell zu ihr hinüber. Sie stand an der kleinen Barriere, die alle Abreisenden passieren mussten.

»Hallo, Marion«, sagte er.

»Hallo, Joujou«, antwortete sie.

»Was tust du hier?«

»Keine Ovation für dich, mein Lieber. Nur so.«

»Wie hübsch, dass ich dich noch sehe.«

»Wie unvorsichtig, dass du mit mir sprichst.«

»Wie meinst du das?«

»Ist deine Frau nicht so eifersüchtig wie alle Amerikanerinnen?«

Erst jetzt fiel Frank ein, dass Marion ihn in Gesellschaft seiner Frau glauben musste. Er machte eine kleine Handbewegung und sagte in Marions Tonfall: »O là, là!«

»Ich gestehe es lieber ehrlich: Ich war entsetzlich neugierig. Ich wollte von weitem und unerkannt die Lady sehen, der dein Herz gehört«, sagte Marion spöttisch. Ihre Augen suchten die einsteigende Menge ab. Frank musste lachen. Frauen waren so überraschende Geschöpfe. Sich vorzustellen, dass Marion um sieben Uhr morgens aus dem Bett gekrochen war, um Pearl zu besehen, die sich gar nicht in Paris befand.

»Einsteigen! Einsteigen!«, riefen die Schaffner mit der Aufgeregtheit ihrer Art.

»Adieu, Marion!«, rief Frank und lief davon.

»Welche ist es?«, hörte er sie hinter sich her rufen. Eine übermütige Idee nahm Besitz von ihm, während er zu seinem Waggon lief. Er ließ schnell seine Augen über die wenigen Damen gleiten, die eben dabei waren einzusteigen. Er entdeckte eine, die reizlos war, nicht jung, sehr englisch angezogen. Er zog seinen Hut und half ihr beflissen und bemüht auf das Trittbrett. Als er hinter ihr einstieg, warf er schnell einen Blick über seine Schulter. Marion stand da mit geöffnetem Mund. Er kniff ein Auge zu und lachte. Sie gab die kleine, freche Grimasse zurück. Der Zug fuhr ab.

Jetzt ist Marion froh, dass ich eine hässliche Frau habe, dachte er. Die kleine Episode hatte ihn ausnehmend vergnügt gemacht.

Übrigens wurde er der reizlosen Dame vorgestellt, als er gegen zehn Uhr in den Speisewagen ging. Sie war eine bekannte englische Dichterin und auf dem Wege nach

Amerika, um eine Vortragstournee zu machen. Sie war klug und unterhaltend, und Frank sagte ihr, dass seine Frau schon auf der Berengaria sei und sich freuen würde, so gute Reisegesellschaft zu bekommen. Der Speisewagen war warm und fröhlich und ein klein wenig zu laut, mit Hallo Bill! und Hallo Bob! und Hallo Frank! Viele kannten sich und es war schon ganz wie Nachhausekommen. Er traf Hugh Benett und Dan Webster und sie gingen in sein Abteil und hatten ein gutes Gespräch über die Börse, und sie hatten eine Flasche echten Highland Black Label, den Dan aus England herübergebracht hatte.

Um elf Uhr war Frank Davis nicht drei Stunden von Evelyn entfernt, sondern eine Ewigkeit, und er lebte schon in einem anderen Erdteil als sie. Nur einmal tauchte ihr blasser, zierlicher Schatten auf, als Hugh robuste und anstößige Geschichten über seine Erfahrungen mit dem Pariser Nachtleben zum Besten gab, während draußen eine Wiese vorbeiglitt, die mit kleinen, gelben Blumen bedeckt war.

»Die Frauen in Europa verstehen mehr von der Liebe als unsere«, sagte er hinausblickend. »Es ist ihnen angeboren.«

»Die Frauen in Amerika sind einfach anständiger«, sagte Dan, der ein paar Rotarieransichten nicht los werden konnte.

»Amen«, sagte Dan und warf die Flasche zum Fenster hinaus. Sie hatten sie, bei Gott, leer gekriegt in ziemlich kurzer Zeit. Die Flasche flog auf die Blumenwiese.

Frank dachte, wie verständig Evelyn war. Nicht hinschleppen. Aus. Keine Adresse, keine Briefe, kein sentimentales, langweiliges Lügen. Sehr schöne Dinge vertrugen keine Wiederholung.

»Ich war einmal in Bagdad«, sagte er. »Eine großartige Stadt. Fünf Jahre habe ich mir gewünscht, wieder hinzukommen. Wie ich schließlich wieder hinkam, was war es? Eines von diesen orientalischen Nestern. Zwiebelgestank und Touristenfang. Man soll nie zurückkommen.« Die anderen sahen ihn erstaunt an. Dann redeten sie über Tamany Hall.

Fort von Evelyn. Fort von Evelyn. Fort von Evelyn. Der Zug fuhr fort von Evelyn. Der Nebel war weg, das Verzauberte, das Zarte, was nicht zu Franks Leben passte. Nicht, dass Evelyn vergessen wird. Aber er wird nicht an sie denken. Vielleicht wird sie ihm später einmal einfallen, wie ihm heute Morgen die Wolke eingefallen war, mit den abendroten Rändern, die er erlebt hatte, als er ein Knabe war und auf dem Rücken den Fluss hinabschwamm. So wie ihm Lydia eingefallen war, als Evelyn ihm die Hand aufs Herz legte. So würde Evelyn ihm vielleicht einfallen, später einmal, bei der Umarmung einer anderen Frau …

Als er dies dachte, schlief er schon. Er schlief kurz und tief, bis schon die Küste herankam und die Häuser von Cherbourg. Die Luft war frisch, als er ausstieg. Er quetschte sich durch die Zollkontrolle, er begrüßte andere Bekannte, er schob sich mit den anderen über

die Gangway zum Fährschiff. Alle anderen, die er traf, hatten auch schwache Geschäfte in Europa gemacht. Es schien sie nicht zu kränken. Frank atmete heftig die Seeluft ein. Er freute sich auf Pearl. Er war neugierig auf den Hund, den sie gekauft hatte. In Long Island würde das Dodgwood blühen, und er hatte die Schlafzimmer neu tapezieren lassen, als Überraschung für Pearl. Er blieb auf dem kleinen Deck des Fährschiffes stehen, hielt seinen Hut fest und streckte das Gesicht der salzigen Kälte entgegen. Die Küste trat zurück, das Wasser schäumte grün und weiß um den Bug.
Auf der Berengaria spielte die Kapelle zur Begrüßung. Auf dem B-Deck stand Pearl an der Reling. Sie trug ein weißes Kleid und einen blauen Hut.
Frank bekam Herzklopfen, als er seine Frau sah.

SONNABEND: SIE

Ein Wagen rollte vorbei mit den Hufschlägen zweier Pferde auf der Place de la Bourgogne. Frank bewegte sich, seufzte und schien zu erwachen. Evelyn versuchte, sich ganz leicht zu machen; ihr Körper war steif und ihr Kreuz schmerzte. Sie stellte sich schlafend. Sie hatte die ganze Nacht kein Auge zugetan.

Mit einem zweiten kleinen Seufzer hob Frank das Handgelenk mit der Uhr vor sein Gesicht. Die kleine leuchtende Scheibe zog durch die Dunkelheit, es war gleich halb fünf, und der Sekundenzeiger lief wie ein winziger Punkt im uferlosen Grauschwarz. Evelyn war so müde wie nie zuvor in ihrem Leben, nein, auch nicht nach Bärchens Geburt war sie so tödlich müde gewesen. Als hätte sie sich die ganze Nacht gequält, auf einen hohen Berg zu steigen und wäre immer wieder abgeglitten, ohne den Gipfel zu erreichen.

Sie hatte Sehnsucht nach Frank, hier so dicht bei ihm, dass seine Schulter unter ihrer Wange atmete, hatte stärkere Sehnsucht nach ihm als damals, als sie in der Düsseldorfer Straße war und er in Paris. Es waren tausend Jahre vergangen seit diesem Damals. Evelyn fühlte genau, dass sie um tausend Jahre älter geworden war. In ihrer Überreizung und Übermüdung schien ihr alles unendlich vergrößert, Raum und Zeit. Das Bett war unübersehbar groß, wie eine Welt. Ihre Fersen lagen gegen Franks Füße geschmiegt, irgendwo, in einem anderen Erdteil. Jetzt bewegte er sich vorsichtig, zog die hinabgefallene Decke herauf und deckte sie zu. Sie hatte nicht bemerkt, dass ihr kalt gewesen war. Nun wurde sie dankbar wärmer.

Es heißt – und Evelyn hatte dies in vielen Büchern und Romanen gelesen –, dass jene Dinge, die in der Ehe Pflicht sind – eine gewohnte, nicht zu unangenehme und höflich erfüllte Pflicht –, gleich zu einem Zauberland werden, zu einem Feuerwerk und einer Berauschtheit ohnegleichen, sobald der Liebhaber ins Spiel tritt. Nun wusste Evelyn, dass das nicht wahr war. Zuletzt geschehen in der Liebe genau dieselben Dinge wie in der Ehe und man blieb allein noch in der tiefsten Umarmung.

Da haben sie wieder gelogen, dachte Evelyn vorwurfsvoll. Sie – das waren von Kindheit an die anderen Leute, die Großen, die Erwachsenen, die so taten, als wüssten sie alle Geheimnisse. Sonderbar genug: Frau Landgerichtsrat Droste, siebenundzwanzig Jahre alt, Mutter zweier Kinder, hatte noch nicht aufgehört, sich unerwachsen zu fühlen. Manchmal konnte sie lange dasitzen, stumm über sich selbst geneigt, und es war geisterhaft, dass sie, Evelyn, nicht mehr dasselbe kleine Mädchen im blauen Kleid sein sollte, das sie zwanzig Jahre zuvor gewesen war. Da waren Augen, Knochen, Haut und Blut, ein bisschen größer zwar – aber doch dieselben. Da waren dieselben Dinge, die sie erschreckten und dieselben,

die sie erfreuten. Ich, konnte sie stundenlang denken. Ich Evelyn. Es war ein kleines Ich, überaus alleinstehend und ein wenig einsam; eines, das sich vor vielen Dingen ängstigte, aber doch auch etwas tapfer war, insofern, als es viel schwieg, viel verschwieg und sich nie beklagte. Zuweilen dachte Evelyn, dass Blumen tapferer waren als Löwen, denn Löwen brüllten und wehrten sich und machten großen Lärm. Aber Blumen gaben keinen Laut, auch wenn man ihnen noch so weh tat. Blumen kamen von schweren Operationen, verbluteten und starben in ihren Blumenvasen, und das ging ganz still vor sich. Die Rosen auf dem Nachttisch starben schweigsam. Evelyn hatte ihren kranken Duft gespürt, die ganze Nacht. Sie dachte, dass sie nie mehr dem Duft von welkenden Rosen begegnen würde, ohne an Frank zu denken. Dies und das kleine Geistergesichtchen des leuchtenden Zifferblattes, das während der Umarmung neben ihrem Ohr tickte. Den Vorhang, der sich einmal gebauscht hatte im Nachtwind. Das Schattenmuster, das auf die helle Zimmerdecke gezeichnet war, bis um drei Uhr morgens die Laterne vor dem Haus verlöschte. Den Geschmack der kühlen Muskatellerweintrauben, die Frank ihr gebracht hatte, kurz bevor er einschlief.
Dies waren die unvergesslichen Dinge, die wichtigen, die unzerstörbaren. Wie Franks Haar sich anfühlte im Finstern und das Gefühl von gespannter Haut über Muskeln, das ihre Hand empfangen hatte, als sie über seine Brust glitt. Dies allein war es, worauf es ankam und

woran man sich später erinnern können würde. Das sind die Dinge, die man sieht, während man stirbt, dachte Evelyn. Sie hoffte herzlich, dass sie jung sterben würde, jung und bald. Ein langes Leben in der Düsseldorfer Straße, fern von Frank, war hoffnungslos und unvorstellbar. Sie war wie festgeschmiedet an ihn, als ob sie durch ein Feuer gegangen und an ihn festgelötet worden wäre. Als er die Decke aufhob, hatte sich seine Hand von ihrer Schulter entfernt, wo sie zuvor geruht hatte. Die kleine, leere Stelle hatte Sehnsucht, ganz selbstständig und für sich allein, sodass sie zu schmerzen begann. Evelyn schob vorsichtig ihre Schulter wieder unter Franks Hand. Sie wusste nicht, wie sie jemals diesen ihren unbotmäßigen, unzufriedenen und sehnsüchtigen Körper von Franks Seite losmachen und nach Berlin zurückschaffen sollte.

Sie versuchte, unter gesenkten Augen Frank zu sehen, aber es war zu finster, nur das Fenster stand als hellere Fläche im Zimmer. Sie wusste auch im Dunkeln, dass Frank schön war. Es war eine neue und erschütternde Entdeckung für sie gewesen, dass der Körper eines Mannes etwas Schönes war, ein starkes, wohlgefügtes Gebäude mit mattglänzender Haut und blühendem Fleisch. Sie versuchte, sich an Kurts Körper zu erinnern, aber da sie nicht bemerkt hatte, dass Kurt einen Körper besaß, wusste sie auch nicht, wie er aussah. Franks Körper hingegen, der war ihr vertraut wie ein neuer Kontinent, den sie selber entdeckt und bereist hatte. Sie lächelte stärker. Auf der Brust war eine hellere Zeichnung

im Braun der Haut, da wo sein Schwimmanzug im Sommer gesessen hatte. Auf der rechten Schulter hatte er ein paar Sommersprossen. Eine Narbe am linken Oberarm, bei einem Sturz vom Pferd zugezogen. Mann, dachte sie entzückt, Mann, Mann. Sie tauchte aus den Umarmungen der Nacht hervor, sehnsüchtiger und ungelöster als zuvor. Sie war auf eine seltsame Weise zugleich glücklich und enttäuscht.
Jetzt gähnte Frank. Er schob den Kopf auf dem Kissen hin und her, rieb sich die Augen und gähnte. Evelyn wagte es endlich, sich zu bewegen. Im Augenblick, da Frank entdeckte, dass sie wach war, nahm er ihr Gesicht in beide Hände und küsste sie. Es war ein langer Kuss, als horche er tief in sie hinein. Es war so viel Bekanntsein und Vertrauen und Ausruhen in diesem Kuss.
»Wie geht es dir, Darling?«, sagte er nachher leise. Evelyn schien es, als hätte sie nie zuvor etwas so Zärtliches gehört wie diese Worte.
»Danke, gut«, sagte sie lächelnd. Er begann ihre Schultern zu streicheln und fast unhörbar auf sie einzusprechen. Sie verstand nur wenig. Sie war zu müde, zu halbwach, um Englisch zu verstehen. Alles war sanft und schaukelnd wie in einer Hängematte. Jetzt schlafe ich, dachte Evelyn. In einer Hängematte, auf einem Schiff. In einer Hängematte, im Urwald. Für ein paar Minuten war sie in Borneo, lag im Sand mit Frank neben sich. Ich gehe mit dir, dachte sie, ich bin jetzt immer bei dir. Da waren ungeheure rote Farne, unter denen sie dahinwanderten.

Ich schlafe ja, dachte Evelyn. Sie spürte, dass Frank sie küsste. Ich möchte ein Kind von dir, dachte sie. Gleich darauf spielte das Kind neben ihm im Sand, es war da, ganz ohne Geburt und Schmerzen. Es hatte die hellere Zeichnung eines Schwimmanzugs auf seiner braunen kleinen Brust. Franks Kind spielte mit Muscheln und Korallen und konnte Englisch sprechen, obwohl es eben erst auf die Welt gekommen war. Ich schlafe ja, dachte Evelyn glücklich. Ich möchte ein Kind von dir, träumte sie, aber zugleich wachte sie auf.

»Das ist der Abschied«, flüsterte Frank. Sie erschrak und stützte sich auf ihn, um sein Gesicht zu sehen, es kam ihr blass und ernsthaft vor in der Dämmerung. Es war schön, dass Liebe weh tat, ihr – und ihm auch. Halb war sie noch in ihrem Traum einer Minute verfangen. »Ich möchte ein Kind von dir«, flüsterte sie, denn es schien ihr plötzlich das einzige zu sein, was sie aus dieser Nacht in ihr Leben mitnehmen konnte. Dann sank sie durch die Umarmung durch und langsam zurück in Schlaf.

Sie musste tief geschlafen haben, denn als eine grelle Telefonklingel sie weckte, war sie in der Düsseldorfer Straße. Aufstehen, dachte sie alarmiert. Die Gasrechnung. Veronika. Bärchen, das Fräulein, Kurt. Neunzehn Mark Wirtschaftsgeld – wo ist der Rest. Sie öffnete entsetzt die Augen, denn unmöglich konnte sie mit neunzehn Mark bis zum Ende des Monats auskommen; dann dauerte es noch eine halbe Minute, bis sie sich zurechtfand.

Verwelkte Rosen, abgezupfte Traubenstiele, die fremden Tapeten, der nasse Fleck an der Decke. Pariser Hotel. Hier nennen sie das *lendemain*, dachte sie spöttisch. Sie zwang sich, Frank anzusehen, und schlug die Augen gleich wieder nieder, wie vor zu viel Helligkeit. Er war schön und kraftvoll und kam unberührt aus den Fährnissen dieser Nacht hervor. Sie setzte sich auf und schaute ihm zu, wie er im Zimmer auf und ab ging und Ordnung in die Dinge brachte. Sie beneidete ihn. Sie selbst wusste, dass sie nun zerbrochen und zerstört und untergraben war und nie mehr werden könnte wie zuvor. Schon konnte sie sich nicht mehr erinnern, wie sie zuvor gewesen war.

Frank tanzte da hinten im Zimmer herum, mit roten Lederpantoffeln, die er nachts mitgebracht hatte, aber sonst nackt. »Und jetzt die kalte Dusche«, sang er, »und jetzt die kalte Dusche.« Es ging so viel gesundes Frohsein von ihm aus, dass Evelyn zu lachen anfing. Er atmete am offenen Fenster, klopfte sich auf die Brust, machte ein paar Tanzschritte, wie die Schwarzen im Varieté, sein Haar fiel über die Stirn und Evelyn wusste mit einem Mal, wie er als Zwanzigjähriger ausgesehen hatte. Plötzlich wurde er ernst, kam zu ihr und setzte sich auf den Bettrand.

»Wir müssen einmal Zeit für uns haben«, sagte er. »Das hier ist nichts. Wir müssen einmal für ein paar Wochen irgendwohin gehen, wo es ganz still ist, und ein Wasserfall muss nahe dabei sein.«

Als Evelyn sich noch wunderte, wozu er den Wasserfall

brauchte, war er aufgesprungen und verschwunden. Sie hörte ihn im Badezimmer singen, pfeifen, brausen und plätschern. Seine letzten Worte hatten eine unsinnige und glückselige Hoffnung in ihr erweckt. Vielleicht war dies gar nicht das Ende, sondern der Anfang. Vielleicht dachte Frank gar nicht an Abschied und Trennung, vielleicht hatte er schon alles überdacht und geordnet und in seine festen Hände genommen. Schon wieder einmal fuhr sie auf dem Schiff mit ihm davon und blieb bei ihm. Während sie im Bett saß, die Hände um ihre Knie geschlungen und den Blick starr auf einen der Tapetenvögel geheftet, sah sie sich schon an Franks Seite leben. Schon war sie geschieden, schon blieb Kurt ihr bester Freund, er behielt Clärchen, das kleine Madamchen, und sie bekam Bärchen, denn Bärchen war klein und brauchte sie. Möglicherweise auch brauchte er sie nicht, wahrscheinlich brauchte niemand außer Frank sie, der sie liebte. Kurt hat sein Gericht und seine Karriere und das Radio und die Musik und die Bücher. Und da ist ja auch noch Marianne, dachte sie. Ich bin keine gute Frau für Kurt, dachte sie etwas zerknirscht. Es bezog sich nicht auf ihre Untreue, sondern auf die vergessene Gasrechnung.

Jetzt kam Sonne ins Zimmer und alles schien so gut, wie es noch nie gewesen war. Frank trommelte an die Tür und meldete mit der hohlen Stimme eines französischen Hausknechtes, dass sie aufstehen müsse. Sie wickelte sich dicht in die Decke, um noch ein wenig

Wärme mitzunehmen. Dann machte sie eine große Anstrengung und bekam sich aus dem Bett.

Frank kam herein, er hatte seinen grünen Pyjama mit dem gestickten Monogramm auf der Brusttasche an und ein Strom von Lavendelduft zog frisch und kühl mit ihm ein.

»Du musst dich ein bisschen beeilen, Darling, damit du dein Flugzeug nach Berlin nicht versäumst«, sagte er munter. Erdbeben, Einsturz, Untergang. Evelyns Träume prasselten in Trümmern zusammen.

»Ich bin gleich fertig«, hörte sie sich sagen. Frank war ans Fenster gegangen und hatte den Himmel über den Schieferdächern angeschaut.

»Hast du keine Pantoffeln?«, fragte er streng; es klang genau wie von Kurt zu Hause. Es erleichterte sie ein wenig, dass doch die verschiedensten Männer in vielem gleich zu sein schienen: streng, wo es unwichtig war; sanft, wenn man es am wenigsten erwartete; zerstreut, wenn man sie brauchte. Ihr Gähnen war das gleiche, ihr Essen, ihr Einschlafen mitten aus der Umarmung und ihre alles überbietende Eigenschaft, nicht zu verstehen, was Frauen dachten.

Frank hob sie auf, trug sie ins Badezimmer und setzte sie in der Wanne ab wie einen Gegenstand. Als er die Tür geschlossen hatte, fing sie an zu weinen.

Sie weinte sich ganz leer mit einem schrecklichen und verzweifelten Weinen, bis zu dem tiefsten Grund ihres Kummers hinab. Es war der wirkliche Abschied von Frank und von der Liebe, und sie beging ihn ganz allein in den zehn Minuten, da sie in der Badewanne saß. Dann wusch sie sich die Augen, indem sie Franks großen Schwamm nahm und kaltes Wasser über ihr Gesicht drückte, das mit den rinnenden Tränen zusammen hinunterspülte. Nachher war ihr besser. Sie schminkte und puderte sich sorgfältiger als je zuvor und ging zum Frühstück. Schon begann Frank wieder, sich in den fremden Herrn zurückzuverwandeln, der vor drei Wochen nach Berlin gekommen war und ihr Leben aus den Fugen gerissen hatte.

Nach dem heißen Bad fror sie jetzt ein wenig und sie zitterte auch. Sie hoffte, dass Frank es nicht bemerken würde, auch nicht, dass sie geweint hatte. Er aß mit Hingebung sein Frühstück, das ihr erschreckend reichhaltig vorkam. Auch dies war fremd und amerikanisch. Sie selber hatte ein wenig Mühe mit dem Essen, so als ob jeder Bissen viele Ecken und Kanten hätte. Sie hatte sich oft gefragt, wie eigentlich die Schauspieler auf der Bühne essen, ob sie das Zeug wirklich schluckten oder ob es aus Pappendeckel war. Nun wusste sie ungefähr, wie es zuging. Sie aß auf einer kleinen Bühne, die Szene stellte ein Hotelzimmer in Paris dar, sie machte Konversation, das Wetter war gut, besser jedenfalls als gestern, das Essen war wirklich, aber es schmeckte wie Pappendeckel. Der Kellner, der eine stumme Rolle spielte, übertrieb. Er schwieg so beredt, dass auch die Galerie es merken musste, was los war.

Und mit diesem kleinen Spiel, in das sich Evelyn vertiefte, ging das Frühstück hin. Sie spielte gern und in der Düsseldorfer Straße befand sich sogar noch eine ihrer Puppen, Margarete Pummel, die sie zuweilen heimlich aus der Schublade nahm, um zu spielen. Sie warf einen raschen Blick zu Josephine auf dem Kamin hinüber. Josephine lächelte. Evelyn lächelte auch. Frank behielt seine Armbanduhr ständig im Auge. Er gab ihr die Flugzeugkarte und fragte sie, ob sie Angst vor dem Fliegen habe. Sie hatte rasende Angst davor – aber dies war eines von den Dingen, die man verschwieg. Auch war diese Angst nur ein Bestandteil der großen Angst vor dem, was sie zu überstehen hatte, sobald Frank sich von ihr getrennt hatte.

Einsteigen, Fliegen, Ankommen, nach Geltow fahren, Kurt entgegentreten. Lügen. Es gab nur einen festen Punkt in diesem Chaos: Marianne.

»Du kommst um Fünf in Berlin an«, sagte Frank.

»Meine Freundin wird mich abholen. Du erinnerst dich an Marianne?«, sagte sie.

»Ist das die mit der schönen Haut?«, fragte er. Evelyn zuckte die Achseln; sie wusste nichts über Mariannes Haut, und es war überraschend, dass Frank etwas darüber wusste.

Sie hätte um alles in der Welt gern erfahren, ob Frank sie liebte; nicht so unentrinnbar liebte wie sie ihn, nein, dass es nicht so war, das wusste sie. Aber doch liebte. Als er die Mimosen schickte, als er sie in Berlin antelefonierte, als er nachts bei ihr eingeschlafen war, da war sie dessen

sicher gewesen. Jetzt, im hellen Morgenlicht, mit dem Frühstückstisch zwischen ihnen schien es zweifelhaft. Sie kämpfte ein wenig und zuletzt konnte sie die Frage nicht unterdrücken, die keine Frau unterdrücken kann:
»Sag mir – hast du mich lieb?«
Frank hörte auf zu essen, nahm ihre Hand und antwortete: »Ja, Darling, sehr lieb.«
Er überzeugte sie nicht, denn was sonst hätte er sagen sollen. In der Liebe erfuhr man nie, was die Wahrheit war.
Ihre Finger waren klebrig von Honig, und sie ging in ihr Zimmer, um sie zu waschen. Sie kämpfte ein wenig mit ihrem kleinen Koffer. Sie hatte noch etwas mehr Mitleid mit ihm als gestern. Ein paar Minuten stand sie da und schaute nachdenklich ihren Pass an. Die Fotografie darin war etwas gelb geworden, sie hatte Pass und Fotografie bekommen, als sie auf ihre Hochzeitsreise ging. Es war eine hübsche Evelyn in einem karierten Kleid; die Perlennadel, die ihr Vater ihr geschenkt hatte und die sie auch jetzt noch trug, steckte vorn am Kragen. Eine gesündere, glücklichere Evelyn; zwar zart, aber nicht ganz so mager, nicht so hilflos ermüdet, wie sie inzwischen geworden war. Merkwürdig, dass man auf früheren Fotografien immer älter aussieht als jetzt, dachte sie. Und: Das Heiraten hat mir nicht gut getan.
Sie packte den Pass weg, aber dann fand sie keinen Platz für die Abendschuhe, die sie recht überflüssigerweise

mitgebracht hatte. Zuletzt kam Frank ihr zu Hilfe, er lachte sie aus, und sie ging schnell auf den Balkon hinaus. Sie war etwas schwindlig geworden und wollte frische Luft, aber als sie zu den Dächern drüben hinauf und dann hinunter auf die Place de la Bourgogne schaute, wurde sie noch schwindliger. Die Tiefe zog sie. Sich fallen lassen, dachte sie unklar. Sie war in vielen Träumen gefallen, hinuntergesunken durch eine klare, durchsichtige Schwärze, es war ein singendes und angenehmes Gefühl. Auch ohnmächtig werden war so ähnlich. Ach Liebe, dachte sie zuletzt. Sie hatte den Verdacht, dass auch Sterben so sein würde: Fallen durch singende Dunkelheit und Ankommen nirgendwo.

Seit Evelyn sich das besorgte Gemurmel ihres Arztes übersetzt und im medizinischen Hauslexikon den kurzen, aber fatalen Paragraphen über perniziöse Anämie durchgelesen hatte, dachte sie ziemlich viel darüber nach, wie und was es für eine Bewandtnis mit dem Sterben habe. Es war eines von den wenigen Dingen, die sie nicht ängstigten. Leben war eine schwierige Sache. Es verlangte Aktivität, Überwindung, Anstrengung. Damit verglichen war Sterben einfach: man musste es nur geschehen lassen.

»Wir müssen gehen«, sagte Frank in der Balkontür hinter ihr. Sie wendete sich ihm zu, denn seine Stimme hatte sanft und zärtlich geklungen wie in der Nacht. Der Schwindel ebbte ab und ließ eine angenehme Klarheit zurück.

»Ich weiß«, sagte sie und folgte ihm ins Zimmer. Plötzlich sagte er etwas, bei dem sie starr stehen blieb, eine Hand in der Luft und den Kopf seitwärts gestreckt, wie ein Tier, dem etwas Unerwartetes begegnet. Es war eine Art kleiner resümierender Abschiedsrede, die er hielt.
»Du darfst nicht glauben, dass es eine Bagatelle für mich bedeutet. Nein, es bedeutet keine Bagatelle für mich«, sagte er. Das französische Wort Bagatelle steckte flott und leichtsinnig mitten in dem englischen Satz. Evelyn lockerte sich und begann zu lächeln. Es war ein so bodenloses Unverständnis in dieser Versicherung, eine solche Fremdheit und Ferne, dass man nur lachen konnte. Sie standen zu beiden Seiten des Kamins und ein großer komfortabler Abgrund lag zwischen ihnen. Keine Bagatelle, nannte er es, dass sie nach Paris gekommen war. Fürwahr, keine Bagatelle. Seine Unwissenheit war so groß, dass er ihr leid tat. Sie ging zu ihm hinüber und liebkoste seine Hand, die mit dem steifen Zeigefinger. Ihr Hut verschob sich dabei und sie trat vor den Spiegel und rückte ihn zurecht. »Adieu, Josephine«, sagte sie. Es klopfte und der Hausknecht kam, um die Koffer zu holen. Er trug eine grüne Schürze und trat auf wie ein anderer Schauspieler in einer kleineren Rolle. Eine kleine, aber nicht unwichtige Rolle. Er öffnete Evelyn die Tür, als sie das Hotelzimmer verließ.
Frank hatte das schwere eindrucksvolle Gepäck eines reichen Mannes. Ihr eigenes Köfferchen sah jammervoll dazwischen aus und kompromittierend. Der Koffer ei-

ner Frau, die schnell ein wenig Nachtzeug zusammenpackt, um ein Wochenende mit ihrem Liebhaber zu verbringen.

»Besten Dank, Maurice«, sagte Frank und gab dem Hausdiener ein Trinkgeld. »*Au revoir*, George, besten Dank, Franchon, besten Dank, Guy.« Er schien die Namen all dieser Leute zu kennen, die bis zum Taxi Spalier standen. »*Au revoir*, Mrs. Davis«, sagte Madame. »Ich hoffe, alles war zu Ihrer Zufriedenheit.« Evelyn schaute sie erstaunt an, sie hatte nicht sofort begriffen, dass sie mit dem fremden Namen gemeint war. »Ich hoffe, Sie beehren uns wieder«, sagte Madame, schob einen kleinen Pagen beiseite und gab der Drehtür einen Stoß. »*Au revoir, bon voyage.*« Sie blieb auf der Straße vor dem Hotel stehen, bewachte das Verladen des Gepäcks und das Einsteigen ihrer Gäste. Sie winkte noch, als das Taxi schon um die nächste Ecke bog. Es war altmodisch und wie in einem Dorf.

Die Fahrt war kurz und sie sprachen kaum. Der Abschied war nicht so schlimm, wie Evelyn gefürchtet hatte. Erstens trug Frank einen Hut, der ihm schlecht stand und ihn vollkommen fremd machte. So, dass der Frank, von dem sie Abschied nahm, ein anderer Mann war als der, ohne den sie nicht existieren zu können meinte. Und dann war da ein Nebel, eine Art von gnadenvoller Narkose über den letzten Minuten. Auch wenn man Kinder bekam, gaben sie einem Chloroform, wenn die Schmerzen zu arg wurden. Einen Augenblick wurde

dieser Nebel so dicht, dass Evelyn dachte: Jetzt falle ich doch in Ohnmacht. Sie hielt sich schnell an der Tür des Wagens fest, der auf ihr Einsteigen wartete, und bat Frank um eine Zigarette. Es ging vorüber.
Jetzt nahm Frank den Hut ab und schaute sie an. Sein Haar lag glatt wie ein Helm aus glänzendem Metall um seinen Kopf und sein Kopf war klein im Verhältnis zu seinen breiten Schultern. Als er die Zigarette wegwarf, sah Evelyn mit einer glücklichen Erschütterung, dass auch er litt, er auch. Sie sah es an seinem Mund, an seinen Augen, an einem Zucken in seinem Gesicht, das er nicht ganz beherrschen konnte. Er sprach ein paar Worte Deutsch zum Abschied, es klang unbeholfen und zärtlich. Sie antwortete deutsch. Jemand schob sie in den Wagen. Der Wagen fuhr. Der Abschied war vorbei, und Frank war fort für immer, ohne dass sie wusste, wie es geschehen war. Sie hatte Tränen in der Kehle, aber nicht in den Augen. Man kann eigentlich viel mehr aushalten, als man sich zutraut, dachte sie, und es war ein wenig Stolz dabei.
Der Wagen hatte schwarze Ledersitze, und es saßen noch ein paar Leute darin. Die Fahrt war lang und langweilig. Zuerst waren die Straßen noch Paris, aber dann verloren sie an Charakter und Farbe und wurden einfach Vorstadtstraßen, menschenerfüllt und etwas armselig, wie in jeder Stadt. Evelyn schaute zum Fenster hinaus. Sie war ganz leer und sie ruhte aus in dieser Leere.
Ein Herr, der schräg gegenüber von ihr saß, betrachtete sie eine Weile, dann sprach er sie auf Deutsch an.

»Fliegen Sie auch mit dem Kölner Flugzeug?«, fragte er. Evelyn merkte erst jetzt, welche Anstrengung es sie gekostet hatte, die ganze Zeit die fremden Sprachen zu sprechen.

»Ich fliege nach Berlin«, sagte sie.

»Richtig, das ist das Kölner Flugzeug, neun Uhr dreißig... Köln, Hannover, Tempelhof«, sagte der Herr. »Wir haben gutes Flugwetter«, setzte er hinzu.

»Ich habe ein bisschen Angst vor dem Fliegen«, sagte Evelyn, denn hier kam es ja nicht darauf an, sich tapfer zu erweisen. »Ich habe Pillen genommen«, setzte sie hinzu. »Ein Freund hat mir Pillen gegeben.« Ihr wurde klar, dass die Trockenheit im Gaumen, die Benommenheit im Kopf von den Pillen kommen mochte, die Frank ihr eingeflößt hatte.

»Vasano?«, fragte der Herr.

»Nein, amerikanische«, antwortete sie. »Mein Freund ist Amerikaner.« Es tat gut, von Frank zu sprechen, wenn auch nur in dieser unverbindlichen Weise. Der Herr beugte sich vor, um ihr das abgerauchte Stümpfchen der Zigarette abzunehmen, die Frank ihr gegeben hatte. Sie hielt es fest.

»Danke«, sagte sie. Sie benützte einen Moment, als der Herr fortschaute, um es in ihrer Jackentasche verschwinden zu lassen. Es war das letzte, was sie von Frank bekommen hatte. Sie hatte die Idee, es in der kleinen Reliquienschachtel aufzuheben, die sie neben der Puppe Margarete Pummel verwahrte.

»Sind Sie schon oft geflogen?«, fragte sie, als sich der Herr ihr wieder zuwandte. »Ja«, erwiderte er. »Ich bin ein alter Flugonkel. Ich muss geschäftlich sehr oft nach Paris. Fliegen ist so viel angenehmer als die Bahn, nicht wahr? Ich bin auch im Krieg etwas geflogen, damals war noch Risiko dabei.«
Evelyn war etwas überrascht und gewissermaßen gekränkt. Da sie Frank liebte, hatte sie die Vorstellung genährt – unvernünftigerweise und gegen alle Logik –, dass er der einzige Kriegsflieger gewesen sei. Liebe macht immer etwas Singuläres aus ihrem Objekt. Franks Fliegerei und seine Narben, das war ein Teil des Fremdartigen, des Abenteuerlichen und überaus Männlichen gewesen, das Evelyn hingerissen hatte. Sie schaute den Herrn an, der auch Kriegsflieger gewesen war. Vielleicht hatte er auf Frank geschossen.
»Von Gebhardt ist mein Name«, sagte er und deutete eine Verbeugung an; es schien ihn bedrückt zu haben, dass er diese korrekte Pflicht noch nicht erfüllt hatte. Er hatte helle Augen unter hellen Brauen, er war groß und breitschultrig, aber ein gutes Teil älter als Frank. Evelyn bemerkte mit leichtem Widerwillen, dass sie eine neue Art hatte, einen Mann zu betrachten. Sie sah Muskeln, Haut, Gestalt, Körper, wo sie früher nur einen Anzug und oft kaum diesen bemerkt hatte. Sie wendete sich ab und sah wieder zum Fenster hinaus. Ein abgetretenes wiesenartiges Gelände, auf dessen kümmerlichem Gras ein Karussell aufgestellt war. Am anderen Rand der

Wiese die Hintermauern von Mietskasernen. Wäsche hing vor den Fenstern.

»Noch zehn Minuten«, sagte Herr von Gebhardt.

Der Name hatte eine äußerst unangenehme Empfindung in Evelyn erweckt, der sie mit gerunzelten Brauen nachspürte. Gebhardt – dachte sie. Eckhardt – Eckhardt. Schrecken überfiel sie. Sie hatte Doktor Eckhardt vergessen; vielmehr hatte sie die störende und quälende Erinnerung an sein Auftauchen weggedrängt, solange ihre Zeit mit Frank währte. Aber jetzt stand Dr. Eckhardt, dieser harmlose und etwas stumpfsinnige Assessor, wieder vor ihr, groß wie das Schicksal. Was geschehen würde und was sie tun sollte, wenn Eckhardt ausquatschte, dass er sie in Paris gesehen hatte, das wusste sie nicht.

»Vielleicht interessiert Sie das, gnädige Frau?«, sagte Herr von Gebhardt und schob ihr eine deutsche Zeitung zu. Evelyn schaute mit unsehenden Augen auf die Fotografie einer brennenden Fabrik und dachte voll Schrecken und Herzensangst an Kurt. Was wird Kurt tun, wenn er von Eckhardt die Wahrheit erfährt oder wenn er sie mit seinem Richterverstand selbst herausfindet oder – und auch dies war nicht ausgeschlossen – wenn sie ihm selbst die Wahrheit gestand. Vielleicht kann Marianne mir helfen, dachte sie, und zugleich auch: Es ist gar nicht so wichtig. Was nach dem mit Frank noch kam, war nur ein Vegetieren, so und so, und es machte nichts aus, ob es besser oder schlimmer ausfiel. Der Wagen hielt, Herr von Gebhardt ergriff ihr Köfferchen und half ihr heraus. »Gestatten gnädige Frau, dass ich mich zu Ihrem Reisemarschall ernenne«, sagte er mit altmodischer Höflichkeit. Evelyn nahm es erleichtert an. Als sie ihr Handtäschchen öffnete, fand sie das Päckchen amerikanischer Zigaretten, das Frank ihr beim Abschied hineingesteckt hatte. Sie zündete rasch eine an und atmete das fremde und vertraute Aroma. Es war beinahe so gut, als hielte Frank noch ihre Hand unter der seinen, wie es seine Gewohnheit geworden war, die Gewohnheit von einem einzigen viel zu kurzen Tag. Herr von Gebhardt schob sie durch die verschiedenen Zeremonien der Abfahrt durch und redete dabei auf sie ein, erklärte und erzählte. Es war sonnig, kühl, frisch auf dem Flugplatz. Alle Leute schienen lustig zu sein.

»Darf ich Ihnen unseren Piloten vorstellen? Herr von Trump«, sagte Herr von Gebhardt. »Frau Landgerichtsrat Droste.«

»Woher wissen Sie meinen Namen?«, fragte Evelyn. Die ganze Welt schien zu wissen, dass sie auf Abwegen in Paris war. Herr von Gebhardt lachte.

»Halber Detektiv, gnädige Frau«, sagte er. »Und außerdem habe ich es auf Ihrem Koffer gelesen.«

Der Pilot schüttelte ihr die Hand; es war ein junger, zierlicher Mensch mit braunen Augen und braunem Gesicht. Sein dicker Fliegeranzug wurde ganz schmal um seine Taille. Evelyn ging zu dem Gepäckstapel hinüber, den ein Junge herausgetragen hatte, und betrach-

tete ihren Koffer. Ja, ihr Name war mit vollem Titel daran; sauber unter Zelluloid und in Leder gerahmt hing die Visitenkarte da. Gleich daneben prangte rund und groß und blau-weiß-rot die Marke des Hotels. Evelyn erschrak. Sie beugte sich hinunter und versuchte, diese verräterische Marke abzukratzen, aber es ging nicht. Sie dachte zornig an den Hausknecht in seiner grünen Schürze, der ihr und ihrem armen Koffer das angetan hatte. Marianne muss es abkriegen, dachte sie wieder. Plötzlich war die Welt voll von Löchern, Fallen und Gefahren. Das Gefühl, in Gefahr zu sein, hatte Evelyn eigentlich nur für Augenblicke verlassen gehabt, seit sie von Berlin fort war. Im Blau der Sainte Chapelle; als Frank ihr die Weintrauben brachte mitten in der Nacht und am Morgen, als er sagte, dass sie bei einem Wasserfall wohnen müssten. Aber jetzt war wieder überall Gefahr und Evelyn sah mit trüben Augen von ihrem Koffer fort, hinauf in den durchsonnten, kühlen Himmel und auf die graue Startfläche, auf der Flugzeuge kamen und gingen und wartend lagen wie dressierte, silberne Vögel.
Der Start lenkte sie ein wenig ab von ihren Gedanken. Es war hübsch, dass es hinausging, als ob da eine unsichtbare, aber feste Straße wäre, auf der das Flugzeug sicher ruhte. Evelyn sah hinunter, wurde schwindlig und klammerte sich mit dem Blick in der Kabine fest. Es saßen noch drei Leute außer ihr darin. Ein Ehepaar, das eine Sprache redete, die Evelyn für Tschechisch

hielt, und Herr von Gebhardt, schräg vor ihr. Es war heiß und der Motorenlärm machte ein Gespräch unmöglich. Herr von Gebhardt lächelte Evelyn zu und reichte ihr wieder die Zeitung. Sie nickte ihm zu. Sie sah sich nach ihrem Köfferchen um. Herr von Gebhardt fing ihren Blick und deutete aus dem Fenster hinaus, wo die Flügelflächen in der Sonne glänzten. Evelyn zuckte die Achseln. Der Pilot drehte von Zeit zu Zeit sein hübsches, braunes Gesicht nach hinten und schaute durch eine kleine Glasscheibe in die Kabine. Einmal zeigte er auf etwas unten auf der Erde und lachte. Herr von Gebhardt lachte zurück und schaute hinunter. Evelyn schaute auch hinunter. Die Erde lag schief und klein, aber ordentlich eingeteilt in Felder, weit unten. Es war so klar, dass man einen Hund eine Straße entlang laufen sah, es mochte auch ein Pferd sein. Evelyn nahm die Zeitung. Sie war dankbar für alles, was sie vom Denken abhielt. Etwas später wurde der tschechischen Dame schlecht. Still und geräuschlos übergab sie sich in eine kleine Papiertüte. Evelyn lächelte mitleidig. Sie kam sich gepanzert und gefeit vor, durch viele Feuer gegangen und gehärtet gegen die kleinen Dinge im Leben. Das Flugzeug flog beinahe ohne Schwankung. Unten waren Dörfer, rund in ihre Grenzen gebunden. Evelyn rauchte wieder eine Zigarette, es war noch immer so viel von Frank in dem Aroma. Herr von Gebhardt deutete auf eine Tafel, die das Rauchen verbot. Mit Kummer trennte sie sich von der Zigarette und begann zu lesen. Sie las gedankenlos, ohne recht zu wissen was. Ein Satz nahm sie gefangen, der in einem Feuilleton gedruckt stand. »Wir alle«, so stand dort, »sterben zu irgendeiner Zeit unseres Lebens, ohne begraben zu werden. Unser Schicksal ist erfüllt, wir haben alles erhalten, was das Leben uns zu geben hatte, und wir haben alles hergegeben, was in uns war. Was nachher kommt, verdient nicht mehr den Namen Leben. Die Welt ist voll Menschen, die gestorben sind und es nicht wissen. Nur wenigen ist es vergönnt, in dem Augenblick zu sterben, da ihr Leben sich erfüllt hat.«

Wie wahr, dachte Evelyn und ließ das Blatt in ihren Schoß sinken. Wie ganz wahr, wie überaus wahr. Sie sah ihre Zukunft vor sich, korrekt und langweilig wie die Düsseldorfer Straße. Frau Landgerichtsrat Droste. Frau Oberlandgerichtsrat Droste. Bärchen würde werden, wie Kurt war, und Clärchen würde eine gute Erziehung bekommen wie sie selbst. Sprachen, Englisch, Französisch und Kunstgeschichte. Sie selbst, Evelyn, wird ihren siebzigsten Geburtstag feiern, und sie wird noch immer Evelyn sein. Vielleicht wird sie vergessen haben, dass sie einmal nach Paris fuhr und wahnsinnige Dinge erlebte. Aber sie hat ja auch den Tag nicht vergessen, da sie als Fünfjährige von zu Hause durchgebrannt war, fortgelaufen, hinter einem Regiment Soldaten her. Nur dass dieses große Abenteuer ihrer Kindheit nicht mehr wichtig war, nur mehr ein Lächeln wert. Vielleicht wird auch das mit Frank später unwichtig werden, ein bisschen komisch sogar. Das zu denken war tröstlich und traurig zugleich. Tot sein und es nicht wissen. Sterben, ohne begraben zu werden. Das war es. Sie suchte nach, wer die weisen Worte geschrieben hatte. H. Hirschbach. Kein großer Dichter. Ein unbekannter Name von stumpfem, bürgerlichem Klang. Sie las noch ein wenig, aber was noch kam, war enttäuschend. Es handelte vom Frühling und war in keine Beziehung zu ihr selbst zu bringen. Herr von Gebhardt wartete mit Kaugummi auf. Es war etwa eine halbe Stunde später, als Evelyn einschlief und einen wunderschönen Traum hatte. Sie war an einer blauen Bucht, das Wasser war klar und tief, und der Grund war blau wie das Wasser. Fische in zauberhaften Formen und Farben schwammen herum, zogen in Schwärmen durch das Klare, silbern, golden und leuchtend rot, von einem Rot, das es in Wirklichkeit gar nicht gab. Ein großer Gesang kam aus der Tiefe und alles schwebte. Wie Sterne oben schweben, mit solcher Leichtigkeit schwebte es unten. Ein Schiff kam daher, das war von Delphinen gezogen und hatte leuchtende Segel von der Farbe der roten Fische. Auch das Schiff sang, es hatte eine eigene, große, ruhige Stimme. Evelyn war auf dem Schiff, zwischen nackten Menschen, und sie segelten schnell auf eine Insel zu, die aus dem Wasser wuchs, die aus der Tiefe geboren wurde, während sie sich ihr näherten. Auch auf der Insel waren nackte Menschen, schöner als wirkliche Menschen sind; sie pflückten Früchte von hohen Bäumen und warfen sie in die Luft. Die Früchte schimmerten wie Metall und kehrten nicht zum Boden zurück. Ganz ohne Schwere stiegen sie auf und verschwanden im Himmel, stiegen auf und verschwanden.

Evelyn wusste nicht, wie lang dieser Schlaf und Traum gedauert hatte. Als sie erwachte, war sie noch ganz durchtränkt von seiner Leichte und Seligkeit. Das waren die wenigen, denen es vergönnt ist, in dem Augenblick zu sterben, da ihr Leben sich erfüllt hat, sagte jemand, als sie noch in dem winzigen Dämmern zwischen Schlaf und Aufwachen hing. Es war H. Hirschbach, der sprach, ein kleiner Mann mit Brille und schlecht rasiert, und sie lächelte entschuldigend über so viel Konfusion, als sie die Augen öffnete. Es ist ganz still im Flugzeug, diese Stille ist es, die sie aufgeweckt hat. Kein Motorengeräusch, und sie sinken weich und mit dem Gefühl einer reibungslosen Leere.

»Gleitflug«, sagte Herr von Gebhardt in die Stille.

Dann fängt das Flugzeug zu taumeln an. Die tschechische Dame sagt etwas, laut und unverständlich und schweigt gleich wieder. Herr von Gebhardt springt auf, hält sich an dem taumelnden Flugzeug fest und starrt durch die Glasscheibe hinaus.

»Motordefekt«, sagt er leise. Evelyn lächelt. Der Pilot draußen wendet sein Gesicht zur Kabine, es ist nicht mehr braun, sondern weiß, grünlich, leuchtend, fast phosphoreszierend von Blässe. Das tschechische Ehepaar hält sich bei den Händen. Es ist ganz still, sonderbar, wie still es in dem hinabstürzenden, hinabsausenden Flugzeug ist. Evelyn sitzt bewegungslos und staunt, dass sie sich nicht fürchtet. Herr von Gebhardt wendet sich ihr zu, auch er ist grün im Gesicht. Er ist ein großer, breiter Mann, älter als Frank, aber doch ein wenig wie Frank, stark und männlich. Er nimmt, während sie noch immer stürzen, taumeln, stürzen, Evelyn in die Arme und legt ihr Gesicht an seine Schulter, sodass sie nichts mehr sieht.

»Keine Angst«, sagt er. »Es kann noch gut gehen.« Evelyn liegt an seinem rauen Rockaufschlag, gelassen und beschützt bei dem fremden Mann.

Sie sieht: ihre Mutter, Bärchens kleine Füße. Die Tapete aus dem Hotel. Marianne ganz in Rot. Einen Bach, in dem sie stand als Kind. Sie sieht ihre eigenen kleinen, vierjährigen Hände und ihren Kinderschatten. Kurt sieht sie nicht. Frank sieht sie nicht. Schwarz. Rot. Traumrot. Dann kommt ein ungeheuer dumpfer Stoß und Schlag und eisige Kälte. Dann kommt ein Schmerz, ungeheuer, ärger als Geburt und nicht zu ertragen. Dann kommt nichts mehr.

SONNABEND: DER MANN

Ein Wagen fuhr vorbei mit dem Hufschlag zweier Pferde auf dem Pflaster der Düsseldorfer Straße. Es war noch dunkel, nur um die beiden Fenster lag etwas graue Helle. Das Geräusch hatte den Landgerichtsrat aufgeweckt und er war sogleich ganz wach. Er lag eine Weile bewegungslos, um Evelyn nicht zu stören, dann drehte er sich vorsichtig um. Erst als das andere Bett so still und ohne Atem blieb, erinnerte er sich, dass Evelyn in Geltow war. Veronika hatte sich die Mühe erspart, Evelyns Bett herzurichten, und sein Umriss trat langsam ins Graue, glatt und ordentlich unter der gespannten Überdecke. Droste gähnte laut und drehte die Nachttischlampe an, um zu sehen, wie spät es war. Noch nicht halb fünf. Auf dem Nachttisch lag ein Stoß Zeitungen, bei deren Durchlesen er gestern eingeschlafen war. Droste griff das Blatt, in dem er zuletzt gelesen hatte, vom Bettvorleger auf und faltete es raschelnd zusammen. Es war überaus behaglich, das Schlafzimmer für sich allein zu haben, mit Rascheln, Gähnen, Lichtmachen, Lärmmachen, Lesen und wieder schläfrig werden. Er blätterte ein wenig in den Prozessberichten der letzten Tage; dann suchte er die *Vossische Zeitung* vom Donnerstag, in der er eine Artikelserie von dem jungen Schriftsteller Hirschbach verfolgte, die ihn interessierte. Er las kurze Zeit, fand den Artikel schwächer als die vorhergehenden, dann starrte er noch eine Weile in die Lampe, bis er Strahlen sah und tränende Augen bekam. Das war eine schlechte Gewohnheit noch aus der Kinderzeit, und seine Mutter hatte es immer Lichttouren genannt. Zuletzt löschte er das Licht noch einmal aus, seufzte tief und zufrieden und schlief wieder ein, während das Zimmer immer heller und deutlicher wurde.

Um sieben Uhr erwachte er wieder, stand auf, badete und rasierte sich sorgfältig, wobei er mit zusammengepresstem Mund die schöne Melodie aus der unvollendeten Symphonie von Schubert sang. Es war ein hübscher, klarer Morgen, kühl, aber sonnig. Droste fühlte sich leicht wie seit langem nicht, er hatte Ermüdung und Heiserkeit weggeschlafen, und erst jetzt begann er sich über seinen Erfolg im Fall Rupp richtig zu freuen.

Er besuchte das Kinderzimmer und erhielt sogar vom Fräulein die Erlaubnis, seinen kleinen Sohn für zwei Minuten auf dem Arm zu halten, während Fräulein die Morgenflasche herrichtete. Er holte die altmodische flache Golduhr seines Vaters heraus, die er immer trug, und hielt sie an Bärchens Ohr. Zwar begrüßte Bärchen den funkelnden Anblick mit Gekreisch, aber das akustische Phänomen schien über seinen Horizont zu gehen. Er zog die Mundwinkel hinab und gab ein Knarren von sich, bei dem Droste ihn erschreckt auf dem Wickeltisch deponierte.

»Ein dummes Kind«, sagte Clärchen überlegen. Sie

selbst war zu groß, um an Uhren zu horchen, aber sie hatte nichts dagegen, wenn der Rückdeckel aufgemacht wurde und man das Ding ticken und sich bewegen sah. Sie schnaufte laut vor Konzentration und Droste spürte das warme leichte Haar von Madamchen zärtlich neben seiner Schläfe, als sie zusammen die Köpfe über das Uhrwerk gebückt hielten.

Das Frühstück ging vor sich, mit dem üblichen Zeremoniell. Der Landgerichtsrat setzte sich ahnungslos auf Madamchens Knie und gab mit viel Staunen und Verschwören kund, dass so etwas unerhört sei. Der Kaffee war dünn wie immer, denn – wie Veronika selbst zugab – Kaffee war nicht ihre wahre Stärke. Die Haushaltsmaschine war geräuschvoll im Gang, im Wohnzimmer surrte der Staubsauger, auf dem Korridor hörte man Fräulein rufen: »Fräulein Veronika, das Wasser.« Vom Kinderzimmer kam Bärchens Glucksen und Jubeln, als er gebadet wurde, und eine zufallende Tür schnitt den vergnügten Lärm ab. Droste rauchte seine Frühstückszigarette und blies Ringe zu Clärchens Amüsement. Clärchen saß auf seinem Knie und wollte ihm vorflunkern, dass sie im Keller gewesen wäre und dort zwei rosa Elefanten aus Zucker gesehen hätte, so groß wie die im Zoo. Draußen klingelte es. Veronika trampelte dahin, um aufzumachen, dann gab es eine Unannehmlichkeit.

»So, jetzt haben wir's«, sagte nämlich Veronika, ohne zu klopfen. »Ich hab's gewusst, so wird's kommen.«

»Was ist los?«, fragte Droste aufgestört.

»Der Mann ist da und sperrt das Gas ab, weil die Rechnung nicht bezahlt ist. Gemahnt haben die ja wohl genug und kein Wunder, sie verlieren die Geduld«, bekundete Veronika mit einer Art von bitterem Triumph in der Stimme.

»Verdammt«, sagte der Landgerichtsrat, schob Clärchen von seinem Knie und stürmte in das Wohnzimmer an den Schreibtisch. Ja, da lag die Gasrechnung und daneben der ausgefüllte Postscheck auf sechzehn Mark und vierundsiebzig Pfennige. Aber bezahlt war nicht worden.

»Ich werde mal mit dem Mann reden«, sagte er.

»Ja, das versuchense man«, erwiderte darauf Veronika mit offenem Hohn.

Droste sperrte die Schublade auf, in der Evelyn das Haushaltsgeld verwahrte, aber er konnte kein Geld finden. Ungeduldig und wütend kratzte er aus seiner Brieftasche zusammen, was er brauchte; es blieben ihm noch ein paar Mark für seinen persönlichen Bedarf übrig. Mit dem Geld ging er ins Vorzimmer, wo ein Mann in blauer Bluse kniete und am Gasmesser herumschraubte. Es zeigte sich, dass der Mann es ablehnte, die Bezahlung anzunehmen.

»Ich bin nicht befugt«, sagte er, und das großartige Wort schien seiner schweren Zunge Genuss zu bereiten. »Nicht befugt, Geld in Empfang zu nehmen. Das ist die Befugnis von der Kassenabteilung. Meine Befugnis ist absperren.« Und er sperrte ab und ging, nicht ohne viele große Fußabdrücke auf dem Linoleum und einen süßlich-bitteren Gasgeruch in der ganzen Wohnung zu hinterlassen. Veronika litt stumm. Ihr Gesicht sagte, dass es so komme, wenn man bei Leuten im Dienst sei, die wirklich nicht fein wären.

»Heut gibt's kein Mittagessen«, sagte sie einsilbig.

»Geht ins Wirtshaus«, erwiderte Droste zornig.

»Bärchen kann nicht im Wirtshaus essen«, sagte Fräulein, die sich zu der Klageszene eingefunden hatte. »Wenn Bärchen kalte rohe Milch trinkt, bekommt er Brechdurchfall, worauf zweiundsiebzig Prozent von Säuglingssterblichkeit zurückzuführen sind.«

Bei dieser Reminiszenz aus Fräuleins Säuglingsschwesterexamen kochte der Landgerichtsrat über. Er knallte die Tür hinter sich zu, hörte, wie Clärchen und Bärchen fast gleichzeitig zu brüllen anfingen, und stürzte ans Telefon. Seine ganze Wut hatte sich gegen Evelyn gewendet. Mit streitsüchtiger Stimme verlangte er eine Verbindung mit Geltow.

»Ich muss sofort mit Evelyn sprechen«, sagte er, als Marianne sich meldete. Der kleine Ärger hatte schon wieder seine nervöse Heiserkeit zurückgebracht. Marianne antwortete nicht sofort.

»Evelyn schläft leider noch«, sagte sie liebenswürdig.

»Dann wird sie eben geweckt werden. Ich muss sie sprechen.«

»Menschenskind«, sagte Marianne, »wo brennt's denn?

Lass doch die kleine Maus schlafen. Es ist viel zu früh für sie.« Dies ärgerte Droste noch mehr.
»Evelyn ist schließlich kein Wickelkind. Wir behandeln sie immer wie ein Wickelkind, aber sie ist kein Wickelkind. Sie hat auch ein bisschen Verantwortung!«, rief er gereizt.
Das Telefon blieb für ein Weilchen stumm, als ob Marianne nun gegangen wäre, um Evelyn zu wecken. Aber anscheinend hatte sie sich die Sache nur überlegt, denn sie sagte schließlich:
»Erzähl mir zuerst, was es gibt, und dann will ich sehen, ob es lohnt, Evelyn aufzuwecken.«
Droste kam nun mit der Geschichte von der Gasrechnung heraus, die seit Wochen auf dem Schreibtisch lag, verbummelt, versäumt, vergessen wurde, er zitierte Veronikas Drohung, dass es kein Mittagessen gäbe, und Fräuleins Befürchtung wegen Bärchen, und er beklagte sich bitter über Evelyns Unbrauchbarkeit. Marianne lachte leise.
»Na, Puschel«, sagte sie. »Wenn das Gas abgesperrt ist, was kann denn da Evelyn nützen? Lass sie doch schlafen. Ich werde mit den Leuten beim Gaswerk reden, ich kenne da eine Menge von ihnen, unsereiner hat immerfort mit der Gesellschaft zu tun. Ich verspreche dir, dass Bärchen warme Milch bekommt. Ist das besser?«
Die resolute Vernunft in ihrer Stimme besänftigte Droste.
»Aber du musst zugeben, dass es mit Evelyn manchmal

kaum auszuhalten ist, so unzuverlässig und unpraktisch wie sie ist«, murrte er noch hinterher.
»Wenn du dich über Evelyn beklagen willst, musst du zu anderen Leuten gehen als zu mir«, antwortete Marianne.
»Schimpf sie wenigstens aus, wenn sie aufwacht«, rief Droste, schon besser gelaunt. »Ich komme zum Nachtessen nach Geltow und hole Evelyn in die Stadt.«
»Ich rufe dich noch an, ob es uns passt«, erwiderte Marianne hierauf. Droste wunderte sich einen flüchtigen Moment lang über diese Antwort. Die Besuche und Nachtessen in Mariannes kleinem bunten Haus waren eine stehende Einrichtung und bedurften keiner Abrede.
»Auf Wiedersehen gegen sechs«, rief er in den Apparat.
»Nicht vor sieben«, sagte Marianne und hängte ab. Droste holte seinen Mantel und schlich sich an Veronika vorbei zur Ausgangstür.
»Die Geschichte ist in Ordnung«, sagte er. »Man wird das Gas wieder aufmachen.« Veronika sah aus, als würde sie ihm nie mehr ein Wort glauben. Er machte sich davon und wanderte zum nächsten Postamt, wo er in einer Reihe mit Stiften und Bürodienern darauf wartete, seine sechzehn Mark vierundsiebzig Pfennige loszuwerden.
Gegen elf rief Marianne ihn in seiner Kanzlei an und teilte ihm mit, dass die Sache mit dem Gas in Ordnung sei. Sie hatte mit den höheren Stellen gesprochen, sie hatte Veronika angerufen, ja, der Mann sei zurückge-

kommen, das Gas ströme wieder, das Mittagessen sei am Kochen, Kartoffelpuffer mit Apfelkompott, und Bärchen habe seine Karotten bekommen.

»Und Evelyn?«, fragte der Landgerichtsrat.

»Evelyn schläft noch«, sagte Marianne. »Ich war eben bei ihr drinnen«, setzte sie noch hinzu. »Sie hat ganz rote Backen, die Ruhe tut ihr gut.«

Der Landgerichtsrat lächelte unwillkürlich, als Marianne ihm dieses Bild der schlafenden Evelyn vorführte. Er lächelte und seufzte zugleich. Marianne hängte wieder so eilig ab wie am Morgen.

Droste arbeitete ein wenig an dem Stapel von Post und Dienstschriftsachen, die sich während der Verhandlung Rupp angesammelt hatten. Danach hatte er eine steife und etwas zu höfliche Konferenz mit dem Staatsanwalt. Kurz nach zwölf gab es eine Sensation. Ein Zitronenfalter taumelte jung und betrunken durch den kleinen Hof, der die rote Mauer des Untersuchungsgefängnisses von Drostes Zimmer trennte. Perlemann geriet in hysterische und kindische Freude, er riss das Fenster auf und hing mit halbem Leib hinaus. Er rannte davon, kam schwitzend zurück mit ein paar Blumen, die er sich in der Kantine geholt hatte. Es waren kümmerliche Blumen, wie sie eben auf dem Tisch einer Gerichtskantine zu finden sind. Perlemann stellte sie als Einladung für den verirrten Zitronenfalter in das geöffnete Fenster. Aus dem Stockwerk höher oben und den zwei Stockwerken darunter schauten Köpfe. Drüben im Gefängnis waren die Fenster hinter den Gittern aus undurchsichtigem Glas, das verhütete, dass den eingesperrten Untersuchungsgefangenen der Anblick eines freien, etwas zu früh geborenen Schmetterlings zuteilwurde. Ein Aufseher, der mit Dienstschriften über den Hof ging, blieb stehen, drehte sein gutmütiges, rotes Gesicht aufwärts und begann zu lächeln. Um diese Zeit hatte auch Droste angefangen, sich dafür zu interessieren, ob es Perlemann gelingen würde, den Zitronenfalter auf die Blumen und ins Zimmer zu locken. Er saß an seinem Schreibtisch, hatte die Papiere beiseitegeschoben und die kleine Pfeife ausgehen lassen und schaute starr und lächelnd auf den schmalen Streifen Sonne, in dem das zierliche, gelbe Wesen auf und ab flatterte. Als der Falter zuletzt auf gebreiteten Schwingen herunterschwebte und sich auf einer der schäbigen halbvertrockneten Blumen niederließ, ging er auf Zehenspitzen näher und besah dieses kleine Wunder in Moabit. Winzige facettierte Augen wie Edelsteine. Die fiedrigen Fühler zitterten. Perlemann streckte seine Pranke aus. »Dich haben wir«, sagte er aufgeregt. Droste hielt ihn fest. »Nicht anrühren«, sagte er heftig. Es war seine Sache geworden, die Flügel des unerfahrenen Zitronenfalters vor Verletzungen zu schützen. Der Falter erhob sich und flog zögernd davon. Sein Besuch ließ noch lange ein verwundertes und zufriedenes Lächeln auf Drostes Gesicht.

»Wenn es regnet, geht er tot«, sagte Perlemann gekränkt.

»Wenn er tot geht, das ist nicht unsere Sache«, erwiderte der Landgerichtsrat.
Der alte Untersuchungsrichter Berger kam gleich darauf herein und forderte Droste auf, mit ihm zu Nettelbeck zum Essen zu kommen. Droste entschloss sich in einem unvermittelten Anfall von Leichtsinn zum Mitkommen. Die Monatsfinanzen schienen doch schon in eine trübe und verwirrte Unordnung geraten zu sein, nun kam es nicht mehr darauf an, wenn er zwei oder drei Mark mehr verbrauchte. Sechs Mark waren ihm in der Tasche geblieben, nachdem er die Gasrechnung bezahlt hatte. Er öffnete dem alten Richter die Tür und ließ ihn vorausgehen. Er hatte als Assessor bei dem alten Herrn gearbeitet und viel von ihm gelernt. Seit ein paar Jahren war Berger vielleicht ein wenig in den Schatten gestellt worden, aber Droste hing mit einer herzlichen Zuneigung an ihm, und er wusste, dass Berger einer von den wenigen älteren Richtern war, die sich über seinen eigenen raschen Aufstieg freuten.
Nettelbeck war ein Männerlokal. Man sah keine einzige Frau außer der alten Nettelbeck, die selber wie ein pensionierter General aussah und eiserne Zucht in Küche und Weinkeller hielt. Droste studierte die Speisekarte auf jener Seite, wo die Preise standen und bestellte mit Vorsicht. Er saß behaglich auf dem roten, abgenützten Samtstuhl und ließ sich von Berger einen kalten, beinahe moussierenden Pfälzer Wein einschenken. Er hatte einen guten Tag mit vielerlei Annehmlichkeiten

und er freute sich auch auf den Abend mit Marianne und Evelyn.
»Ich habe einen kleinen Vogel singen hören«, sagte Berger, »dass Sie den Fall Hoffmann übernehmen werden. Sie werden viel Spaß daran haben. Hoffmann ist einer der amüsantesten Burschen, die mir in meiner Praxis vorgekommen sind. Nicht so ein zäher Bissen wie diese Rupps. Wenig Mühe und viel Ehre dabei. Ich freue mich für Sie, wenn Sie es kriegen.«
Obwohl Droste nicht viel von dem Tratsch hielt, der immer durch das Gerichtsgebäude summte, so machte ihn diese Andeutung doch warm. Wenn er den Fall Hoffmann bekam, dann bedeutete das viel. Es bedeutete Anerkennung, große Öffentlichkeit, und es war auch interessant. Hoffmann war einer von den großen Finanzschwindlern, die wie Vagabunden den Rückzug des Kapitalismus begleiteten und an der Unordnung dieses Rückzuges profitierten.
»Verdammt – da hieße es aber sich hinsetzen und Finanzgeschichte büffeln«, sagte er aufgeregt. Der alte Untersuchungsrichter lachte.
»Jawohl, Freundchen«, sagte er. »Da sind mir auch die Augen häufig übergegangen. Man sollte unsereinen mit seinen 800 Mark Gehalt und 56 Mark Dienstzulage gar nicht so viele Millionen vor die Nase bringen. Na, lesen Sie mal *Evolution des Geldes* von Zimmer. Ausgezeichnetes Buch, wenn Sie sich informieren wollen.« Berger selbst führte die Voruntersuchung im Fall Hoffmann.

Droste notierte den Titel des Buches in seinem geordneten und geräumigen Gedächtnis. Der Wein hatte ihn noch leichter gemacht, als er zuvor gewesen war. Die kühle, aromatische Blume des Pfälzers und der Zitronenfalter und Clärchens warme Haare neben seiner Schläfe – das alles war gut und gehörte zusammen. Und Evelyn, natürlich Evelyn, dachte er hinterher. Er dachte es mehr aus Pflichtgefühl, nicht spontan, aber er freute sich auf Evelyns Rückkehr von Geltow. Er war ihr nicht mehr böse wegen der Gasrechnung, obwohl er gezwungen war, ihr Vorwürfe zu machen, wenn es noch schlimmer mit ihrer Unselbständigkeit werden sollte.

Auf dem Heimweg verließ er die Straßenbahn an einer Ecke, ging in seine Buchhandlung und kaufte die *Evolution des Geldes.* Es war ein ziemlich dickes Buch, grau, broschiert und mit vielverheißendem Index. Er musste den Preis auf seine Rechnung schreiben lassen. Drostes hatten eine Monatsrechnung in der Buchhandlung, denn wenn sie auch sparsam sein mussten und ein Taxi Verschwendung bedeutete, so war da doch ein ziemlich großer Konsum an Büchern: Evelyns Leihbibliothek, die Fachschriften des Landgerichtsrats und seine Subskriptionen auf teure historische Werke. Die Bücher, die Kultur – das war ein typischer und wichtiger Teil in dem höheren Beamtenleben der Düsseldorfer Straße.

Droste ging die zwanzig Minuten bis zu seiner Wohnung, er durchquerte die kleine Anlage am Olivaer Platz und sah sich nach den Kindern um, aber sie waren nicht da. Zu Hause waren sie auch nicht. Die Wohnung roch nach Bohnerwachs; Veronika hatte eine unglückselige Gabe, der Wohnung täglich andere Gerüche zu übermitteln. Droste machte die Fenster auf, es war wärmer geworden. Er setzte sich neben das Radio und stellte es an. Nach einigem Drehen bekam er, was er wollte. Ein Konzert des Rheinischen Streichquartetts, das um zwei Uhr nachmittags für die Blinden gegeben wurde. Sie spielten Haydn. Er setzte sich zurecht und begann die Blätter des neuen Buches aufzuschneiden. Er genoss die Ruhe, das Alleinsein, die Musik; sogar das Geräusch, mit dem das Papiermesser die Seiten trennte, bereitete ihm einen Genuss. Das Telefon klingelte. Es war zuerst Professor Senftenbergs Sekretärin, dann Professor Senftenberg selbst, der große Chirurg, den sie im Klub kennengelernt hatten. Ob Droste und seine Frau am Sonntag zum Mittagessen in seine Junggesellenbude kommen wollten, fragte er. Seine Junggesellenbude war eine der schönsten Villen in Dahlem. Droste sagte mit Vehemenz zu. Er mochte Senftenberg gerne, und er war sicher, dass Evelyn gern hingehen würde. »Marianne kommt auch«, setzte der Professor hinzu, und das machte die Sache noch besser. Gleich nachdem der Landgerichtsrat gedankt und die Empfehlungen und Komplimente des Professors entgegengenommen und das Telefon aufgehängt hatte, klingelte es wieder.

Er legte das Papiermesser zwischen die Buchseiten, denn

er hatte eben ein interessantes Kapitel aufgeschlagen, »Geldwert, Fiktion und Symbol«, und er nahm den Hörer mit leiser Ungeduld.

»Hallo?«, sagte er.

»Hier ist die Lufthansa, Direktor Breitenstein. Kann ich mit Herrn Landgerichtsrat Droste sprechen?«, sagte eine Bassstimme mit stark norddeutschem Akzent.

»Am Telefon«, erwiderte Droste ungeduldig.

Der Bass räusperte sich. »Ich habe Ihnen leider eine sehr schlimme Nachricht zu übermitteln«, sagte der Bass jetzt. »Ich glaube, es ist am besten, wenn wir es kurz machen, Herr Landgerichtsrat. Unser Flugzeug Nr. 36 hat einen schweren Unfall erlitten.«

»Wen wollen sie eigentlich sprechen?«, fragte Droste.

»Ist dort Landgerichtsrat Droste?«, wurde zurückgefragt.

»Jawohl«, sagte Droste.

Der Bass räusperte sich und nahm einen neuen Anlauf. »Unser Pariser Flugzeug ist zwischen Arraumiere und Desancourt abgestürzt und verbrannt, ganz in der Nähe der französischen Grenze«, wurde jetzt gesagt. »Leider habe ich Ihnen die traurige Mitteilung zu vermitteln, dass Ihre Gattin schwer verunglückt ist.« Das Telefon wartete einen Augenblick, und da der Landgerichtsrat nichts antwortete, setzte es hinzu: »Wir halten ein Flugzeug in Tempelhof bereit, falls Sie zu der Unglücksstelle fliegen wollen.«

»Was denn? Was denn?«, sagte der Landgerichtsrat.

Der Bass im Telefon fügte hinzu: »Gestatten Sie mir,

persönlich und im Namen der Lufthansa das allertiefste Bedauern auszusprechen – es wird alles geschehen, was in unserer Macht steht, um ...«

»Halt«, sagte der Landgerichtsrat. »Ihr Pariser Flugzeug ist abgestürzt? Das ist schlimm, das tut mir sehr leid. Aber es ist ein Irrtum, dass sie mich anrufen. Meine Frau war nicht in dem Flugzeug.«

Der Bass schien das eine längere Weile zu überlegen, er murmelte mit irgendeiner dritten Person am anderen Ende der Leitung. »Der Flügel, in dem das Gepäck untergebracht war, ist abgebrochen und dadurch nicht mit verbrannt«, wurde dann gesagt. »Wir haben im Gepäck den Pass und die Adresse Ihrer armen Gattin unversehrt gefunden.«

Plötzlich fiel es Droste auf die Nerven, dass die fremde Stimme Evelyn Gattin nannte und dazu arme Gattin.

»Meine Gattin ist zu Hause«, sagte er kürzer als er gewollt hatte.

»Hat jemand anderes möglicherweise den Pass Ihrer Gattin benützt?«, wurde jetzt im Telefon vermutet. Die ganze Konfusion machte den Landgerichtsrat so ärgerlich, dass sein Ärger das Bedauern über den mitgeteilten Flugunfall verwischte. Mit einer solchen Alarmgeschichte auf die falsche Adresse zu verfallen, dachte er wütend. Man wiederholte nochmals und dringlich, dass er nach Tempelhof kommen solle, dass ein Flugzeug bereit stünde; die Angelegenheit verwirrte sich immer mehr, und zuletzt hängte Droste ein.

Er nahm das Buch vor, das Papiermesser war inzwischen aus den Seiten geglitten. Das sonderbare Telefongespräch hatte ihn nervös und bedrückt zurückgelassen. Er las ein paar Zeilen, ohne sie aufzunehmen, dann klappte er das Buch zu, nahm das Telefon und rief Geltow an.

»Ich möchte Evelyn sprechen», sagte er, als sich Marianne meldete. »Hallo?«, sagte er, als Marianne nicht gleich antwortete.

»Evelyn ist spazieren gegangen«, sagte Marianne nun.

»Allein?«, fragte er und merkte mit einem sonderbaren Unbehagen, dass er schon wieder heiser wurde.

»Ja«, sagte Marianne.

»Ich muss sie aber sprechen. Wann kommt sie zurück? Kannst du sie nicht rufen? Sooft ich Evelyn sprechen will, ist irgendeine andere Schwierigkeit«, sagte er. Er war jetzt sehr nervös geworden.

»Nur nicht so nervös, Puschel«, sagte Marianne. »Was ist denn schon wieder los? Geht jetzt das Gas oder geht es nicht? Ist Bärchens Milch angebrannt? Hat das Fräulein sich das Genick gebrochen?«

Er hörte Mariannes leises Lachen und es ärgerte ihn.

»Ich bin eben nervös«, sagte er ungeduldig. »Ich habe da so einen scheußlichen Anruf von der Lufthansa gehabt: ein Flugzeug ist abgestürzt und eine Frau verunglückt, und die dachten, es sei Evelyn. So etwas erschreckt einen, auch wenn es falscher Alarm ist.«

»Das Flugzeug aus Paris ist abgestürzt?«, rief Marianne, noch bevor er ausgeredet hatte.

»Ja«, antwortete er. Erst eine Sekunde später fing sein logisches Gehirn zu arbeiten an und fragte Marianne, wieso sie wissen konnte, welches Flugzeug es war.
»Marianne?«, sagte er atemlos.
Im Telefon war jetzt keine Stimme, sondern ein Poltern, als ob Marianne etwas umgeworfen hätte oder gefallen wäre.
»Marianne«, rief der Landgerichtsrat geängstigt. Es sauste in der Muschel oder in seinem Ohr. Dann hörte er Marianne wieder sprechen.
»O, Kurt«, sagte sie leise. »O, – Kurt, O, Kurt«
»Wo ist Evelyn?«, schrie Droste, alles war so sinnlos und drehte sich und ängstigte ihn.
»O, Kurt – O, Kurt«, sagte Marianne wieder. »O, Kurt.«
Der Landgerichtsrat begann zu zittern. Es war viel mehr als ein Zittern, es schüttelte ihn, seine Zähne klirrten gegeneinander, seine Finger hatten Mühe, den Hörer zu halten. Seine Knie gaben nach, er fasste schnell nach dem Schreibtischstuhl und ließ sich fallen. Ein paar Minuten lang, die sich endlos ausdehnten, war alles nur Nebel, Schwindel, Angst, Schrecken, Wahnsinn. Das ist ja wahnsinnig, dachte er. Ich bin ja wahnsinnig.
Es war, als ob die Düsseldorfer Straße in einem Erdbeben zusammenstürze, in einer Explosion aufginge, im Unmöglichen verschwände. Es war wahnsinnig zu denken, dass Evelyn in Geltow spazieren ging und zugleich mit einem Flugzeug an der französischen Grenze abgestürzt sei. Alles spaltete sich, wurde doppelt, schob sich in

gläsernen Schichten übereinander, ein Kaleidoskop von schrecklichen Bildern drehte sich vor Drostes geschlossenen Augen. Er griff nach seinem Kinn, an dem sich Schweißtropfen sammelten, wie er es oft bei Angeklagten im Moment des Zusammenbruchs gesehen hatte. Es war ihm, als arbeiteten zwei Gehirne zugleich hinter seiner Schädeldecke. Eines zerstört, wirr, tobend, eines, das wahnsinnig wurde, während das andere Gehirn es beobachtete und klare, logische Schlüsse zog. Evelyn ist also tot, dachte dieses klare Gehirn, und es fühlte sich nicht an wie ein Schmerz, sondern wie ein stumpfer Schlag. Sie war also in Paris, während ich glaubte, sie sei in Geltow. Und dies brannte viel schlimmer und fressender, als dass sie tot war. Was hat sie in Paris getan? Wieso habe ich nichts bemerkt? Hat man auf einer Lüge gewohnt, auf dünnem Eis anstatt in einem Haus, dachte er; oder vielmehr, er dachte nicht, sondern es wurde in ihm gedacht, qualvoll und unaufhaltsam. Er schaute die Wände an, den Fußboden, alles schwankte, nichts stand fest. Aber sie hat sich ja gefürchtet, allein in der Untergrundbahn zu fahren. Wie kann sie dann im Flugzeug verunglückt sein, dachte er, und das tat sehr weh. Sie war nicht allein, wurde kalt und reichlich grausam geantwortet, tief in seinem rastlosen Gehirn, wo es immer dachte und arbeitete.
All diese Zeit hatte er den Telefonhörer mit seiner zitternden Hand gegen sein Ohr gepresst gehalten, aber nichts gehört als ein Summen: vielleicht auch war gar nichts zu ihm gesprochen worden.

»Bleib ganz still, bis ich komme – ich bin gleich bei dir«, sagte jetzt Mariannes Stimme. Es kam von weit her, wie von einem anderen Stern oder aus einem bösen Traum. Dann kam eine Zeitspanne, von der Droste gar nichts wusste, obwohl er nie erfuhr, ob er bewusstlos geworden war. Dann läutete das Telefon und ein Fräulein fragte mit gereizter Stimme: »Sprechen Sie noch? Nein? Dann legen Sie bitte den Hörer auf.«
Droste legte den Hörer, den er auf dem Schreibtisch fand, auf die Gabel. Er schaute auf das Löschblatt, das vor ihm lag; seine Augen zeichneten langsam und mit äußerster Genauigkeit die Umrisse von ein paar Tintenflecken nach. Dann nahm er einen Bleistift und zeichnete noch mehr Weintrauben zu denen, die schon auf dem Löschblatt gezeichnet waren. Er hob das Buch vom Boden auf, das hinuntergefallen war. Er las eine Zeile, die gerade neben seinem Zeigefinger lag ... ebenso wie der Traum der Goldmacher aller Zeiten absurd und unlogisch war. Wenn Gold gemacht werden könnte, dann verlöre es sofort und automatisch seinen Wert und seine Stellung als ...
Er las diese Zeile viele Male und ohne sie aufzunehmen. Nebenan weinte Bärchen, und Clärchen sang mit ihrer rauen tiefen Kleinmädchenstimme dazu. Droste wollte ins Kinderzimmer sehen, aber er hatte Angst davor. Es war ihm, als könnte die kleinste Bewegung das Gefäß aus Gefühllosigkeit zerbrechen, in das er heilsam eingeschlossen schien. Er versuchte auch, an Evelyn zu den-

ken, aber dies zerfloss gestaltlos, Evelyn lag mit roten Backen im Bett in Geltow und schlief zu lange. Eine Evelyn, die in Flugzeugen durch die Welt abenteuerte und abstürzte, das war eine Frau, die Droste weder kannte noch sich vorzustellen vermochte. Aber auch in Gerichtsverhandlungen gab es Überraschungen, bei denen einem der Boden unter den Füßen wegglitt. Zarte Frauen mordeten mit Kälte und Überlegung, zersägten Leichen, verbargen sie in Koffern und gingen am gleichen Abend tanzen. Raubmörder liebten Kinder und Kanarienvögel. Eine alte Dame, die allen Leuten Wohltaten erwies, war der Brandstiftung überführt. Ein zwölfjähriger blonder Engel hatte einen Familienvater durch meineidige und abgründige Bezichtigungen ins Zuchthaus gebracht.

Der Mensch ist aus undurchsichtigem Stoff gemacht, dachte Droste. Die Rupp fiel ihm ein, und wie ihr Haar nass geworden war, als sie von den Geheimnissen ihres Mannes erfuhr. Auch sein Haar war nass. Auch er hatte nichts gewusst – auch er hatte nichts gewusst. Es war fünf Minuten vor drei. Clärchen hatte aufgehört zu singen. Evelyn war tot. Er stand auf und ging im Zimmer auf und ab, bis Marianne kam.

Marianne war sehr blass; Droste hatte nicht gedacht, dass Mariannes Gesicht so blass sein könne. Sie kam herein, in Mütze und Mantel, gab ihm nicht die Hände, sondern nahm ihn bei den Schultern.

»Es ist kühl«, sagte sie; »du musst auch einen Mantel

nehmen.« Er schaute sie an, und sie fügte hinzu: »Ich habe den Wagen unten. Ich habe mit den Leuten von der Lufthansa gesprochen. Sie haben ein Flugzeug für uns bereitgestellt. Du musst deinen Pass mitbringen. Es ist jenseits der Grenze.«

Droste war es, als hätte er bisher immer noch gehofft, nur zu träumen oder irrsinnig zu sein und geheilt werden zu können. Aufwachen zu der alten verlässlichen Wirklichkeit, in der eine hilflose, untüchtige und unselbständige Evelyn umherging und ihm große Sorgen und kleine zarte Freude zuteilwerden ließ. Jetzt war es unwiderruflich geworden. Er löste Mariannes Hände von seinen Schultern.

»Sie war in Paris?«, fragte er. »Mit wem?«

Marianne antwortete nicht, sie schaute ihn nur an mit einer sonderbaren Nachdenklichkeit. »Und du hast es gewusst. Du hast mit ihr zusammengesteckt«, sagte Droste.

Marianne hob mit einer vagen Gebärde die Achseln, es schien ihm, als wäre sogar der Schatten eines Lächelns um ihren Mund. Er sah plötzlich seine Hand durch die Luft fahren und Marianne ins Gesicht schlagen. Marianne empfing den Schlag starr und ohne sich zu bewegen. Sie strich nur ihr Haar ein wenig zurück, als es vorbei war.

»Warum hast du es zugelassen, Marianne?«, fragte er.

»Kein Mensch hätte Evelyn zurückhalten können«, antwortete sie.

Es war ungeheuerlich, an Evelyn zu denken als an ein Wesen mit eigenem Willen und eigener Kraft. Er stand noch mit fragendem Gesicht und starr nachdenkenden Augen da, als Marianne schon das Zimmer verließ. Sie kam gleich wieder und brachte ihm Mantel und Hut. Sie zog ihn an wie ein Kind.
»Komm, Puschel, wir müssen uns eilen«, sagte sie sanft.
»Die Kinder …«, sagte er ziellos.
»Die Kinder sind in Ordnung, komm«, sagte Marianne.
Sie redeten kein Wort mehr, sie fuhren, sie hielten an einer Tankstelle, sie fuhren wieder, sie kamen am Flugplatz in Tempelhof an.
»Ich kann nicht mit den Leuten reden«, sagte Droste.
»Nein, Puschel, nein«, sagte Marianne begütigend. Sie stellte sich wie eine Mauer zwischen ihn und die Funktionäre der Lufthansa. Der Pilot, der sie zum Flugzeug brachte, war ein schweigsamer Mensch mit einem mageren Gesicht.
»Ich habe mir ausgebeten, Sie hinzufliegen«, sagte er, als sie über den Asphalt der Startfläche gingen. »Trump, der das Pariser Flugzeug hatte, war mein bester Freund. Das ist der dritte von meinen Freunden, den es erwischt hat. Es ist jedes Mal, als ob einem ein Arm oder ein Bein abgerissen wird. Schlimmer.«
Droste verstand, dass dies Trost und Mitgefühl aussprechen sollte. Es half ihm wenig. Ein Freund, dachte er. Das ist einfach. Aber eine Frau, die stirbt und von

der man weniger gewusst hat als von einem fremden Menschen, der im Omnibus neben einem sitzt.
Marianne zeigte ihm den kleinen Tritt, auf dem er ins Flugzeug steigen konnte, und half ihm. Es tat ihm leid, dass er sie geschlagen hatte. Marianne war gut. »Du bist gut«, sagte er zu ihr. Sie flogen ab. Über Berlin lag rötlicher Dunst, aber oben war es ganz sonnig.
Droste versuchte, den Fall seiner Frau zu analysieren. Sie war also nicht glücklich mit ihm gewesen, und sie hatte ihn auch nicht geliebt. Sie hatte einen anderen geliebt. Warum hat sie es mir nicht gesagt, dachte er, und es schien ihm, dass er großes Mitleid mit ihr spürte. Sie war immer da gewesen, wenn er nach Hause kam, und sie lag jede Nacht neben ihm; sie log ihn an und war geduldig mit ihm und produzierte zu viel weiße Blutkörper. Aber irgendwo hatte sie ein eigenes Leben geführt, heftig und mit Stärke. Kein Mensch hätte sie zurückhalten können, sagte Marianne. Und irgendwo war sie ihren eigenen Tod gestorben. Er war ihr nicht böse.
Dann überlegte er, wer der Mann gewesen sein möchte, dessentwegen sie nach Paris gefahren war. Er überlegte logisch und systematisch wie bei einem Gerichtsfall, aber es gelang ihm nicht, unter den Männern, die er kannte, einen zu finden, der es gewesen sein konnte. Ein Gedanke kam ihm, der ihn mit einer heißen und barbarischen Befriedigung erfüllte, und er wendete sich schnell zu Marianne, die starr aus dem Fenster schau-

te. Sie schüttelte den Kopf, als er etwas fragte, was sie in dem Motorengeräusch nicht verstand. Er nahm seine Füllfeder heraus und schrieb auf ein Blatt seines Notizbuches: »Ist der Mann auch tot?« Marianne las langsam die Zeile mit den dünnen liegenden Buchstaben. Dann nahm sie die Feder aus seiner Hand und schrieb darunter: »Ich weiß nicht mehr als du.« Marianne hatte eine schöne, kräftige steile Handschrift. Seltsamerweise ging von diesen festen Buchstaben eine Art Beruhigung aus. Als wäre nicht mehr alles so uferlos.

Sie flogen, es wurde blasser und weniger sonnig um das Flugzeug, das Maß für Zeit und Entfernung war Droste abhanden gekommen. Er dachte auch bei Weitem nicht die ganze Zeit an Evelyn, an ihren schrecklichen Betrug und ihr rätselhaftes Unglück. Denn so ist der Geist ausgestattet, mit Heilkraft und mit der Fähigkeit, sich nicht nur Schmerzen zuzufügen, sondern auch die schlimmsten Schmerzen zu vermeiden und zu vergessen. Droste sah die Landschaft unten, er erinnerte sich des Zitronenfalters, der am Vormittag für einen Augenblick mit behänden Flügeln auf den Kantinenblumen ausgeruht hatte. Auch der Fall Hoffmann nahm einen großen Teil seiner Gedanken ein, während sie flogen und sich in der Dämmerung der Grenze näherten. So vertieft war er in diesen Fall Hoffmann, dessen wichtigste Züge er sich aus den Zeitungsberichten angeeignet hatte, dass Marianne ihm die Hand auf den Arm legte und zum Fenster hinaus deutete, als sie niedergingen. Der Motor

verstummte, aber Droste war noch taub, als sie schon landeten und ausstiegen.
Unten war es viel dunkler, als es oben gewesen war. Dorfabend, mit dem Geruch von Holzrauch und Feldern. Auch das Flugfeld, auf dem sie landeten, sah wie ein Acker aus. Zwei Männer standen da, grüßten einsilbig. Beide waren Franzosen, aber der eine konnte ein paar ungefüge Worte in Elsässer Deutsch sagen. Sie hatten ein Auto bereit, einen altmodischen, grünen, hohen Wagen. Droste stieg ein und saß wieder wortlos neben Marianne. An seiner anderen Seite hatte der Pilot Platz genommen, auch er redete kein Wort. Der Wagen roch nach nassem Heu. Sie fuhren zwischen Feldern auf einem schlechten Weg und an einem kleinen Dorf vorbei. In ein paar Häusern brannten schon die Lichter. Sie verließen das Dorf und hielten neben einem Wegweiser. Einer der Franzosen stieg aus, deutete vor sich hin und ging ihnen voran. Der andere blieb beim Wagen.
»Sie haben nichts dagegen, wenn ich mitkomme?«, sagte der Pilot. Droste erinnerte sich, dass der Mann seinen besten Freund verloren hatte und schüttelte den Kopf. Der Pilot ging mit langen Schritten neben dem Franzosen her. Es roch nach Brand und nach Erde. Droste begann zu frieren. Er hatte Angst. Sie gingen jetzt quer über Ackerfurchen, die weich unter der Sohle nachgaben. Der Pilot wendete sich zurück und sagte: »Es ist alles an Ort und Stelle gelassen worden wegen der Untersuchung.«

Als Droste so über den Acker ging, von Zeit zu Zeit stolpernd und einsinkend und mit einer kalten Angst vor dem, was noch bevorstand, da überkam ihn mit Mal ein traumhaftes Gefühl. Er hob den Kopf so plötzlich, dass Marianne stehen blieb. Auf der anderen Seite des Ackers kommen drei Pappeln und ein Weg zwischen Weißdorngebüsch, dachte er. Hier war ich schon, dachte er. Es war geisterhaft, dass die drei Pappeln aus dem dunkelnden Abend wuchsen und dass er nun in den Weg zwischen den Büschen einbog. Jetzt hörte er auch die Unken singen, wie sie immer gesungen hatten, in dem kleinen Tümpel am Rand des Gehölzes. Aber das Gehölz war nicht da und auch nicht der Kirchturm. Den haben wir zusammengeschossen, dachte Droste. Er war wieder Soldat, ein junger Soldat, voll Angst über die Ackererde von Frankreich stolpernd. »Wie heißt das Dorf?«, fragte er. Der Pilot drehte sich um. »Arraumiere«, sagte er. Es war ein fremder Name. Hier wachsen überall Pappeln an den Wegrändern, dachte Droste, noch immer traumhaft in die Vergangenheit eingespannt. Überall ist gekämpft worden und überall wachsen Halme über den toten Kameraden aus der Erde. Der Brandgeruch war stark und bitter geworden. Ein paar Männer mit Laternen standen um ein riesiges und verwirrtes Gerippe. Metall, schwarz und verbogen, und ein paar Fetzen bewegten sich in der Luft, als lebten sie noch.

Marianne nahm Drostes Hand und hielt sie fest. Sie

sprach französisch mit den Männern, er verstand kein Französisch. Die Männer traten zur Seite, einer salutierte sogar. Sie ließen den Weg frei zu einer Stelle, wo ein dunkles Häufchen mit Zeltleinwand bedeckt auf dem aufgewühlten Grund lag.

Drostes Angst steigerte sich zu Grauen; wie damals, als er seinen Korporal noch laufen sah, der schon keinen Hinterkopf mehr hatte, nur die von einem Granatsplitter zersprengte blutige Gehirnschale, – mit solchem Grauen sah er jetzt, dass der Pilot sich bückte und einen Zipfel der Leinwand aufhob. Er klammerte sich an Mariannes Hand, aber auch Marianne zitterte. Er gab sich ein Kommando und trat näher in den unzulänglichen Schein der Laterne, die ein Mann mit gestrecktem Arm hochhielt. Er machte sich gefasst darauf, Evelyn zu sehen. Eine fremde, unverständliche Evelyn, verwundet, zertrümmert, grauenvoll zerstört – aber doch Evelyn. Er trat auf Nebel, auch rund um ihn war Nebel, nur Mariannes Hand war noch da, aber Marianne war ihm entschwunden.

Er zwang sich zu sehen. Und er begann wieder zu atmen, denn er sah nichts Schreckliches. Ein Häufchen verkohlter Knochen, dunkel wie die Erde selbst; nur da und dort schimmernd, zart gewölbt, unkörperlich und leicht. Es hatte nichts von Tod, so wie Stein und Holz und Erde nichts von Tod an sich haben. Es hatte nichts mit Evelyn zu tun. Man kann Evelyn nicht einmal begraben, dachte er.

Das Schlimmste war vorbei. Der Pilot deckte die Zeltleinwand wieder über den dürftigen Rest. Die Knochen waren so zart. Es konnte Evelyn sein, es konnte auch ein großer Vogel sein oder ein zartes Tier, ein Reh, ein neugeborenes Fohlen. Die Männer standen alle still mit vorgebeugtem Kopf; dann senkte einer die Laterne und Droste wendete sich um und ging wieder zurück zum Wagen. Jetzt war nicht nur Mariannes Hand bei ihm, sondern Marianne selbst, wärmend in all der Frostigkeit und den Schauern.

»Wie viele sind verbrannt?«, fragte Droste nach einer Weile den Piloten, der mit einer Taschenlampe über die Ackerfurche leuchtete.

»Noch vier«, sagte der Pilot. »Mein Freund Trump und ein Ehepaar aus Warschau. Und ein Fabrikant aus Köln, Dr. von Gebhardt – ich habe ihn auch gekannt, er ist oft geflogen.«

»Gebhardt?«, sagte der Landgerichtsrat. »Dr. von Gebhardt.«

»Es ist schlimm. Er hat vier Kinder, er zeigte mir einmal die Fotografie. Zwei sind zwar schon erwachsen – haben Sie auch Kinder?«, fragte der Pilot.

»Ja«, antwortete Droste ziellos. »Ja, ich habe auch Kinder«, sagte er dann. Er hatte sich erst an die Existenz der Kinder erinnern müssen, und er begann zu lächeln. Sie schienen wirklich und haltbar zu sein in all der Gespensterhaftigkeit rundum.

»Das Gepäck Ihrer Frau ist beim Maire deponiert. Es

ist wegen der Formalitäten, die noch notwendig sind. Sie werden es später ausgeliefert bekommen«, sagte der Pilot. Sie kamen zurück zum Wagen. Der Mann, der gewartet hatte, ergriff Drostes Hand, drückte sie und sagte etwas auf Französisch. »Danke«, sagte Droste. »Danke. *Merci.*« Es war jetzt ganz finster.
»Wollen Sie noch bei Nacht zurück oder ist es Ihnen recht, wenn wir übernachten und morgen früh fliegen?«, fragte der Pilot. »Sie sollten lieber ausruhen«, setzte er hinzu, als er in Drostes Gesicht geblickt hatte.
»Wir übernachten«, erwiderte Marianne für ihn.
Ein dunkler, murmelnder Kreis von Menschen stand vor dem kleinen Gasthof; sie traten zurück und machten eine Gasse, als Droste vorbeiging. Eine junge Frau führte ihn und Marianne über einen Gang und in ein großes Zimmer. Es hatte einen Alkoven und ein paar Mahagonimöbel. Auf dem Schrank standen Gläser mit eingemachten Früchten. Die Frau ließ Marianne eine kurze Weile allein mit Droste, kam zurück und trat ein, nachdem sie geklopft hatte. Sie brachte eine Tonflasche, die mit heißem Wasser gefüllt war, und legte sie an das Fußende des Bettes. Sie wechselte ein paar französische Worte mit Marianne, gab Droste schweigsam die Hand und ging.
Er blieb in der Mitte des Zimmers stehen und schaute den Schrank an.
»Reines Empire«, sagte er. »Wie kommt so ein Stück aufs Dorf?«

Marianne schaute auch den Schrank an und lächelte. Das Lächeln stand geisterhaft in ihrem blassen Gesicht.

»Du musst jetzt schlafen«, sagte sie, und automatisch erwiderte er:

»Ich kann nicht schlafen.«

»Komm«, sagte sie und begann ihn auszukleiden wie ein Kind; es war ihm unangenehm, und er schob ihre Hände fort und zog sich selber aus.

»Wie viel Veronal nimmst du gewöhnlich?«, fragte Marianne und trat zu dem kleinen Tisch mit der Wasserflasche, der zwischen den Fenstern stand.

»Ich nehme kein Veronal«, erwiderte Droste eigensinnig. »Nur sehr selten.«

Sie kam mit dem Wasserglas zu ihm, nachdem sie drei Tabletten aufgelöst hatte.

»Ich weiß«, sagte sie.

Er legte sich zu Bett und sie setzte sich neben ihn auf den Bettrand.

»Mach die Augen zu«, sagte sie. Er gehorchte. Es wurde wärmer und besser und löste sich um ihn.

»Glaubst du, dass es dieser Dr. Gebhardt war?«, fragte er nach einer Weile.

»Nein«, sagte Marianne. Sie streichelte einmal über Drostes Hand, die auf der Decke lag, und fügte hinzu: »Es war einer von den Amerikanern.«

»Welcher?«

»Das weiß ich nicht.«

Droste versuchte sich die Amerikaner vorzustellen, die

in den Klub gekommen waren, aber er hatte kein einziges Bild mehr im Gedächtnis. Nur Lärm, den harmlosen, etwas aufreizenden Lärm, den fröhliche Kinder machen.

»Wie wird der Mann erfahren, was geschehen ist?«, sagte er.

Marianne antwortete nicht gleich. »Vielleicht gar nicht«, sagte sie sodann. »Was tut es? Du sollst jetzt schlafen.«

Droste schloss die Augen. Veronal war gut. Marianne war gut. Auch Evelyn war gut gewesen. »Ich habe Evelyn lieb«, murmelte er. Es war ihm im Einschlafen, als würde Evelyn morgen wieder da sein.

»Ja, Puschel«, sagte Marianne. Er wurde nochmals ein wenig wacher.

»Es sah gar nicht schrecklich aus«, sagte er. »Man weiß ja nicht, wie tot sein ist. Vielleicht ist es angenehm. Vielleicht wäre sie doch früh gestorben.«

»Ja, Puschel«, sagte Marianne wieder.

»Das Schlimme ist nicht, dass sie gestorben ist. Das Schlimme ist, dass ich nie erfahren werde, was eigentlich mit ihr los war«, sagte er noch, und nun spürte er schon, wie der Schlaf die Schwingen ausbreitete und Traumvögel kamen und unter dem Himmel des Alkovens schwebten.

»Das wirst du auch vergessen, Puschel. Du hast den Beruf und die Kinder und – so vieles – Wichtiges«, hörte er Marianne sagen. Er schlief noch nicht.

»Einer weiß so gar nichts vom anderen, das ist es«, sagte

er. Er öffnete die Augen und sah Marianne an. »Das ist es«, wiederholte er ernsthaft und nickte mit dem Kopf.
»Nein. Einer weiß nichts vom anderen«, sagte Marianne.
»Kann ich deine Hand haben?«, fragte er ein wenig später. Es war ihm gut. Er schlief schon.
Einen Augenblick glaubte er noch, dass er wieder im Krieg sei, es roch nach französischem Dorf und der Brunnen plätscherte draußen. Dann erinnerte er sich, dass der Krieg vorbei war. Alles ging vorbei, alles vorbei. Mariannes Hand lag auf seiner Stirne. Sie verlöschte das Licht.
»Gute Nacht«, sagte sie sanft. Sie blieb bei ihm.
Nicht Evelyn.
Marianne.

NACHWORT

von Nicole Nottelmann

»Sie gehört zu jenen Frauen, ohne die Berlin gegen Ende der zwanziger Jahre – dieses unvergessliche Berlin mit seinen literarischen, theatralischen, gesellschaftlichen und sportlichen Sensationen – gar nicht zu denken wäre«, fabulierte der Journalist Curt Riess 1960 über seine berühmte Kollegin Vicki Baum in seinem Buch *Bestseller: Bücher, die Millionen lesen.* »Man sieht sie überall: bei Boxkämpfen, bei Sechstagerennen, bei Premieren. Man sieht ihren kleinen Wagen auf den Parkplätzen der elegantesten Restaurants, der Tennisklubs, der Botschaften. Sie ist eine sehr moderne Frau. Sie ist überall dabei.« Die Allpräsenz und Quirligkeit, die Curt Riess seiner Freundin nicht grundlos zuschrieb, merkt man auch dem temporeichen *Rendezvous in Paris* an.

Dort jagt Baum ihre Protagonisten Evelyn und Kurt, Marianne und Frank über die Halenseer Brücke und weiter über den Kurfürstendamm, jene Strecke, die Baum täglich von ihrer Wohnung im Grunewald zu ihrer Arbeit als Redakteurin im Ullsteinhaus in der Wilhelmstraße passierte. Sie lässt ihre Figuren vom Fernbahnhof Zoologischer Garten nach Paris abfahren, zeigt sie beim Pfingstturnier des traditionsreichen Tennisclubs LTTC (Lawn-Tennis-Turnier-Club, heute LTTC Rot-Weiß) am Hundekehlesee, wo Vicki Baum und ihre Söhne regelmäßig trainierten, und besucht mit ihnen das Bezirksgericht Moabit, aus dem sie – nie ohne Erdung – als Gerichtsreporterin berichtete.

Die gebürtige Wienerin kannte sich aus im Berlin Ende der zwanziger, Anfang der dreißiger Jahre, fühlte sich in diesem Momentum nach eigener Aussage »ganz zuhause«.
Ullstein, das damals größte Medienhaus Europas, hatte die bereits gewinnbringende Autorin 1926 mit einer lukrativen Stelle als Redakteurin in die Stadt gelockt. Bald schrieb Baum für die *Berliner Illustrirte Zeitung* (BIZ), das Magazin *Uhu* und für *Die Dame.* So erhofft wie erwartet hatte sie 1928 mit *stud.chem. Helene Willfüer*, dem skandalträchtigen Entwicklungsroman um eine schwangere Studentin der Chemie, einen echten Sensationserfolg geliefert. Ihr Name war im Nu so populär wie Klosterfrau Melissengeist oder Leibnizkekse, eine Marke. »Kein Haushalt war ohne ein Buch von Vicki Baum«, erinnerte sich 1958 ihre Kollegin und Landsmännin Joe Lederer in der *Welt am Sonntag.* Mit dem Buch und dem Theaterstück *Menschen im Hotel* (1929) sowie dem auf ihrem Roman basierenden Hollywoodfilm errang Baum schließlich weltweit Berühmtheit und Prominenz.

Rendezvous in Paris entstand 1933 aber nicht in Berlin, sondern in Los Angeles, in Baums Wahlheimat USA. Im April 1931 war sie auf Einladung der Paramount-

Filmgesellschaft, die *Menschen im Hotel* verfilmen wollten, zum ersten Mal in ihrem Leben in die USA gereist. Zwei Wochen Aufenthalt waren geplant – daraus wurden erst einmal sieben Monate, in denen Vicki Baum New York kennen- und lieben lernte. Im Frühjahr 1932 wanderte sie, nie von sentimentalem Heimweh geplagt, ganz in die USA aus. Ihre Söhne Wolfgang (15) und Peter (11) folgten im Sommer 1932. Baum hatte beschlossen, sie sollten als Amerikaner aufwachsen. Ihr kluger Mann Richard Lert sträubte sich nicht.

Baum faszinierte der *American Way of Life* und der trotz der Weltwirtschaftskrise hohe Lebensstandard in den USA. Sie war mit brünetter Haarfarbe und in feinster Pariser Mode am Hafen von Hoboken eingetroffen, doch schon in den ersten Tagen in New York ließ sie sich gern und mit Genuss bei Elizabeth Arden in eine Blondine à la Jean Harlow verwandeln. Um dem US-Schönheitsideal zu entsprechen, fastete sie und ließ sich in einem Sportclub »foltern«. Wie ehemals als Gesellschaftsreporterin in Berlin nahm sie auch in New York alles um sie herum mit allen Sinnen auf, um ihre zahlreichen Eindrücke bald für ihre literarische Arbeit, für Illustriertengeschichten und für Romane, zu verwerten. Für Paramount recherchierte sie im Kaufhaus Wanamaker's am Broadway und mischte sich unter die Verkäuferinnen. Zugleich hatte sie als international gefeierte Bestsellerautorin Zugang zu den feinsten Kreisen New Yorks. Auf seinem luxuriösen Anwesen auf Long

Island stellte ihr Verleger Nelson Doubleday die oberen Hundert der Ostküste vor. Unbekümmert und fast zwanglos lernte sie Nobelpreisträger, Meinungsmacher und die Geldelite kennen.

Sie wundere sich, schrieb Baum in einem Artikel aus New York, dass jeder Mann, den sie träfe, praktisch nur mit seinem Geschäft verheiratet sei – so wie der smarte Apfelsinenexporteur Frank Davis in *Rendezvous in Paris.* »Der Amerikaner mag seine Frau sehr, aber er liebt allein sein *Business*«, schrieb die Neu-Amerikanerin in der Zeitschrift *Good Housekeeping* und fügte hinzu: »In Amerika ist die Ehe der bequemste und komfortabelste Weg für zwei, die verliebt sind, deshalb heiraten sie. Aber die Frage bleibt: Ist die Ehe etwas, das im Bequemen und Komfortablen erblüht, oder welkt sie in einer solchen Atmosphäre wie ein Blumengebinde, dem man zu viel Wärme oder Wasser gibt?«

Für Vicki Baum ging beides im Alltag nicht zusammen: leidenschaftliche Liebe und Ehe. Sie war mit dem Dirigenten Richard Lert verheiratet, den sie ihren besten Freund nannte, leidenschaftliche Gefühle sparte sie sich für ihren Liebhaber oder später für platonische Lieben zu homosexuellen Männern auf. »Es gibt einen großen Unterschied zwischen einer Liebesaffäre und einer Ehe«, schrieb Baum in ihren Lebenserinnerungen, die 1964 in New York unter dem Titel *It was all quite different. The memoirs of Vicki Baum* erschienen. »Als passionierte Gärtnerin kann ich Ihnen nur sagen: Liebesaffären sind wie Einjährige, die Ehe hingegen ist eine widerstandsfähige mehrjährige Pflanze. Wenn man nur lange genug wartet, blüht sie wieder und wieder und wieder. Amen.«

In *Rendezvous in Paris* verliebt sich die verheiratete Evelyn Droste, Hausfrau und Mutter zweier Kinder, in den Geschäftsreisenden Frank Davis, auf den sie nun alle in ihrer Ehe unerfüllten Sehnsüchte projiziert. Als er zu einem geschäftlichen Termin nach Paris reist, folgt Evelyn ihm für ein Wochenende, verlässt für ihn ihren tristen Alltag und ihre Familie. Für sie bilden der Tag und die Nacht mit dem Geliebten die Erfüllung ihres Lebens, aber sie sind zugleich der Anlass für ihren Untergang.

Rendezvous in Paris ist ein Melodrama. Es geht um große Gefühle und tragisches Scheitern. Das alles hätte sehr leicht seicht und kitschig werden können, aber Vicki Baum entgeht der Gefahr der Trivialität, indem sie das Geschehen mehrfach bricht. Unter der Oberfläche werden in Baums Romanen stets auch die Hintergründe sichtbar.

Wie in ihrem Welterfolg *Menschen im Hotel* komprimiert sie die Handlung auf einige wenige (in diesem Fall viereinhalb) Tage, die das Leben aller Figuren entscheidend verändern. Die Ereignisse werden aus der Perspektive dreier Figuren geschildert, aus der Sicht von Frank (»Er«), aus der Evelyns (»Sie«) sowie aus der Perspektive ihres ahnungslosen Ehemannes Kurt Droste, der als Jurist am Bezirksgericht Moabit mehr mit seinen

Gerichtsprozessen als mit seiner Ehefrau beschäftigt ist. Zu diesem Liebesdreieck tritt noch eine vierte Person, deren Perspektive jedoch nicht durchgängig erzählt wird, die Freundin des Ehepaares und frühere Geliebte Kurts, die Architektin Marianne.

Die Komposition war nicht neu. Vicki Baum hatte sie offensichtlich dem in Deutschland populären Romanerstling *Die Verliebten* von Gina Kaus aus dem Jahr 1928 entlehnt, für dessen Veröffentlichung sie sich einst als Ullstein-Redakteurin stark gemacht hatte. Kaus erzählt aus verschiedenen Figurenperspektiven über zwei unglückliche Paare, die im Verlauf der Handlung jeweils ihre Partner wechseln. Vicki Baum variierte diese Formel und war mit dem Resultat noch erfolgreicher als ihre Freundin. Zwar verfasste sie den Roman auf Deutsch, weil sie sich in der englischen Sprache noch nicht sicher genug fühlte, schrieb aber hier erstmals nicht mehr für den deutschen Markt.

Wie bei all ihren Romanen legte Vicki Baum auch bei *Rendezvous in Paris* sehr viel Wert auf eine authentische Figurensprache. Sie kämpfte bei der Übersetzung um jeden Ausdruck, was ihre Übersetzer regelmäßig überforderte. Weil sie sehr unzufrieden war, schrieb sie seit 1937 nur noch auf Englisch. »Da ich eine äußerst eingebildete Person und sehr stolz auf die kleinen persönlichen Tricks meines Schreibens bin, möchte ich sie nicht gern in der Übersetzung verloren gehen sehen«, verteidigte sich Baum

1934 in einem Brief an ihren Verleger Nelson Doubleday. Zu ihren »Tricks« gehörte es, den Amerikaner auch im deutschen Original anders denken und sprechen zu lassen als etwa den Juristen. Bei Frank Davis verwendete Baum Anglizismen wie »Single« und »Babies«, Kurt Droste ließ sie »psychologische« und »soziologische« Probleme »analysieren«. Indem sich der Roman sprachlich sehr nah am (Alltags-)Jargon seiner Figuren bewegt, nähert er sich, wie seine Vorgänger *Menschen im Hotel* oder *Leben ohne Geheimnis*, dem neusachlichen Zeitroman an.

Im Mai 1933, kurz nachdem Vicki Baum *Rendezvous in Paris* begonnen hatte, wurden ihre Bücher in Deutschland verbrannt. Aus naheliegenden Gründen wählte Baum mit Berlin und Paris zwei international bekannte Schauplätze, die sowohl ihrem amerikanischen als auch ihrem »kontinentalen« Publikum interessant erscheinen mussten. Sie siedelte die Handlung in divergenten sozialen Milieus an, etwa in einem exklusiven Berliner Tennisclub oder in der »Mittelstandswohnung« der Drostes in Wilmersdorf. Das Landgericht Moabit und die Arme-Leute-Gegend um den Berliner Alexanderplatz sind Schauplätze einer spannenden Kriminalhandlung.

»Die Stärke des Buches liegt nicht in der Handlung, sondern im Stil, in der Art und Weise, wie die Dinge erzählt werden«, schrieb Baum im April 1934 an die Sekretärin ihres amerikanischen Verlegers Nelson Doubleday. Obwohl sie ihr Werk gegenüber ihrem ehemaligen Ullstein-Kollegen Georg Fröschel selbstironisch als »kleinen miesen Roman« bezeichnete, war sie doch stolz auf ihr Handwerk. Zu Recht, denn die psychologisch genauen Charakter- und Milieuzeichnungen und der unbestechliche Blick auf menschliche Schwächen und Abgründe und vor allem die Doppelbödigkeit der Struktur machen *Rendezvous in Paris* auch heute noch lesenswert. Die durchgängige Ironie findet ihren Höhepunkt darin, dass das tragische Ende für alle Figuren zugleich das einzig mögliche Happy End ist.

Das, was für Evelyn Droste die alles erfüllende Liebe ist, ist für den Frauenkenner Frank Davis vielleicht nicht mehr als ein Flirt. Als die eigentlich lebensunerfahrene Evelyn dies erkennt, reift sie an dieser Erfahrung und beschließt, Frank nicht wiederzusehen. Da sie für den Leser die Identifikationsfigur ist, wird auch dessen Erwartung nach einem Happy End zunächst enttäuscht. Aber für Evelyn – und womöglich auch für den Leser – gibt es ein versöhnliches Ende. Sie gehört zu den wenigen Glücklichen, die sterben »in dem Augenblick, da ihr Leben sich erfüllt hat«.

In ihren Fabeln bricht Vicki Baum die Erwartungen ihrer Figuren (und ihrer Leser), um sie dann in überraschender Weise wieder zu bestätigen.

Landgerichtsrat Kurt Droste kann aufgrund seines psychologischen Urteilsvermögens zwar einen Mordfall aufklären, muss am Ende aber erkennen, dass er über seine eigene Ehefrau weniger wusste »als von einem fremden Menschen, der im Omnibus neben einem sitzt«. »Einer weiß gar nichts vom anderen«, lautet sein Fazit. Und dennoch hat er nach den viereinhalb Tagen, die seine Welt, auch für ihn selbst überraschend, zum Einsturz gebracht haben, eine neue gleichberechtigte Partnerin gefunden.

Wie so oft in ihren Romanen, steckt auch *Rendezvous in Paris* voller Anspielungen auf Vicki Baums eigene Biografie. Die zartbesaitete, anämische Evelyn Droste gleicht ihrer unglücklichen Mutter Mathilde, die ins Irrenhaus eingeliefert wurde, als die kleine Vicki sieben Jahre alt war. Der unkompliziert-lockere Frauenheld Frank Davis wiederum ähnelt Baums Liebhaber Bengt Wadstedt, einem verheirateten schwedischen Chemieingenieur, mit dem die zweifache Mutter Mitte der zwanziger Jahre eine Affäre hatte. Wadstedt war das Modell für viele gutaussehende Helden in Vicki Baums Romanen. Die Figur Frank Davis greift aber auch auf Baums amerikanischen Verleger zurück. Die Worte, die sie dem Jagdliebhaber und Hundebesitzer im Roman in den Mund legte, stammen zum Teil originalgetreu von Nelson Doubleday. Er machte Baum 1931 einen Heiratsantrag – sie lehnte ab.
Wie der Regisseur Alfred Hitchcock in seinen Filmen hat Vicki Baum in diesem Roman einen literarischen Cameo-Auftritt. Sie ist die »reizlose Dame«, »nicht jung, sehr englisch angezogen«, der Frank Davis in Paris in den Zug hilft, um damit seiner französischen Freundin

Marion glauben zu machen, sie sei seine Ehefrau. »Jetzt ist Marion froh, dass ich eine hässliche Frau habe«, dachte er. Die kleine Episode hatte ihn ausnehmend vergnügt gemacht. Übrigens wurde er der reizlosen Dame vorgestellt, als er gegen zehn Uhr in den Speisewagen ging. Sie war eine bekannte englische Dichterin und auf dem Wege nach Amerika, um eine Vortragstournee zu machen.«

Da die weitere Beschreibung der »reizlosen« Frau, die Davis zur Täuschung benutzt, überflüssig ist, muss man davon ausgehen, dass sich die Autorin mit dieser Kapriole mit dem für sie typischen Understatement über sich selbst lustig macht. Auf höchst unterhaltsame Weise spielt sie hier mit dem Status literarischer Fiktionalität.

Unter dem Titel *Men never know* erschien der Roman im März 1935 in der Übersetzung Basil Creightons zunächst in einer gekürzten Fassung in der amerikanischen Zeitschrift *Redbook*, kurz danach bei Doubleday in den USA und Bles in England. Es folgten Übersetzungen in Holland, Frankreich, Norwegen, Dänemark, Ungarn, Schweden, Polen, Bulgarien und Italien. Nach dem Krieg erlebte der Roman international zahllose weitere Auflagen, wurde 1950 als Le *Château de verre* in Frankreich sowie 1982 in Deutschland als *Rendezvous in Paris* verfilmt.

1935 brachte der Amsterdamer Exilverlag Querido den Roman unter dem Titel *Das große Einmaleins* heraus.

Nach dem Krieg erschien er 1951 erstmals in Deutschland unter dem Titel *Rendezvous in Paris*.
Von der amerikanischen Kritik wurde der Roman freundlich aufgenommen; er zeige »in sehr konzentrierter und effektiver Weise Vicki Baums erzählerische Virtuosität« und sei zugleich eine »Fallstudie des Verhaltens von Verliebten«, schrieb die Zeitschrift *Books* am 10. März 1935. Dennoch blieben die Verkäufe hinter Baums Erwartungen zurück. Zu diesem Zeitpunkt befand sich Baum schon nicht mehr in den USA, sondern an Bord des Dampfers »Chichibu Maru« auf dem Weg nach Yokohama. Sie hatte die Welt der Hollywoodstudios (für immer) und ihre Familie (zeitweise) hinter sich gelassen und reiste als frisch gebackene »Junggesellin« fünf Monate lang allein um die Welt, nach Japan, Shanghai, Hongkong und schließlich nach Bali. Ein Jahr später kehrte sie dorthin zurück und schrieb, wie sie selbst sagte, »das« Buch, mit dem sie sich wieder einmal neu erfand: *Liebe und Tod auf Bali*. Aber das ist eine andere Geschichte.

Vicki Baum
geboren am 24. Januar 1888 in Wien und dort zur Harfenistin ausgebildet, kam nach einem Engagement im Symphonieorchester des Wiener Konzertvereins als Hof- und Kammermusikerin 1913 nach Darmstadt, später nach Kiel (1916/17), Hannover (1917–1923) und Mannheim.
Vicki Baum war von 1909 bis 1913 mit dem Schriftsteller und Journalisten Max Prels verheiratet, seit 1916 mit dem Dirigenten Richard Lert, mit dem sie zwei Söhne hatte.
Von 1926 bis 1923 war sie Verlagsangestellte, Zeitschriftenredakteurin und Autorin bei Ullstein in Berlin. Mit der Verfilmung ihres Romans *Menschen im Hotel* im Jahr 1932 mit Greta Garbo und Joan Crawford übersiedelte Vicki Baum mit ihrer Familie nach Kalifornien – auch aus politischen Gründen, denn ihre Bücher fielen 1933 der Bücherverbrennung zum Opfer.
Vicki Baum, die am 29. Juni 1960 in Hollywood/Los Angeles nach langer Krankheit starb, war eine der erfolgreichsten Schriftstellerinnen der Weimarer Republik. Ihre zahlreichen Romane – darunter die Erfolgstitel *Liebe und Tod auf Bali* (1937/2002) und *Hotel Shanghai* (1937/2007) – wurden oft verfilmt und in viele Sprachen übersetzt und werden seit einiger Zeit wieder neu herausgegeben.

Nicole Nottelmann, geboren 1967, hat Journalistik und Germanistik studiert und über das literarische Werk Vicki Baums promoviert. 2007 erschien ihre Biografie über Vicki Baum *Die Karrieren der Vicki Baum*, 2011 *Ich liebe dich. Für immer*, eine Biografie über Greta Garbo und Salka Viertel.

Edith Wharton

Traumtänzer

Roman

432 Seiten, *btb* 74465

Eine Villa am Comer See, ein Palazzo in Venedig, die exklusiven Salons in London und Paris – hier gibt sich die High Society der goldenen 20er Jahren des letzten Jahrhunderts ein Stelldichein. Mittendrin das frisch verheiratete, aber mittellose Paar Susy und Nick Lansing, die sich fröhlich von einer Sommerfrische zur nächsten schmarotzen und mit Esprit ihre Gönner unterhalten. Doch für ihr Luxusleben zahlen sie einen hohen Preis, denn die Abhängigkeit von ihren reichen Freunden hat ungeahnte Folgen für das junge Paar.

Ein altes Haus am Hudson River

Roman

624 Seiten, *btb* 74606

Für Vance Weston, Sohn eines Immobilienspekulanten, hält die Zukunft ein komfortables Leben in der amerikanischen Provinz bereit. Doch der 19-Jährige hat eigene Pläne: Vance will nach New York und dort Schriftsteller werden. Tatsächlich gelingt ihm in der pulsierenden Metropole der kometenhafte Aufstieg zum Liebling der Society. Doch allzu rasch folgt die große Ernüchterung, und Vance muss sich zwischen kommerziellem Erfolg und seinen literarischen Grundsätzen entscheiden. Der einzige Mensch, der ihm Orientierung bietet, ist Héloïse, die kluge und schöne Frau seines Verlegers.

Irène Némirovsky

Suite française
Roman

512 Seiten, Broschur, *btb* 73644

Sommer 1940: Die Deutsche Armee steht vor Paris. Voller Panik packen die Menschen ihre letzten Habseligkeiten zusammen und fliehen. Angesichts der existentiellen Bedrohung zeigen sie ihren wahren Charakter …
Der wiederentdeckte Roman »Suite française« wurde 2004 zur literarischen Sensation. Über 60 Jahre lag das Vermächtnis der französischen Starautorin der 30er Jahre unerkannt in einem Koffer – bis der Zufall dieses eindrucksvolle Sittengemälde aus der Zeit des Zweiten Weltkriegs ans Licht brachte.

Der Fall Kurilow
Roman

192 Seiten, Broschur, *btb* 73614

Im zaristischen Petersburg der Jahrhundertwende soll der Revolutionär und Anarchist Léon M. den Erziehungsminister des Zaren ermorden – den zynischen, schwerkranken, dekadenten Kurilow. Als Hausarzt verschafft sich Léon Zugang zu seinemOpfer. Doch je näher Léon Kurilow kommt, umso mehr gewinnt der Minister menschliche Züge, und Léon zweifelt am Sinn seiner Mission.
Ein ebenso spannendes wie sensibles und atmosphärisch dicht gezeichnetes Psychogramm von Opfer und Täter.

Robert Goolrick

Eine verlässliche Frau

Roman

368 Seiten, Broschur
btb 74047

**Eine berechnende Frau.
Ein verbitterter Mann.
Womit keiner gerechnet hat,
ist die Liebe**

»Was wollten wir über Wisconsin im Jahr 1907 wissen? Bislang nichts, aber nach dieser dramatischen Lovestory zwischen einem Industriellen und einer Hure möchten wir am liebsten dort wohnen!«

Petra

»Ein grandioser Roman um Liebe, Lügen, Leidenschaft und Mordgelüste.«

Madame

»Einfach betörend!«

Donna

Claudie Gallay

Die Brandungswelle

Roman

557 Seiten, Broschur

btb 74313

Der Bestseller aus Frankreich

Ausgezeichnet mit dem Grand Prix de Elle

La Hague im Nordwesten der Normandie: Nur wenige wohnen hier, am Ende der Welt, am Meer, dort, wo die Menschen ebenso schroff sind wie die Natur und das Leben vom Wind, vom Wetter, von den Gezeiten bestimmt wird – bis eines Tages Lambert auftaucht.

Fremde, die hier länger bleiben, gibt es selten. Aber Lambert ist nicht wirklich fremd, irgendwie gehört er dazu. Vor 40 Jahren starben seine Eltern und sein Bruder bei einem Bootsunglück. Nun ist er zurückgekommen, um das Unglück von damals aufzuklären. Und allmählich bröckelt die Wand des Schweigens, hinter der jeder Dorfbewohner ein Geheimnis zu verbergen scheint …

»557 Seiten, aber keine zuviel.«

Christine Westermann

»Ein durch und durch sinnliches Buch.«

NDR